绿水青山看中国

看中国

——作家笔下的70载林草故事

国家林业和草原局宣传中心 编

作家出版社

前　言

人类文明从森林中走来，在森林中孕育，森林作为"地球之肺"，维系着人类及诸多生物的生存和发展。新中国建立伊始，党中央就高瞻远瞩，把植树造林、绿化祖国作为全民参与的一项重要而迫切的任务。毛泽东同志先后发出"绿化祖国"和"大地园林化"的号召，提出要让荒地荒山披上绿装，掀起了造林绿化的高潮。起始于1978年的"三北"防护林体系建设工程，开启了我国工程治理的新纪元；天然林保护工程，重拳出击，全国天然林资源得到根本性保护；退耕还林还草、石漠化治理、水土流失治理等一批生态工程修复起华夏大地的满园绿色……

七十年林业辉煌，神州大地，万里疆域，森林密布，草原恢复，绿色的版图日益扩展，一道绿色的万里长城固守在祖国的北方。世界上最大的人工林贡献国是中国。森林覆盖率由新中国之初的8.6%提高到了22.96%，森林资源持续增长，更令人欣喜的是2000年以来全球新增的绿化面积约四分之一来自中国。七十年来，全体务林人心系祖国的一草一木，用执着、坚守、汗水和智慧，默默耕耘着大江南北的一山一水，绘就了一幅幅美丽中国画卷，赢得了国际社会的广泛赞誉。

生态问题维系着生存环境的优劣，维系着经济和社会发展的大事。习近平总书记始终关注着我国的生态保护事业，对林业草原工作和生态文明建设做出了一系列重要论述和重要指示，"绿水青山就是金山银山""良好的生态环境是最公平的公共产品，是最普惠的民生福祉""要把生态环境保护放在更加突出位置，像保护眼睛一样保护生态环境"等众多闪烁着生态文明思想火花的科学论断，为我国林草事业改革与发展指明了前进的方向。今天，走生态优先、绿色发展之路已成为全国人民的共识。

2019年，按照"绿水青山看中国——生态文化主题宣传活动"的总体部署，国家林草局宣传中心开展了以"书写感人至深林业草原故事，弘扬新时代生态文明主旋律"为主题的70载林业草原故事生态文化主题采风活动，邀请全国一批知名作家和摄影家组成采风团队，奔赴福建、青海、甘肃、广东、山西、陕西、湖北等地，深入林业草原一线采风，挖掘重大事迹、重大典型，创作了一批贴近林业草原建设实际、贴近林农生产生活、反映林业草原战线典型、展示祖国大好河山和壮丽景色的文学作品。作家们不辞辛苦、跋山涉水，将关注的目光聚焦林草事业，将炙热的情感投向基层林草工作者，共创作散文、报告文学及小说22篇，现汇编结集出版，成为展示"中国力量"、呈现"中国智慧"、反映"中国成就"的美好见证。

目 录

散 文

纪实文学

小　说

散文

右玉书

刘　庆

一　旧书

山西右玉的风沙里走出过两位著名的作家，一位是当年和张爱玲齐名的女作家关露，一位是当代的先锋作家吕新。在去右玉之前，我在太原见了吕新，他送了他的新作《下弦月》给我。吕新在他的《下弦月》里，写了那么多的风沙。

> 风很大的时候，什么也看不见，风里的土竖起来，变成一块又一块的黄布，风刮到哪里，那些层叠错乱的黄布就在哪里就地展开，尽管每一幅都不厚，却也足以把好多东西都遮挡在布的那一面。只有等风走远以后才发现，灰蓝色的远方还在，远处的房子和树木也在。（摘自《下弦月》第一章）

　　外面的风果然还很大。就在她们出来的这个时候，在供销社前面的沙土的空地上，有两个黄蒙蒙的旋风已经初步形成，正在慢慢地盘旋，就像发动机发动起来那样，一开始速度并不是很快，先是呈漏斗状，大头朝上，在地上转圈子，转着转着，速度明显变快，漏斗变成了螺旋状的，又像一个一头拖到地上的又高又长的大口袋，突然拔地而起，往空中

去了。（摘自《下弦月》第二章）

每一个作家的作品里都往往有记忆的影子，吕新笔下的大风天写的应该就是右玉的大风天。他的大风是黄色的，那是风沙的特征。

在山西右玉的两天，我一直在思考这样一个问题，故乡和生存到底是一种什么关系？之所以有这样一问，是因为知道在右玉的生存曾经有多么艰难。

这里曾是兵家的必争之地。从这里，大汉的使臣苏武出使异域，他回首浩叹，从此沦为牧羊人。从这里，著名的王昭君出塞远嫁，从此走入漫天风雪，留下的是千古幽怨。这里还是花木兰的故乡，木兰代父从军，什么情况才能让一个女孩代老父走向死亡和血光迸溅的沙场？只有一种可能性，战争的适龄男丁已经很少了。这里是明朝的边关，这里是清朝防卫的前线。

还是这里，战争的硝烟伴着滚滚沙尘，战争和劫掠掩埋了人们的青春和生活的美好，黄沙掩埋的是所有的绿色和生命的希望。这里曾经水草丰美吗？这里曾经绿树成荫吗？土地是从什么时候开始沙化的？想要寻找自然恩赐的痕迹都十分艰难。

我们走在杀虎口的老街上，过了低矮的通顺桥便是传说中的走西口的旧路，斑驳的石头路正在翻修，我们能够看到那路是一次次塌陷又修起来的，因为石头是层层垒叠的。当年，这条路一定是坚硬而又多情的，碾过商队的车辙印，踏过大户人家的马蹄，但更多的一定是穷人的脚印，还会留下很多的汗水和泪水吧。夕阳西下，山坡上吃草的驴只剩下剪影，旁边废弃的房屋和窑洞暗了下去，似乎在诉说着过去的故事。那故事是什么？

哥哥你走西口，小妹妹我实在难留。手拉住哥哥的手，送哥送到大门口——哥哥你走西口，小妹妹苦在心头，这一走要去多少时候，盼你也要白了头——

而在此之前，持节出关的苏武早已留下过伤心的诗句："结发为夫妻，恩爱两不疑。……握手一长叹，泪为生别滋。……"

这是最早的"走西口"的吟唱，后来在北海牧羊的苏武一定想不到在他身后过了上千年，人们唱的小调比他当年吟唱的还要凄惨。

刀戈沉沙边城带血，关山度月古堡含悲。

也许，走了西口的右玉人还不是最苦的，至少充满着对未知世界的渴望，充满着衣锦还乡的梦想，充满着让亲人们过上好日子的心愿。留下来的右玉人才是最苦的，这里黄沙漫天，沙尘起时，不但会遮住闯荡天下的哥哥们的身影，阻断妹妹们盼望的目光，还遮住了天光。

> 就在这古长城的脚下
> 有个地方叫黄沙洼
> 那里住着几十户人家
> 他们祖祖辈辈过着苦日子
> 风也大水也少
> 种不上庄稼
> 过大年也难吃上一顿饺子
> 三年都穿不上一件新衣

这是右玉道情《绿色梦》中的一段唱段，这段唱词还远远没有写出右玉生活的恶劣。

在右玉，我不止一次地听老人们讲起曾经的沙尘天气。白天，孩子们去学校妈妈会给他们带上油灯，因为风沙一起，遮天蔽日，白昼瞬间成为无边和恐怖的暗夜，孩子们要在课桌上点燃油灯照明。右玉人家的房门是冲里开的，如果如外地人一样房门冲外，风沙会将房门堵死，无法打开。右玉的风集中在春秋两季，最大风力达到9级，8

级以上大风历年平均 14 天。到清末时，右玉 295 万亩土地，但风蚀、干旱形成的土地沙化面积就达到 225 万亩，风沙让这片土地变得萧瑟与荒芜，让这里的百姓感到困苦与无奈。

我们在右玉的气象资料中也会找到气候极端恶劣的记载。右玉县地属晋北黄土高原，地势南高北低，中间平缓，周围群山环抱。平缓地的海拔也在 1250—1350 米之间，北部诸山海拔在 1600 米上下。右玉县年平均气温 3.6℃，极端最高温度 36℃，极端最低气温零下 40.4℃，平均日温差 15.4℃。初霜期为 9 月上中旬，无霜期 104 天。年降水量平均为 420 毫米，且集中在 6—9 月。

右玉古来属雁门郡，是兵家必争的西北要塞，重镇杀虎口便是贯穿东西要道的咽喉。历代纷乱的战火烧尽大地上的草木，风沙一层层掠去越来越薄的土壤，剩下的尽是裸露的沙子，这片离内蒙古毛乌素沙漠只有 100 多公里的地方逐年沙进人退，有外国专家曾经建议全县整体迁徙。

据《朔平府志》记载："每遇大风，昼晦如夜，人物咫尺不辨，禾苗被拔，房屋多催，牲畜亦伤。"这种风常刮起于沙漠地带，自西北向东南席卷而来，能迅速在平地积起沙丘，甚至将行人掩埋。

我们去右玉的时间是 8 月初，看见了成片的黄色的油菜花和白色的荞麦花，在苗圃里和旅馆的周遭，种植着食用的黄花菜，开着成片的黄色花朵。让你不经意就想起唐代大诗人白居易那著名的诗句："长恨春归无觅处，不知转入此中来。"但右玉的油菜花和荞麦花只能开在这个季节。在这里几乎没有水果，右玉的 5 月 20 号后，还会有一次霜冻，那是所有果树开花的时节，即使有果树开花，霜冻也会将所有的花朵一次性消灭。

右玉人说，包头的许多人都来自右玉，是啊，遥想当年走西口的人见到水草丰美的草原，即使背井离乡，也一定会有许多人不愿意再在风沙和贫瘠中生存吧！他们中的许多人也一定梦见过自己生长的地方出现一片绿色吧！绿色，一定曾绽放在右玉人的梦里。

二　新书

我们走在右玉的老城，街两边是新修建的仿古房屋，而真正古老的是当年右玉的县政府大院，那是一个由教堂改造的院落，走进院子，当年的气息扑面而来。破旧的办公桌椅，裸露的纸棚，破旧的土炕炕席，照明用的煤油灯，取暖用的小炭炉，有着鲜明时代记忆的电话、水壶、水杯、招贴画和记事本。只有花朵和蔬菜是新鲜的，还有那些打望的目光和唏嘘是新鲜的。

真不容易！人们说。

而当年真正的不容易甚至比今天的想象还要艰难。我们在墙上见到了右玉的第一任县委书记张荣怀的照片，那是一张沧桑而又庄严的脸庞，是啊，那是一张战争的血火中冶炼过的脸。照片中的张荣怀有着坚定的目光，是啊，那是一双在战争中见惯了血和火的双眼。

正是这双眼睛，在右玉看见的是满目的黄沙和无边无际的贫困和贫瘠。

许多文章都记载了张荣怀是如何将种树作为他的使命的。

1949 年初夏，还在部队的张荣怀接到到右玉上任的命令。右玉对于张荣怀来说并不陌生，在抗日战争和解放战争时期，他就在这里打过游击战。就是这个不陌生的地方，却在张荣怀上任的第一天给了这个刚从枪林弹雨走出来的汉子一个下马威，让他足足领教了右玉风沙的威力。

那时的右玉是大风口，是一片风沙成患、山川贫瘠的不毛之地。由于土地沙化严重，往往种到地里的种子，一夜之间就被风沙卷跑。有"春种一坡，秋收一瓮，除过籽种，够吃一顿"的说法，人民生活极端困苦。怎么改变这种恶劣的自然环境？怎么让老百姓生存下来？

张荣怀上任第二天就和时任县长江永济背上水壶，带上军用地图，开始了近 4 个月的徒步考察。他们走遍了右玉的沟沟坎坎、梁梁峁峁，边考察便寻找答案。

在考察途中，张荣怀被曹村西南的一条沟吸引了，因为这条沟的景象是他在右玉别的地方没有看到过的，就是这条沟改变了右玉以后近 70 年的命运。这条沟沟口和沟坡上都是郁郁葱葱的树木，沟里是没有被风沙掩埋且长势喜人的土豆地。

电视剧《右玉和她的县委书记们》的第一集再现了当年的情景。一片绿色突然闯入忧心如焚的县委书记的双眼。那是长在一条沟里面的郁郁葱葱的树木，沟里还种着一片没有被风沙掩埋的土豆，一个年轻人正在忙活着种树。在现实中，当年给了张荣怀有如神祇般思路的年轻人叫曹国权，后来他成了第一个获颁"造林功臣"牌匾的右玉人。曹国权土改时分了几十亩的平川好地，但是由于风沙大，种到地里的种子全被刮跑了，后来他用 12 亩平川地换了这块沟地，在沟口和坡上种树，在沟里种土豆和莜麦，比别的地产量高多了，家里也有了几瓮余粮。就是因为这几瓮余粮，让他这个光棍也娶上了媳妇。当天夜里，张荣怀在曹国权的窑洞里住了下来，他找到了解决右玉百姓生存难题的办法，那就是种树防风，种树固沙，只有治住了风沙才能长出庄稼。窑洞的黑暗透进了亮光，那是右玉的希望之光，足以照亮漫长时光中的沧桑。

"人要在右玉生存，树就要在右玉扎根。"

历史记下了那个庄严的日子：1949 年 10 月 24 日。

就在这一天，张荣怀在县委工作会议上响亮地提出了"右玉要想富，就得风沙住；要想风沙住，就得多栽树；要想家家富，每人十棵树"的口号，他向全县发出了植树造林的号令，绿化右玉大地的序幕从此拉开。

在沙漠上种树说来容易做来难。大风春天刮 4 个月，秋天还刮 4 个月。风刮过的地方，树不生草不长。张荣怀和他的乡亲们带上镢头和窝头走进了沙漠，他们在沙地上挖好树坑，从很远的苍头河里挑来河泥，倒进沙坑垫底，再种进树苗。流沙下陷，镐头铁锹用不上，他们就用手刨沙。一个人不够，几个人一起上。春天种的树，在秋天的大风中倒下了，又在冬天的严寒中死去。

再难的日子也要过下去，再难的事情也要做下去，总有树会活下来。

真的有树活下来了，右玉的大地上终于出现了绿色。沙丘上，石砾间，沟洼里，山梁顶，都有树活了下来。

又过了10年，继任县委书记的关毅和当时的县政府再确定了"一路、二河、三道梁"的绿化新思路，他们组织飞播牧草，右玉的历史上首次种草成功。

在右玉，我们看到了那种叫小老杨的杨树。70年树龄的树长得像是10年生的小树。小老杨，一个名字凝结了多少心酸和爱意。这树长不大，长不高，但绿色却不减一分，希望也不减一分。这树生命力的顽强正如右玉的人一样。拼着命地生，拼着命地长。

在右玉，每一个人都是种树人，右玉人的故事也都是种树人的故事。

70年，换了20任县委书记，换了领导不换蓝图，每一任书记都将种树作为第一要务，倾注着他们的才华和洋溢着他们的年华。

70年经过了多少变化和变故，唯一不变的是右玉人的绿色梦。那个梦不只是书记们的梦，也是普通右玉人的梦。

为了这个梦，他们过得太苦了，种树时喝着凉水啃着窝头，去世下葬时还有人是带着铁锹走的，是要将那个绿色的梦种到另一个世界去吗？

在右玉，我们和一个种树人进行了长谈，他叫李云生，马头山村人，今年64岁。2001年，李云生回村探亲，正赶上马头山村移民并村，他看着高高的马头山，那上面有汉长城和明长城，还有北魏的陵墓和战争的遗址，敏感的李云生觉得这是一个开发旅游的好机会，他看着废弃的村庄心里也不是个滋味，他动了一个念头，他要将这座荒山承包下来。他给当时的县委书记写了一封信。他的信打动了县领导，一个农民想要种树，这是好事情啊！他很快就拿到了承包手续。李云生将城里的驾校关了门，带着这些年挣的几十万块钱回到了马头山。真正地站在山上，李云生倒吸了一口凉气。

荒山不长草，风吹石头跑。想在这样的秃山上种树，谈何容易。但他已无法回头。很快，几十万花了进去，为了种树，他雇了很多人一起干。命运并没有垂青满腔热血的李云生，他干了一年，种的树没活几棵。这个当年的驾校校长成了穷人，如果回头，前功尽弃，他只好硬着头皮坚持下去。他到处借钱，兄弟姐妹借了个遍，大家见了他都头疼。好几年的春节，给工人们结完工钱，他身无分文，只能和妻子躲进山里吃干粮。

难事一件接一件，为了种树就得修进山的路。李云生借了一万块，找到了交通局王建局长，王局长坚决地拒绝了老李的钱。向我们讲述当时的情形时，老李仍然闪着泪光。他讲，当时王局长说："给我钱，就不帮你办，把钱拿回去，我尽力帮你。"王局长亲自去山上看情况，很快将修路的报告批了。路开始修了，老李感动得哭了，老李说："右玉真是有一批好干部！"

路修好了，坏事又临头了。老李的四轮车在山路上翻了车，砸坏了他的一个雇工的腿。这个雇工一个人生活，过得很苦，病怎么也养不好，老李又承担起了照顾他的责任。妻子再也忍受不了了，和老李又吵又闹。谁都可以指责他，可他只能坚持下去啊！

十几年过去了，1.2万亩的荒山终于绿了。李云生说，现在年收入十多万元，他在山上养了牛，养了羊，树也挂果了，那些油松、樟子松都长高了，绿绿的。眼前的李云生十分健谈，说话的中气也足，但他的声音里仍透着疲惫和酸楚。

右玉的绿就像一个拼图，这一片片的绿是一年年拼在一起的，是一代代人拼在一起的，是一个个人拼在一起的。

拼在一起的是希望，是生命的渴望。这绿，是心血和汗水浇灌的生命的颜色。

三　未来书

我们走在右玉绿色的大地上，满眼的绿色有如生命的礼赞。我们在小南山的森林公园流连，我们在四五道岭的绿色中纵目，我们在松涛园里听松风呢喃，我们在苍头河湿地公园拜访那一棵棵沙棘树，我们拜访那一棵棵樟子松，一棵棵油松，一棵棵落叶松，每一棵树都是一个守卫家园的英雄，每一棵树的后面都一定有一个感天动地的故事。如果天空能够将当初的镜像录下来，我们将向每一个面向沙土弯向苍天的脊背礼拜。

右玉人创造的奇迹是惊人的，右玉人告诉你什么才配得上真正的奇迹。

70年前，右玉全县森林覆盖率是0.3%，现在是55%。

从70年前首次进行绿化造林的全县规划，发放林权证；到部分村庄试种成功果树林；再到治理40里黄沙洼、重点流域和山丘，营造大型防风林带，兴修水库；飞播牧草、堵风口、建林带，引进草木樨种植、杨树插条……

现在右玉办起了林业专科学校、沙棘研究所、造林基地；进一步退耕还林、封山育林、更新改造残林，扶持个人营林；构筑以"绿化带、生态园、风景线、示范片、种苗圃"为重点的生态保护网络；实行"新型煤电能源、绿色生态畜牧，特色生态旅游"。

今天，右玉已由一片不毛之地，一片生无可恋的弃地废地，成了塞上绿洲，被誉为"国家水土保持生态文明县"，当选联合国"最佳宜居生态县"。

走在右玉的土地上，葱葱的绿色林间和绿色草地上，盛开着蓝色的黄色的各种花朵，阳光和煦，这一切多么来之不易和令人难以置信。

说是一张蓝图画到底，但70年的风雨有多少可能让这张蓝图出现漏洞？

右玉的地下有着丰富的煤资源，探明的煤炭储量高达34亿吨。上世纪八十年代末，山西的许多县市大干快上搞煤炭开发。右玉县委书记袁浩基却没有盲目跟风，他疾呼："绿色不进，风沙就进。耽误植树就是罪人！"

上世纪八十年代末，一家日本企业和当地合建压板厂，右玉有了历史上第一家合资企业。但这个企业像吃木材的怪兽，全年收的原料仅够它吃半个月。为防止乱砍滥伐，县里痛下决心，将这个压板厂关门。在右玉，种树就是右玉人的使命和第一要务。

今天的右玉，已拥有150万亩绿化面积，相当于近一个半新加坡的国土面积，估算有1亿棵树，按照1米1棵的距离测算，排起来相当于10万公里，可绕赤道两圈半。

绿色带来了良好生态，区域小气候已经形成：平均风速降低29.2%，年平均降水量较周边地区多三四十毫米。从近5年的统计数据看，全县年均气温已从1949年的3.6℃上升至5.2℃，无霜期从不足100天增长到123天。

在右玉绿草如茵的南山公园里，如今耸立起一座红黄蓝绿构成的纪念碑，碑座由黑色大理石镶嵌而成，上面刻着右玉种树的词赋，还刻着一批绿化功臣的姓名：伊小秃、安贵成、刘德富、祁三、李枝、吴连喜……他们都是普通的农民。

那上面，历届县委书记和县长的名字一个都没往上刻。领导们说，树都是人民群众种下的，要刻就刻群众代表的名字。

还有那么多人的名字没有刻上去。

那座纪念碑还有一面空白着，右玉人留着它准备续写未来的故事。右玉人的未来一定会更加美好。

右玉的尊严

武　歆

一

汽车启动的时候，已近傍晚。

从太原出发，目的地是右玉。我不知道具体的路程，即使告诉我，心里也没有具体的对照标准。所以只想快点到达。

白天里的热风，开始逐渐变得清凉。风从车窗吹进来，心情忽然沉静了，让遥远的路程变得极为清淡，已经不再焦虑，而是充满无尽的遐想。

"右玉"，一个熟悉但又陌生的地名。其实，从开始坐上汽车的瞬间，"右玉"这个名字就已经开始缠绕着我。为什么"右玉"在我心中感觉是这样呢——熟悉又陌生？

"熟悉"，是因为影视剧还有新闻媒体的交叉铺展，让右玉好像插上了长长的翅膀，飞临在每个人的身边，仿佛一个没有见过面的亲爱的朋友；那为什么还"陌生"呢？好像又仅是知道，真正地细问起来，却并不清楚右玉的真正内涵，以及她确切的精神姿态。

汽车在晋西北大地飞驰。车窗外的景色开始模糊，山峰变得巨大，树开始重叠。黑暗的降临，让车窗外的一切，都在影绰的光影中变得魔幻。光影的迅疾变化，让人感觉世界变得空旷起来。

于是关于右玉的想象，也就变得更加漫无边际。

也就是在这种漫无边际的想象中，头脑中开始逐渐凝结成了一个硕大的问号，这个问号包容一切，但也很简单，我想知道右玉的前前后后，还有右玉的右右左左。

经过数个小时的行驶，深夜终于抵达右玉。无法入睡，广阔的夜晚，正好可以安静地"思想"右玉。

采访右玉，来自国家林业和草原局宣传中心的精心安排。显然，应该从"林业和草原"的角度入手，去书写"七十载林业草原故事"。但我总是想，在这种角度的背后，还应该拥有阔大的背景。就像古罗马的大诗人维吉尔，他在书写牧羊人的时候，一定要从牧羊人背后的天空、大地开始书写，然后再去书写牧羊人嘴边的笛子，再去书写山坡上那些自由自在的可爱的羊，最后才去书写牧羊人的日常生活和精神世界。

那么，右玉的背景呢？右玉的笛子呢？右玉的精神内涵呢？

右玉，位于晋西北边陲，属于山西省朔州市。北面以古长城为界，与内蒙古的凉城和林格尔毗邻，东面连接大同市的左云县，南面则与山阴县接壤。这样的一个地理位置，让人不由分说地立刻联想到漫天的风沙，联想到无边的贫穷，联想到生活的艰辛和绝望。但，右玉也是有"笛子"的。那支优美的笛子，还有一个别称，就是"尊严"。

右玉的尊严来自哪里？为何赢得那么多人的尊敬？为何让我们长途奔走而去采访她？

这一切，都是为何？

二

杀虎口，曾经的"杀胡口"，清王朝为了缓和民族矛盾，后来将"胡"改为"虎"。当然，这里还是天下闻知的"走西口"。

完全是冥冥之中的安排。来到右玉县内的杀虎口，恰巧又是黄昏时分。又是一个遥远思考的最佳时刻。

我站在一个叫"通顺桥"的地方，眺望眼前这条碎石小路的远方。这条小路看上去很不起眼，两旁都是高高的土坡，向高向远眺望，感觉沉陷在幽深的历史沟底。远方一个陡峭的土坡上，一头黑驴和一头灰驴，正在悠闲地游逛，夕阳照在它们身上，历史的碎片在那一刻忽然漫天飞舞。

这里千百年来就是兵家对峙之地，喊杀声响彻在苍凉的天空上。到了明代嘉靖二十三年（1544），也就是十六世纪的中期，开始土筑城墙，再以后又土筑砖包，成为重要的边塞关隘。

除此之外，这里也是逃难之地。西口，指长城以北的口外，除了山西的杀虎口，还有陕西府谷口等地。但山西右玉的杀虎口更加知名，声名更加远扬。

只要说到"走西口"，耳边就会想起悲恸的歌声。任何人都能从歌声中听出一种况味。那种苍凉的况味，其实就是一种无奈，就是背井离乡的忧伤。中华民族是农耕民族，只要有一线希望就要留下来，绝对不能离开自己的故土。可是右玉这片地方，真是很难留下来，不可思议的漫天黄沙，把所有生存想法都给遮蔽了，似乎只剩下逃离这最后一条路。

风沙到底怎样凶猛？在右卫老城的城墙根下，初来乍到的人们，只要面对眼前的景象，就完全能够想象出来当年的恐怖。在这里，右玉人挖出了一段古城墙，其他地段依旧保留原来的样子。巨大的土坡，要是没有这段城墙对称，你根本看不出来这里曾经是城池，以为就是高高的山坡。正是这段挖出来的古城墙，让我们看到了当年风沙的凶猛。那时候，这片被称作"黄沙洼"的地区，是右玉周边地区最大的风蚀地带，几乎不分季节，一年到头，伴随人们生活的，永远就是遮天蔽日的黄沙和狂风。它不仅埋葬你的生活，还要埋葬你所有的憧憬。

一个叫李云生的老者，是右玉当地的种树大户，几年前承包了万亩山地种树。他告诉我们，他的曾祖父就在这里生活，在几代人的记忆里，甭管什么季节，只要出门，一定要戴上风镜，否则寸步难行。正是因为恐怖的风沙，好多人才去"走西口"，径直去了内蒙古，乃至更加遥远的地方。

数百年来，来自塞外的风沙每年以十几米的疯狂速度，向右玉等广大内陆地区推进、覆盖，眼前这数十米高的城墙，在过去的年代里，就那么轻而易举被覆盖住了，变成了一片好像没有任何故事发生过的平地。天地、房屋以及地上的一切，甚至包括人类，几乎都被风沙掩埋。只有走，生命才可能不会被覆盖，才能有生存的希望。于是，因为塞外的风沙，也便有了中国历史上重大的人类迁徙，也就有了生命的千古绝唱——走西口。

稍微静下来想一想，哪里是"走"，那就是"逃"。

"逃"是悲伤的，尤其是被动地"逃"，也就更加涂抹了无尽的悲凉。"走西口"的背影不会是欢快的，肯定也不会是高兴的。

假如右玉人只有"逃"的话，还怎么谈右玉的尊严？

三

在一个叫"苍头河"的地方，有一片茂密的树林，走进去，犹如走进一片热带丛林之中，空气中带着潮乎乎的气息。就是在那里，我看到了"守"，看到了与右卫老城城墙外面完全不同的场景。

右玉县林业局的张局长告诉我，这里是"苍头河湿地公园"，曾是历史上的不毛之地。

一棵种植于 1950 年的"小老杨"，在"苍头河湿地公园"入口处，静默地宣示"守"的尊严。尊严来自人类的正面，而不是"逃"的背影。世间所有的尊严都是迎面而来，都是迎风而上，都是勇往直前。

看旁边的一个木牌子，这才知道，原来这棵"小老杨"，是右玉县新中国成立后第一位县委书记张荣怀种下的。

六十多年前的右玉，林木覆盖率不到0.3%。外国人摇头叹息，这里不适宜人类居住，就像宁夏西海固地区一样，属于应该逃离的地方。其实还用讲吗，当地人早就通过"走西口"的"走"，证明这里不能再待下去了。

可"走"的还是少数，大多数人没有走，还是留下来，愿意在这片古老的土地上扎根下去。因为这里是祖先繁衍生息的地方，有着祖辈敦厚期许的目光。可是，既然想要留下来，那就要考虑到生存，就要把风沙"推"走，让它回到原来的地方。

我无法看到六十多年前第一任县委书记张荣怀带领右玉的乡亲们在苍头河边种下第一棵树的场景，但右玉县博物馆里那一张张惊心动魄的黄沙图景，那一眼没有尽头、没有一棵树木的生存历史，再看眼前树木茂密得犹如热带丛林一样的"苍头河湿地公园"，谁能不长叹，进而感慨呀！要知道，眼前的树林，那是右玉百姓在二十任县委书记带领下，一棵、一棵，日积月累种下来的，它们不是从天上飞下来的，它们是在强劲的风沙中，被右玉百姓倔强地按在土地上，被风吹跑了，接着"按"，有的时候，一棵树要被"按"上几十次，这才能在狂沙中"安下家"来。与风沙博斗谈何容易，正像李云生告诉我的，当年所有的种树人，无论男女老幼，回到家来，就会发现嘴角和手指发痒，随后很快就会发烂。原因很简单，那是猛烈风沙造的孽，像刀子一样的风沙。

"小老杨"是右玉人对学名"小叶杨"的亲昵称呼，这是一种乡土树，根系扎得深，耐寒耐旱，面对干旱沙丘，它也能牢牢把握大地。"小老杨"不高大，看上去也不威武，但就是这些普通的树，代表了右玉普通百姓的性格，一种坚忍不拔的"树的精神"，就是在这种精神感召之下，右玉人抵挡住了千百年来肆虐大地的风沙，将荒漠变成绿洲，也终于让右玉人远离了"走"，选择了大无畏的"留"。

人的留下，就是对风沙的抗争，就是对生活信心的坚守，就是改变自然的决心。于是，也就有了习近平总书记2015年1月12日在中央党校第一期县委书记研修班上，与来自全国各地县委书记们座谈时提到的"功成不必在我"的境界，也就有了后来电视剧《右玉和她的县委书记们》的风靡大地，随后"右玉精神"也就广为人知。

六十多年来，二十任县委书记带领右玉百姓，始终坚持不懈种树防沙、彻底改变生存环境的故事，无不让人感动。

四

感动，来自细节；而每一个细节，就是一道精神的雕刻。

于是在七月的右玉骄阳下，当地林业局的人带着我去寻找"生活细节"，我们边看边聊，于是那么多的"细节"就像树枝一样不断向外蔓延。

在已经变成科学教育基地的"四五道岭"，我看见了右玉过去的荒山照片，看见了当年人们在荒山荒地吃住、种树的场景，人们穿着破旧的衣服，背着树种，行走在漫天黄沙之中。其中，当时的口号现在读来依旧让人感动——"镢头加窝头，觉悟加义务"。这是怎样的朴实呀，说得明白、说得透彻。如今呢，在这片1.06万亩的土地上，右玉的"林业人"通过"林草间作""乔灌混交"以及"针阔结合"的营林办法，还有数十年的坚持不懈，如今的"四五道岭"已经成为右玉的一张"森林名片"。

在松涛园，我感到七月的骄阳，已经被绿树丛林完全阻隔，成为一片清凉的森林公园，仿佛不是在塞北，而是在江南。现在的松涛园，原先的名字叫"贾家窑山"，距离右玉县城大约十里，有一万多亩土地。这片万亩荒地，其治理时间要比"四五道岭"晚些年，是从上世纪七十年代开始的，同时这里也是早期全县干部义务植树的地区之一，经过数十年的治理，如今已经成为夺目的"绿色生态走廊"。

右玉县林业局的人告诉我，最后再去全县的"制高点"，到那里就能看到全县风貌，看到别致的绿色景观，看到右玉治沙历史。

是哪儿？

小南山森林公园。

我们坐上汽车，开始沿着森林甬道向上攀爬。

从车窗向外望去，感觉两边树木几乎要把汽车完全淹没。不像是在走山路，像在绿色大海中蜿蜒穿行；那一会儿，汽车好像也不是汽车了，变成了一道锐利的犁，向下、向下用力劈去；随后又像诗人雪莱笔下的高傲的云雀，倏尔高飞，仿佛一只绿色的鸟儿，在大地和天空上，唱响着感人的绿色歌声。

终于……终于来到山顶。

四面远眺，那一刻，我感觉忽然变得词穷起来，尽管努力搜肠刮肚，似乎只是想到了"辽阔"两个字。然后，睁大眼睛去看吧，只要能够看到的地方，都是绿树成荫。

还看到了什么？

看到了，远处有风力发电的白色的巨大的风车，还有点染红色的百姓住宅。我还看到了，右玉百姓在历任县委书记的带领下，凭着"要想风沙住，就得多栽树"的精神理念，与狂虐的风沙搏斗了半个多世纪，硬是凭借不服输的精神，打造出了感人的绿色风景。这是真实的风景，不是画在纸上，而是画在大地之上，画在千百年来的风沙之地上。假如那些与风沙搏斗的逝者能够看见眼前的情境，他们会是怎样地激动？

荀子在著名的《劝学篇》中曾说，"登高而招，臂非加长也，而见者远"。我知道，此刻站在小南山的山顶上，真正的"登高而招"，那是精神的瞭望、心灵的挥手。我相信，通过在右玉短暂的走访，在右玉百姓、在右玉林业人的感人力量的鼓舞下，我的目光也会变得越发遥远。

继续……继续在迷人的右玉七月里，在满眼荞麦花、油菜花的清香中，再次静下心来，按捺住心中的激动，向着两千平方公里土地的远方尽情瞭望。

我又看到了第一任县委书记张荣怀和他的"小老杨"……看到了第二任县委书记……第十一任县委书记……第十二任县委书记……看到了右玉的带头人，在周边的县都搞煤炭开发时，右玉的县委书记们没有那么干，而是继续右玉的绿色发展理念，继续带着大家种树。这是一种执拗，这是一种好像带着"傻气"的执着。如今，我们的聪明人太多了，而带着一种所谓"傻气"的人却是太少了。右玉人在六十多年里，初心不改，认准一条道，一直走下去，终于走出了一片绿色之地。

站在小南山的最高处，我还清楚地看见了右玉所有人的胸前，写着四个亮闪闪的大字——林业工人。是的，右玉所有人，都是林业工人，都是绿化精神的拥护者、践行者。

我兴奋地继续瞭望，终于看见了一座高耸的石碑，其中一面写着"右玉绿化功臣"，在那上面我看到了那么多的治沙英雄、植树模范的名字，他们有领导，有普通百姓；有老人，也有青年，甚至还有三名妇女的名字。

当然，我还看到了习近平总书记为右玉的题词："右玉精神体现的是全心全意为人民服务，是迎难而上、艰苦奋斗，是久久为功，利在长远。"

站在小南山的制高点上，继续瞭望……

天上飞来"爱情鸟"

许　晨

树上停着一只一只什么鸟

呼呼呼让我觉得心在跳

我看不见她但却听得到

呼呼呼这只爱情鸟

她在向我欢叫……

早在上个世纪九十年代，一首名为《爱情鸟》的歌曲风靡一时。那热情奔放、婉转优美的旋律，那缠绵悱恻、浪漫欢快的歌词，时常回荡在大街小巷之中。这是出道不久的青年歌手林依轮的代表作。他由此与当时的一线歌手同台亮相，一步步走上了星光大道。《爱情鸟》飞遍了全中国，在无数青年男女口中传唱，后来很多人在街上见到林依轮，就打趣道："爱情鸟来了！"

实在地说，我和一些并不年轻的同事也是喜欢这首歌的，闲暇之余，往往不由自主地哼唱道："这只爱情鸟已经飞走了，我的爱情鸟她还没来到；我爱的人已经飞走了，爱我的人她还没有来到……"

那么，世上究竟有没有真正的爱情鸟呢？

有人说是结伴戏水的鸳鸯，有人说是比翼双飞的天鹅，也有人说是古书《山海经》中的鹣鹣——此鸟仅一目一翼，雌雄须并翼飞行，故常比喻恩爱夫妻，亦比喻情深谊厚、形影不离的朋友。事实上，上述只是美好的想象，它们要么并不始终如一，要么存在于神话传说里，现实中较为少见。就连以此象征美好爱情的古诗词，亦是变成了"可望而不可即"的感叹，比如白居易《长恨歌》这样写道："在天愿作比翼鸟，在地愿为连理枝。天长地久有时尽，此恨绵绵无绝期。"

2019 年 8 月，我应邀参加了国家林草局采风团，与作家哲夫，摄影家耿大鹏、冯晓光一起，在宣传中心杨玉芳处长和工作人员杨希等人陪同下，一路风尘仆仆，一路兴致勃勃，竟在秦岭北麓、陕西关中洋县发现了真正的"爱情鸟"！

当然，这是作为一名作家在参观走访林草战线先进单位时，电光石火般的诗意的迸发。不过，绝不是无缘无故的"天马行空"的想象，而是通过了解、理解这里的人们，在生态保护方面所付出的心血汗水，以及取得的辉煌成就之后，提炼概括而得到的感悟。

这种当之无愧可称为"爱情鸟"的鸟类，名叫朱鹮！

朱鹮：古称朱鹭、红朱鹭，系东亚特有种，在地球上存活超过 6000 万年，为鸟类中的"活化石"。它最早记载于春秋，汉代就有养殖史。著名辞赋家扬雄曾写道："朱鸟翾翾，归其肆矣。"这里的朱鸟指的就是朱鹮。唐代诗人张籍则专门作《朱鹭》咏叹：

> 翩翩分朱鹭，来泛春塘栖绿树。
> 羽毛如剪色如染，远飞欲下双翅敛。
> 避人引子入深堑，动处水纹开滟滟。
> 谁知豪家网尔躯，不如饮啄江海隔。

虽说此诗远不如他的《节妇吟》《秋思》等作品有名，但却细致入微地描绘了朱鹮这种珍禽的外貌与生存特色。它是雄雌同形同色的鸟类，全身羽毛以白色为基调，唯有嘴端、裸露的头部和脚呈橘红色。尤其是展翅飞行时，翅膀上朱红色的羽轴在阳光的照射下分外漂亮，宛如蓝天上飘过的一片片红云。优雅美丽，仪态万方，被誉为宝贵的"东方宝石"，鸿运当头的"吉祥之鸟"。

它们主要栖息于海拔 1200—1400 米的疏林地带，在附近的溪流、沼泽及稻田内涉水、漫步，觅食小鱼、蟹、蛙、螺等水生动物，兼食昆虫，晚上则飞上高大的树木休息，曾广泛分布于中国、日本、俄罗斯、朝鲜等地。近代以来，由于环境恶化等因素导致种群数量急剧下降，曾经一度濒临灭绝，是当今世界最濒危、最珍贵的鸟类。1960 年被联合国列为"国际保护鸟"。后来，在中国政府和专家学者、人民群众的精心保护下，才又逐渐繁荣壮大起来。现为国家一级保护动物，有"鸟类大熊猫"之称。

原先，我只是在新闻报道抑或影视屏幕中略有所知，真正认识到朱鹮飞翔的价值和保护研究的意义，还是来到了陕西汉中朱鹮国家级自然保护区里，亲眼目睹了这些"国宝"的英姿倩影，亲耳聆听了那一个个为了拯救、保护朱鹮的传奇故事……

那天中午，我们作家、摄影家一行乘火车从西安来到洋县，经过检票口出站时，就看到旅客通道里张贴着大幅的朱鹮飞舞照片，旁边印着醒目大字：欢迎来到朱鹮故里，生态之乡！嘀，甫一到达就吊足了人们的胃口，一连声地询问在哪里能看到朱鹮，前来接站的保护区管理局张跃明科长介绍说："朱鹮生态园离这儿不远。不过已经安排好了宾馆，是先住下吃饭，还是先参观？"

"先参观！"大家异口同声地说。

越野车一路疾驰，奔向了心目中那美丽而神秘的境地。

远远地，看到一顶硕大的穹庐一样的大网，笼罩在青山绿水之间。哦，那就是陕西汉中朱鹮国家级自然保护区管理局的朱鹮生态园，人工繁殖、培育、饲养，以及救治受伤患病的朱鹮，也供科研部门定点研究和游人集中观赏。为此，特制顶天立地的大网笼，能够让它们在里面自由翻飞。

当然，这是有限制的自由，远不如在晴空碧水中翱翔。所以每当过一段时间，保护区便将身体健康、有生存能力的朱鹮实行野化放飞，让它们回到郁郁葱葱的大自然中去。或者，为了跟踪研究它们野外生存的习性和特点，也在某些朱鹮背上安上一种电子仪器，随时反馈有关信息。

下了汽车，我们心切切地走进生态园大门，迎面便是一只展翅欲飞的朱鹮雕塑。在绿树丛林的衬托下，它站立在一座深色汉白玉高台上，高扬着洁白的脖颈和胸脯，斜昂着一点红的头颅、尖尖的嘴喙，尤其那尽情伸展长度几乎超过身体的双翼，一圈白羽，中间则是一片朝霞初升时的绯红。那么美丽、那么漂亮、那么动人。犹如高兴而亲切地张开双臂，热情地欢迎每一个前来的人。

雕塑底座上刻印着四个遒劲有力的大字——中国朱鹮！那是原国务委员、国家科委主任宋健，于 1994 年 8 月视察朱鹮保护区的题词。宋健主任是我的山东荣成老乡，改革开放以来担任了十几年的科委主任，为我国各项科技进步事业付出了极大心血。在此又看到了他亲临现场的墨迹，倍感亲切，也感受到国家对保护朱鹮的高度重视。

接下来，年轻的女讲解员引导着我们一一参观了朱鹮禽舍，指点着里边的一对对朱鹮，详细介绍着它们的品种、特色和人工孵化知识。其中，最令我感到震撼的是这种珍鸟的"爱情观"：因为朱鹮的一生只会选择一个伴侣，并且至死不渝，相伴永远。如果其中一只死亡，另一只将终身不娶或不嫁！在动物界实属罕见，这也是朱鹮繁殖能力低、成为稀有鸟类的原因之一。

每年冬天来临之后，朱鹮就逐步进入发情期。它们会分泌一种黑褐色的黏稠液体往自己身上涂抹，呈现出青褐色的羽斑，好像身着了一件花衣服，以引起异性对自己的注意。而后用嘴夹小木棍、夹食物，搭建巢穴以示爱慕。双方满意，"恋爱"成功，即嘴对嘴或相互梳理羽毛，示意可以"成亲"。

朱鹮忠贞不贰，只和自己心心相印的配偶生育。如果把无夫妻关系的雌鸟和雄鸟放在一个笼子里，它们是不会交配的。而且家庭观念很强，早晨离开巢穴，晚上必定会回来，其中雄鸟还是典型的"模范丈夫"，不但辛劳无比地出去觅食，还与雌鸟分担孵化幼鸟的重任。

一生只爱你！

这句常常出现在文学作品恋人口中，而社会生活中往往难以做到的"山盟海誓"，却在自然界的鸟类身上成为现实，不能不令人刮目相看、深深敬佩。这就是朱鹮，这就是我们的国宝！

不过，眼下我们看到的笼中鸟却有些无精打采：可能由于圈养也没有到发情期的缘故吧，它们要么蹲伏在那里，要么慢慢地走来走去，灰白的羽毛拢拉着，远不如门口的那尊雕塑好看。面对我们失望的目光，讲解员解释说：朱鹮只有飞起来才精神抖擞、光彩夺目！

好，那领我们快去看看它飞翔的英姿吧！说话间，大家来到了那张顶天立地的大网前，隔着鸡蛋大小的网孔向里边张望——一片片浅浅的水洼，一丛丛绿色的草地，高耸着几棵枝叶繁盛的树木，几只朱鹮成双入对地走来走去，时不时地低头梳理羽毛，却没有高飞的意思。同行的两位摄影师举着"长枪短炮"，久久瞄准着，不顾手酸腰疼，嘴里不停地念叨着：飞呀、快飞呀！

直到一位饲养员走进去，张开双臂喊了一声什么，才见到它们依次振动翅膀，飞翔起来。在阳光的映照下，果然红云朵朵，十分好看。两位专职摄影师不用说了——只顾埋头在镜头里，唰唰地按着快门，所有观众也人手一只手机，拍照的拍照，摄像的摄像，永久地留下"天下第一鸟"的英姿……

其后我们一一参观了野生朱鹮栖息地、标本展览馆，收看了电视专题片《中国朱鹮》，特别是与陕西汉中朱鹮国家级自然保护区管理局的张局长、张科长和几位工作人员倾心交谈之后，才真正了解到这种珍禽的前世今生、来龙去脉，也才真正认识到保护繁荣它们的事业，是多么的不容易和难能可贵。

据不完全统计，近百年来在人类干预下——杀虫剂、化肥等化工产品的广泛使用，再加上栖息地的减少，物种灭绝比自然速度快了100—1000倍，几乎每一小时就有3个物种被贴上死亡标签。一个物种的形成大约需要一百万年，而一个物种的消失却往往会在一瞬间。

美丽的朱鹮，就曾几乎在世界上绝迹，唯有中国科学家于上世纪八十年代初，历尽艰辛才在陕西洋县姚家沟找到硕果仅存的7只！冬去春来，经过中国政府和人民群众呕心沥血的特殊保护，它们又一点一点地复活、繁殖，人工与野化并存，国内与国际合作，奇迹般地发展到了3000多只，从洋县的小山沟里，一步步扩展到秦岭南北、大河上下，甚而作为"国礼"飞翔到了日本、韩国、俄罗斯，并且在那里生儿育女了。

朱鹮的保护，当之无愧地成为国际生态保护的成功范例！

那么，这里的人们是怎样做到的呢？这是一些什么样的人呢？

风风雨雨几十载，献身朱鹮保护事业的人太多了。

且不说首次在陕西洋县姚家沟寻找与发现朱鹮的功臣、中科院动物研究所刘荫增研究员，如何百折不挠，餐风露宿，带领考察队日夜守护在山林里，观察保护"秦岭一号朱鹮群体"；也不讲一走出校门便爱上朱鹮的女大学生席咏梅，怎样从零开始，辛勤探索，开创了人工成功饲养朱鹮的先河，被誉为"朱鹮仙子"……

我只以亲历亲闻三位普通的工作人员为例，就可以看出"中国牧鹮人"的一腔热血、一片痴情。

来到洋县的第二天上午，我们专程前往朱鹮国家级自然保护区管理局，在从事朱鹮保护工作整整30年、拥有丰富的工作经验和高超摄影技术的张跃明科长主持下，和一些"老中青"基层工作者，开了一个小型座谈会，深感他们的不易、不舍与不凡。

土生土长的洋县人李昌明，早在上个世纪九十年代初就与朱鹮结下不解之缘，在深山密林里的保护观察站当了一名守护员。当时还是那仅有的几只"宝贝疙瘩"，处于拯救保护阶段。就像大户人家的独生子一样，视为掌上明珠，"捧在手上怕摔了，含在嘴里怕化了"。经费有限，条件艰苦，人们便用最笨也是最有效的办法开展工作。

起初只有两个保护站，位于人迹罕至的深山密林里，一个姚家沟站，一个三叉河站。他们就在朱鹮栖息的树下搭棚子，24小时不离人，日夜不停地守候着，吃饭、睡觉只能轮流休息一下。每逢遇上求偶繁殖期，朱鹮四处飞舞，守护员就跟随着鸟儿走，从一个山头到另一个山头，把它们的行踪和一举一动全都记录在案：几点几分出去，几点几分回来，睡觉头朝东，还是朝西。这棵树上几只，飞到那边几只，严格地数鸟数，一只都不能少。

李昌明刚刚成家不久，正是如胶似漆的时候，可为了心爱的国宝朱鹮，常常从热被窝里爬出来，一上山就是两三个月。那时没有手机，更没有网络，等于与家里处在失联状态，什么家务也顾不上。两个孩子出生时，他都不在妻子身边，而是守候着正在繁殖的朱鹮！从这个角度上说：他爱朱鹮胜过自己的孩子啊！

高高的秦岭一带，树木参天，气候适中，自然资源十分丰富，素有"南北植物荟萃、南北生物物种库"之美誉，除了鸟类有国家一类保护对象朱鹮和黑鹳之外，还有大熊猫、金丝猴、羚牛等，与朱鹮并称为"秦岭四宝"。自然也有熊、狼、野猪等凶猛动物，住在山上的守护员需要时常注意自身安全。不过一旦发现朱鹮遇到危险，他们则什么也顾不上了。

有一次，李昌明值班守候在树下，突然发现一条毒蛇爬进了树上的鸟巢，里边有两只还不会飞的幼鸟，吓得缩成一团。李昌明大喊一声："别怕，我来了！"赶紧从旁边另一棵树爬上去，用手中的长竹竿去捅。可惜晚了一步，那条毒蛇已经死死缠住一只幼鸟，就是不放。

说时迟，那时快，李昌明用腿紧紧夹住树干保持着平衡，将竹竿的尖头对准蛇头，狠命扎了过去。这一招果然奏效，毒蛇负疼松开了小朱鹮，掉在树下匆匆跑开了。其他守护员赶紧上树查看，把那只受伤的幼鸟抱下来救治……

就在这种特殊的保护下，宝贵的朱鹮逐年增长，从7只升到13只，又增加到了20只，而守护的人手不够了。按照当时的政策，李昌明动员妻子也走到了保护队伍中，成为合同制工人。只是孩子还小，没人照顾，夫妻俩就带着孩子一齐上山，住在窝棚里忠诚守护着。嗬，真是全家总动员了！

段英，一位真诚朴实、爱岗敬业的"牧鹮人"。早在前来洋县之前，我就上网查阅了有关资料，其中《陕西日报》一篇报道《洋县：最美华阳人段英守护朱鹮20年》，使我对她印象尤深，希望能现场采访一下。今天在座谈会上，如愿以偿。

她大约年近不惑，身穿一件合体的黑色半袖衬衫，梳着干净利落的马尾辫。别人说话时，她认真地倾听着从不插言，似乎不善言词。唯有面对我们的提问，谈起了朱鹮，她才打开了话匣子，仿佛有说不完的话："我是1997年3月招工，走进陕西朱鹮救护饲养中心，成为一名朱鹮饲养员的，那时还不满20岁。开始去喂朱鹮，鸟儿们还不认识我，对我很防备，经常用嘴啄我，用翅膀扑扇我。为了以后好工作，师傅们让我先忍着，别反应强烈吓着鸟儿。渐渐地，朱鹮和我熟识了，建立了感情。再喂食时，人家还会啊啊地叫几声……"

我敏感地注意到：段英把朱鹮称为"人家"！这一般是本地人对于好友的亲昵称呼，说起"闺蜜"抑或"亲朋"，往往是"人家这样，人家那样"等，可见她早已习惯地把朱鹮当做一家人了！随后，她详尽而生动地介绍了许多养护珍禽的事例：有成功繁殖的喜悦，有救治失败的忧伤，也有陪伴"朱鹮大使"走出国门的自豪。然而，使我最为敬佩有加的，还是她个人及家庭的付出与"牺牲"。

段英的丈夫在县城一所高中任教，工作同样十分繁忙。女儿小的时候就放在奶奶家里，夫妻俩抽空回去看一下。那一年，女儿准备中考了，单位上需要人上华阳镇驻站工作，一两个月才能回家一次，段英积极报名。家里人都不同意，特别是女儿老觉得妈妈不关心自己，担心考不上理想的中学。段英一边耐心地说服，一边做好了各种准备，毅然决然地上了山……

这一去就是好几年，后来她当上了华阳朱鹮保护站站长，带领着6名员工，更是义无反顾地忙碌起来。他们守着占地90亩的世界第一大鸟笼，养护着 68 只朱鹮，承担着朱鹮饲养、观测保护研究、对外开放旅游等多项事务。人少事多，经费有限，很多事情都得自己干。段英豪迈地说："挖水渠、背着割草机割草、上树修树等活，我样样都能干了。"

可对于自己的家人，她却愈加照顾不上了，以至于女儿经常嗔怪道："妈妈是朱鹮的妈妈，不像是我的妈妈，以后你就靠朱鹮来养老吧！"每当这个时候，段英心里就像是打翻了五味瓶，酸甜苦辣咸，样样都有："女儿啊，你和朱鹮都是我最喜欢、最疼爱的孩子……"

是的，朱鹮已经成为段英生命中不可割舍的一部分。

座谈会上，一身红衣的权海云，是年龄最小学历最高的新一代"牧鹮人"。她毕业于西北农林科技大学，是临床兽医学的硕士研究生，家乡在秦岭北部的渭河之南，与汉中洋县相隔着数百公里。她来到朱鹮保护区管理局工作，完全是受了爱情鸟的感召。

本来，在学校上学时，权海云学到过有关朱鹮保护的知识，可从没想到有一天将与它们天天打交道。只是她的恋爱对象是汉中地区人，毕业时要回到家乡工作。"在天愿为比翼鸟"，权海云就像"爱情鸟"一样，追随爱人的身影来到了洋县。

此前，一位同校的师姐告诉她：朱鹮保护区有一个合适岗位，而这里具有全国先进的科研设备，病鸟救护、人工养殖均走在了国内外同行前列。年轻的权海云怦然心动，应聘成功，一下子就爱上了这些珍贵的小生灵。

新婚燕尔，婚假还没有休完，她就兴致勃勃地上班了，与朱鹮们朝夕相处感情深厚，一日不见如隔三秋，回家也是把朱鹮挂在嘴边上，以至于丈夫都有些"吃醋"了，开玩笑说："本来是想把你调到身边，不料想却造就了'情敌'！"

权海云的主要工作是病鸟救护与防治。过去鸟儿少，宣传也不太到位，救治伤病鸟还是偶发事件。如今随着朱鹮增多和认识上的提高，这已经成了周围群众的自觉行动。每当夏季七八月时，幼鸟初飞最容易受伤，报警电话一个接一个，他们也就特别繁忙。

有一次，安康县有人打电话过来，说发现一只受伤的朱鹮。权海云和同事们看看表，已经是下午五点钟，马上就要下班了，而安康离此地有200多公里呢！咋办？多一分钟鸟儿就多一分危险，快去！他们立即带上药品和手术工具，连夜驱车前去救护。

还有一次，一只朱鹮被蛇咬了，奄奄一息，发现它的群众骑着摩托车送了过来。权海云紧急医治，打针，喂药，都不管用了，只能眼睁睁地看着它断了气。解剖之后，发现它的脖子上有两个蛇牙印。年轻的小权为自己无力回天，感到十分难过，眼泪不由自主地流了下来……

一个个平常的故事，一位位普通的工作人员，没有惊天动地的豪言壮语，不是气冲霄汉的英雄行为。可在我的心里，掀起了一阵又一阵感情的波澜。为什么在全世界都已绝迹的朱鹮，却在中国获得了新生？短短数十年，竟又日益繁荣壮大起来，充满活力地飞翔于蓝天之上，甚而成为难能可贵的"动物大使"，越洋跨海，担当起友谊合作的使命。在这里，原因自然是多方面的，但我找到了最根本的一条答案，那就是我们的林草工作者、我们的朱鹮守护人，像始终不渝的"爱情鸟"一样：一生只爱"你"！无怨无悔、不离不弃！

　　　　我爱的人已经飞走了
　　　　爱我的人她还没有来到
　　　　这只爱情鸟已经飞走了
　　　　我的爱情鸟她还没来到……

这首名为《爱情鸟》的歌中反复唱道"我爱的人已经飞走了，爱我的人她还没有来到"。这是歌手在把鸟儿拟人化了，无奈地咏叹着失恋的伤感。而现实中美丽而可爱的朱鹮，却是等来了最心爱的人，最贴心的照顾——中国牧鹮人！他们以自己的行动和爱心，告诉世人什么是生死相依的"爱情鸟"、什么是感天动地的事业心……

吴起的色彩

许 晨

　　越野车沿着宽阔平坦的柏油公路疾驰，载着我们一行在西部黄土高原的褶皱里蜿蜒前行。正值盛夏季节，路旁高坡低谷上一片绿荫掩映，郁郁葱葱，宛如穿行在一条如诗似画的长廊里。渐渐地，车速减慢了下来，车窗外出现了一座仿古建筑的城门，前面站立着一尊身着铠甲、持剑叉腰的古代将军塑像。

　　随车陪同的工作人员介绍说："吴起到了！"

　　"是吗，这就是红军长征落脚点的吴起县啊！"我紧贴着车窗玻璃，兴趣盎然地向外观看着，不由得暗暗哼起了那支著名的歌曲：锣鼓响，秧歌起，黄河唱，长城喜；腊子口上降神兵，百丈悬崖当云梯。六盘山上红旗展，势如破竹扫敌骑。陕甘军民传喜讯，征师胜利到吴起……

　　吴起县，位于陕西省延安市西北部，分别与定边县、志丹县、靖边县和甘肃华池县相邻。地貌属黄土高原梁状丘陵沟壑区，海拔在1233—1809米之间。境内有无定河与北洛河两大流域，地形主体结构可概括为"八川二涧两大山区"。相传战国时的名将吴起曾在此驻兵戍边，为纪念他而命名为"吴起"。

　　虽说这里是因一位古人得名，但我抑或像我一样生在红旗下、长在新社会的人们了解吴起县，大多并不是由此而知，而是得益于前边所引述红歌中的歌词。当年参加过长征的解放军总政治部主任萧华将军，以澎湃的激情、珍贵的记忆和强烈的历史责任感，挥笔写下了脍炙人口的《长征组歌》。其中第七首就是《到吴起镇》，表达了党中央和中央红军历经千难万险，跨越万水千山，突破敌人的围追堵截，胜利到达陕甘革命根据地吴起镇的欢快心情。

吴起，在中华人民共和国诞生的风雨征程上，成为一个永恒的坐标。

多少年过去了，我从一个天真烂漫的花季少年，成长为保家卫国的人民空军战士、肩负反映现实责任的当代作家，直到两鬓染霜的年逾花甲之时，均未有机会前往这座闪烁着朝霞般红光的城市，参观瞻仰它的风采。这一次，为了纪念新中国成立七十周年，我应邀参加国家林草局70载林业草原故事采风活动，终于有缘到吴起了！因为，英雄的吴起人民没有躺在功劳簿上沾沾自喜，而是在新的时代里做出了功在当代、利在千秋的新贡献！

全国退耕还林第一县，全国林业生态建设先进县！

封山禁牧从吴起开始，退耕还林从延安走向全国！

这就是今天的吴起，这就是与时俱进、再立新功的吴起。先烈回眸应笑慰，长征自有后来人。越野车像是了解我们的心情似的，一路欢歌，风驰电掣，直接开到了"退耕还林展览馆"门前。

它，坐落在距离县城约一公里的一个山沟沟里，四面青山，苍翠欲滴，仿古建筑的屋顶，大写人字形的门楣，既像是山林坡地，又像是尖尖树冠，寓意着树木参天，护佑着一方水土一方人。印象最深的还是那一排玻璃幕似的大门墙体，阳光下闪闪发亮，映照着对面山峦上一片春意盎然，仿佛青山绿水延伸到了展馆里。我们下了车，兴致勃勃地走了进去，走进了一段沧海桑田的峥嵘岁月……

退耕还林？这是一项什么工作，具有什么意义呢？

对于一些从未接触过农林业，抑或没有了解过此类事业的人来说，这还是一个神秘而珍稀的话题。如今，我也只是白接受了采风邀请，真正做了些案头准备，上网查阅了有关资料，心中才有了基本的概念。

千百年来，由于历史地理人文等原因，陕甘宁一带水土流失十分严重，作为陕北延安地区的吴起县尤甚。一句句民谣道出了这里曾经的自然风貌："一年一场老黄风，从春一直刮到冬""山是和尚头，沟是干丘丘，三年两头旱，十种九难收"……

远的不去讲了，上个世纪90年代，吴起县水土流失面积占全县土地总面积的90%以上，成为黄河中上游地区最为严重的县份之一。那时候虽说也动员村民们植树种草，但传统的粗放式的开垦、放牧，仍然让这片土地上"年年造林不见林，岁岁栽树树无影"，"下一场大雨褪一层皮，发一场山水满沟泥"。当时的山山岭岭，沟壑纵横一片土黄，如同大山被撕裂了衣衫似的，赤身裸体，暴晒在炎炎烈日之下，袒露在狂风暴雨之中，苟延残喘奄奄一息。

这样的田地怎能养活一方人？贫困、落后的帽子一直戴在他们头上。要知道，这可是曾经勒紧了腰带，捧出仅有的小米黑豆奉献给革命事业的延安老区啊！新生的人民共和国正是从这里的黄土山道上，一步步走上了宽广的北京长安街啊！当年，可是他们把"最后一粒米，送去做军粮，最后一块布，送去做军装，最后一个儿子啊，送他上战场……"。

莫非是曾经的红色根据地人民，奉献了太多的殷红的热血，使这片山山水水变得如此苍白、灰黄、惨淡？尤其是大自然造就了百分之七八十的山坡地，土地贫瘠、广种薄收，农民只求产量不惜毁林增田，加之大撒把式的放羊，羊子四个蹄子就像四把剪刀，一张嘴又是一把刀子，一遍过去连草根都"铲"得干干净净。这就形成了恶性循环，越垦越荒，越荒越穷，越穷越垦，一辈辈、一代代在"穷窝"里挣扎。

穷则思变。中国共产党人绝不能让革命老区沉陷在大风肆虐、飞沙走石的黄土坡地里不能自拔。1998年初春，时任县委书记的郝飚怀着彻底改变吴起面貌的雄心壮志，带领一班人深入村村镇镇、沟沟峁峁走访调研。当来到铁边城镇杨庙台村的许志洲家时，发现他把原来的土山羊换成小尾寒羊，不再上山放牧，而是自己种草圈养，一只小尾寒羊的价格是土山羊的10多倍，既不破坏山林又增加了收入，思路大开。经过反复思考讨论，他们决定实施"封山退耕、植树种草、舍饲养羊、林牧主导、强农富民"的逆向开发战略决策，在全国率先实现了全县整体封山禁牧，彻底修复生态、推动农村经济可持续发展……

不准上山放羊了，不种庄稼栽树种草了，一石激起千层浪。

起初，许多不理解这项政策的农民跑去责问书记郝飙："老祖宗几辈都放羊，凭啥现在你就不让放了？这不是要我们的命吗？你要不说出个道道来，咱就把羊子赶进你县委大院来。"

郝飙不着急不上火，笑眯眯地给来找他"算账"的群众算了一笔账：以吴起的自然环境，18亩天然草场才能养一只羊，但人工种植的草场，一亩就可以养两只羊，相差了几十倍啊！他继而语重心长地说："你说老祖宗几辈都放羊，那你富了吗？你要是富了，就按你的路子走；你要是没富，就按我的路子走！"

一番掏心窝子的话，犹如一把管用的钥匙，打开了群众将信将疑的心锁。就这样，当年吴起一次性淘汰出栏当地土种山羊23.8万只，全部改成了舍饲。转过年来的1999年，全县又一次性退了25度以上的坡耕地155.5万亩，实现了全县整体封禁的目标。

这年8月，时任国务院总理的朱镕基来延安视察，听了吴起县的汇报，大加赞赏，认为走出了一条因地制宜、改变穷山恶水的成功之路。他站在宝塔区燕沟流域的山上，感慨万千地说："当时延安这么一点地方、这么一点人，养活了那么大的革命力量，最后夺取了全中国。但是，我们也把你们的树林子给砍光了，现在要还这个债，要把这个林子再造起来！"

紧接着，朱镕基提出了"退耕还林、封山绿化、以粮代赈、个体承包"的十六字治理方针，要求延安人民变"兄妹开荒"为"兄妹植树"，率先实施退耕还林，建设美好家园，并总结经验向全国推广。同时制定了退耕还林每亩国家补助160元、成林看护费每亩13元的优惠政策，更加调动了农民的积极性，纷纷主动将自留地让出来，种草植树。从此，"再造一个山川秀美的西北地区"的口号响彻九霄，一场波澜壮阔的"绿色革命"从"红色圣地"展开，席卷长城内外。

吴起，这个由一代伟人毛泽东主席指出的中国革命的落脚点和出发点，又带动黄土高坡上的人们开始了一场新长征！

这些珍贵而难忘的历史场景，十分清晰地展示在"退耕还林纪念馆"里。我们轻轻移步，慢慢观看，细细品味：一幅幅图片、一件件实物，形象、具体、直观地还原了退耕还林的伟大历程和巨大成就，体现了党中央、国务院实施退耕还林、改善生态的决心和信心，以及广大山区农民让荒原变绿洲的丰硕成果。尤其是那两幅前后对比的航拍图：20多年前的吴起县域，荒山秃岭了无生气；20年后同一个地方，绿树成荫生机勃勃。此时无声胜有声，历史见证最有力。

年轻的女讲解员充满感情地介绍："截至目前，全县共完成退耕还林面积244.79万亩，其中经国家确认面积190.67万亩（退耕地99.28万亩），累计兑现退耕还林补助资金19.1亿元，有22876户105426人享受政策，户均领取补助资金83494元，人均领取补助资金18117元。是全国退耕还林实施县中封得最早、退得最快、面积最大、群众得到实惠最多的县份，成为全国退耕还林的一面旗帜。"

太好了！何止是吴起啊，在这座全国唯一的退耕还林展览馆最后部分，我们兴奋地看到整个延安市、西北地区乃至全国坡耕地占多数的省份，从黄土高坡到半黄半绿，再到一片深绿，犹如当年的"星星之火"，已成"燎原之势"，只不过是从红旗飞扬的革命火焰变成了春潮汹涌的绿色波涛。加之近年来习近平总书记发出了"绿水青山就是金山银山"的号召，人们乘势而上，许多连绵的秃山荒岭不见了，万水千山一片绿，祖国永远是春天……

当天下午，延安市和吴起县林业局退耕还林工程管理办公室，简称"退耕办"的同志们，又专程陪同我们来到退耕还林先行村、示范村——吴起街道办南沟村参观走访。这是一个典型的陕北村庄，坐落在黄土高原白于山腹地，总土地面积48平方公里，辖14个村民小组320户1320人。沟壑纵横，山环水绕。

如果不是预先知晓前往县城东南部的小山村，我还真以为来到了塞上江南，抑或是戈壁绿洲。眼前的情景美不胜收，令人大开眼界。一片片果园一丛丛灌木，一湾湾湖水一条条游船，一辆辆大巴一群群游客，还有那如同荡秋千一样的水库网红桥，随着一声声吆喝，游人们欢声笑语直冲蓝天。一曲诞生在我家乡齐鲁大地的民歌，情不自禁地回荡在耳畔：

> 一座座青山紧相连，
> 一朵朵白云绕山间；
> 一片片梯田一层层绿，
> 一阵阵歌声随风传。
> 哎，谁不说俺家乡好，得儿哟依儿哟，
> 一阵阵歌声随风传……

虽说它是电影《红日》中的插曲，描绘了解放区的人民热爱家乡、踊跃支前的场景，但真正的艺术作品是有恒久的生命力的，歌曲中那赞美大好河山的歌词、热情奔放且悠扬动听的旋律，完全可以用来形容今天的南沟村、歌咏这里的村民们！

在村委会里，我们见到了原村党支部书记、现任吴起秦风水韵文化旅游发展公司总经理的闫志雄。他已经过了耳顺年纪，早在1996年就当上了南沟村党支部书记，一干就是20多年，经历了整个退耕还林、沧桑巨变的全过程。他说起来如数家珍，历历在目：

"那时咱村人均土地不少，有十几亩，可一多半是20度以上的坡地，靠天吃饭，苗子出不了地皮就完了，就又开垦荒地，越垦越穷。开始搞退耕，大部分人想不通，说什么：'今年没粮食，明年没性命。你是皇帝？不种庄稼，国家能给你补偿？'有的妇女就嚷了：'来年吃草啊？'郝书记、韩县长来到南沟拍着胸脯讲：'你要相信共产党，一定补偿！'果然，当年退耕补偿一半小麦一半玉米、小米，后来一亩地160元现金。我腰杆就硬了，全面推开，荒坡全部种树，保种保活……"

就这样，南沟人从利用中德合作造林项目试点起步，继而成为吴起县退耕还林的"第一村"。随后他们成立了吴起县林海公司，带领全村老百姓植树造林，不但使南沟村的林草覆盖率达到了90%以上，还为周边的兄弟县乡植树造林提供服务："我们最早的打算就是把山搞绿了，让生态环境变好了。20年过去了，我们不仅得到了绿水青山，而且还给我们带来了真金白银……"闫志雄指着窗外的红花绿树，眼里心里全是满满的成就感。

是的，如今的南沟村巧打"生态牌"，围绕"生态美、百姓富"的目标，将脱贫攻坚与深化林改、加快生态建设、培育富民产业结合起来，创新推出一系列生态扶贫举措，开辟了脱贫致富的新路子。

他们以南沟水库为依托，抓住乡村旅游这个劲爆点，成立了吴起秦风水韵文化旅游发展公司和南沟旅游度假村，重点打造集休闲旅游、生态农业、文化体验、森林康养等多种功能于一体的综合示范村，先后开发了水库乐游园、荷花塘、苹果采摘园、四季花卉观赏区等生态休闲项目。同时建设了不忘初心南沟革命斗争纪念碑、村史馆、民俗园、生态广场、烽火观景台、黄河水车、家传美食文化街等人文景观。把风景变成产业，让美丽转化成生产力，走出了一条"产业融合、业态多元、结构优化"的可持续发展新路。

"2016年，国家'三变'改革政策下来后，就是资源变资产、资金变股金、农民变股东。我们村'两委'商量，能不能抓住政策机遇，把村上闲置土地流转回来，把农民的沉睡资金利用起来，鼓励村民入股分红，大家合伙干。"闫志雄说，"为此，村上制订了以'党建引领、企业带动、项目支撑、产业富民'为整体思路，创新推行以三带引领、三变支撑、三联助力、三产融合为主的'四个三'发展模式，助推南沟村产业发展、农民增收、乡村振兴。总之我们这模式就是集体经营，人人参与，共同受益。现在也正是旅游旺季，公司一天就收入2万多元，我们原来只剩五六户人的村子，现在有60%的村民都返回来了，有开宾馆的，有开船的，办农家乐的……"

说话间，工作人员端上来一盘盘红瓤西瓜，闫志雄打住话头，热情地让大家吃西瓜解解暑。可这时的我们已经被美丽的南沟强烈吸引了，再也坐不住了，一个个连声地要求："趁着太阳还没落山，你领着我们上山看看吧！"

"好，咱这就走！"年逾六十却精力充沛的闫志雄一跃而起。

山顶上，依托古时烽火台旧址建造了一处观景平台，周边则是一片山地花卉种植园。为此，南沟人开辟了一条旅游路，配备了观光电瓶车，上下游客络绎不绝。闫志雄专门要了一辆观光车，陪同我们一行沿着水库、山路，盘旋而上。嘿，犹如毛泽东主席当年写下的诗句："一山飞峙大江边，跃上葱茏四百旋。冷眼向洋看世界，热风吹雨洒江天。"

车到山顶，举目四望，万千景色，尽收眼底。

不用说，闫志雄又给我们当了一回导游，指着脚下的沟沟岭岭说："大家看啊，这里位于整个景区的西山，以牡丹芍药为主，利用山地坡田，结合当地传统种植业品种，分别种植了油菜、葵花、荞麦等有观赏与采实价值的作物，另外我们还引进了外来的薰衣草，加上成片的桃、杏、苹果等树木，是一个春观花、夏看绿、秋赏叶的好去处……"

"好啊！眼见为实，退耕还林示范村，名不虚传。"

站在白色木栏杆前，我们近观远眺，心潮翻涌，只见一片片山色青翠欲滴，一处处湖水碧波荡漾，整个大地犹如一幅幅油画似的。时值傍晚，在夕阳的照耀下，林海中泛着金波，绿毯上映着红光，五彩斑斓，光彩夺目，怎一个"美"字了得?！新时代的南沟村，正在为世人呈现出山清水秀、天蓝地绿、村美人和的美丽画卷。

如果说，美术绘画中的红、黄、青为色彩三原色，可以混合调出所有颜色的话，那么眼下我们看到的大地调色板应该怎样理解呢？蓦地，联想起这片热土的前世今生，我的眼前一亮：这里是当年刘志丹"闹红"的地方，是中央红军长征胜利的落脚点，红旗猎猎漫卷长空；但因了天文地理的种种原因，水土流失，荒山秃岭，一片片黄土养不下人；如今，党和国家关心备至，退耕还林政策好，人民群众焕发了冲天的干劲和创造力，春深如海绿满天涯。

红、黄、绿，这就是吴起的色彩！这就是延安的色彩！从某种角度上来说，这也是新中国的色彩！只不过"三原色"的意义应该有所新解：那将是永远的红，金子的黄，醉人的绿……

2019年8月至9月写于陕西吴起、山东青岛

大地上的风景

哲　夫

第一章　羽衣霓裳朱鹮起

1. 前世今生朱鹮诗

位于陕西省南部的汉中市，北依秦岭，南屏巴山，秦岭巴山地貌类型多样，但以山地为主。河流均属长江流域，主要是东西横贯的汉江水系和南北纵穿的嘉陵江水系。多原始森林，植被类型多样。中部为汉中平原，约120万年前汉江沿岸就有古人类活动。这里是长江第一大支流汉江的源头，也是两汉三国文化的主要发祥地，素有"天汉""鱼米之乡""天府之国""汉家发祥地，中华聚宝盆""汉人老家"之誉。这里是古北界动物区系和东洋界动物区系的交会处，南北动物兼有，动物种群组成丰富。朱鹮、大熊猫、金丝猴和羚牛这四种珍稀动物被誉为"秦岭四宝"，此行，便是奔洋县大地的朱鹮而去。

朱鹮，又称朱鹭、红鹤、朱脸鹮鹭、日本凤头，为历代诗人所歌咏。南朝梁诗人王僧孺咏朱鹮诗有两首，其一："因风弄玉水，映日上金堤。犹持畏罗缴，未得异凫鹥。"其二："闻君爱白雉，兼因重碧鸡。未能声似凤，聊变色如珪。原识昆明路，乘流饮复栖。"

翻成白话便是：体形如鹤的朱鹮随风而来以长长的足胫涉入如玉的秋水觅食，它伫立金色河堤之上，胭脂红的羽翼在秋阳辉映下愈见炫目，自恃是因为害怕系着丝线的箭矢和河里的网罗，你怀抱着绝世的艳丽所以才如此谨慎小心，有异于野鸭子和鸥鸟的没心没肺。有人喜欢纯白色的野雉，也有人偏爱碧色的秧鸡，虽然你的叫声并不能有凤的清越，但环境如同你随季节变色的羽毛，外形纯白内里却如美玉般光彩照人。你像贤人深藏不露心明如镜，知道仕途之路必须顺昆明池水流入帝王家，去寻觅生计和栖息的高树，这一点我也感同身受。

南朝陈叔宝亦有诗曰："参差蒲未齐，沈漾若浮绿。朱鹭戏蘋藻，徘徊流涧曲。涧曲多岩树，逶迤复断续。振振虽以明，汤汤今又瞩。"

诗中颇可以见出当时朱鹮生存环境的良好与嬉水的优美姿态，诗虽然了无深意，但写诗的人却要提上一笔。诗人陈叔宝，字元秀，小字黄奴，是南朝最后一位皇帝，陈后主，在位不理朝政，大兴土木，生活奢侈，日夜与妃嫔、文臣游宴作艳词。自恃长江天险，隋军南下时不以为意，南京沦陷后率妃子跳井，隋兵扬言下石，方出声求救，拉上之时兵丁觉得十分沉重，以为后主必然肥胖，殊不知一根绳竟然拴着陈后主、张丽华、孔贵妃，如一串蚂蚱。据说贵妃张丽华乃天生尤物，发长七尺余，脸若朝霞，肤如白雪，目似秋水，眉比远山，顾盼可见聪明。陈后主国事多"置张贵妃于膝上共决之"，张丽华竟然可以把百官启奏的折子逐条裁答，无一遗漏。江东小朝廷不知有陈叔宝但知有张丽华。时人叹曰"耽荒为长夜之饮，嬖宠同艳妻之孽"。

陈后主酷爱诗文，有《玉树后庭花》名噪一时："丽宇芳林对高阁，新装艳质本倾城；映户凝娇乍不进，出帷含态笑相迎。妖姬脸似花含露，玉树流光照后庭；花开花落不长久，落红满地归寂中！"成为亡国之音。被俘后在洛阳城病故，终年52岁，存世97篇诗文。

可怜陈后主枉有捻句之才，却无治国之志与方略，只知一味透支物华，超前消费天宝，大手大脚奢侈无度享受大千世界的繁华，而不知体恤百姓，怜悯草木禽兽，爱惜水土。金代词人吴激词叹："南朝千古伤心事，犹唱后庭花。旧时王谢，堂前燕子，飞向谁家？"飞向宋元金辽明清民国，飞向退耕还林拯救山川草木河流万物的今天。以史为鉴，几番轮回，岂能不自省？我有五律新韵慨叹曰：

砍以南山柏，樵光北岭檀。才成金雉殿，又起碧鸡銮。

后庭莺方唤，前朝燕已残。轮番人欲后，鹮剩七情丹。

朱鹭诗还在，黄奴骨化灰。千娇千玉碎，万岁万尘摧。

社稷亡金盖，江山死玉堆。人心常暧昧，天意不徘徊。

咏朱鹮的古诗多离不开寄寓个人情志，如苏子卿的诗："玉山一朱鹭，容与入王畿。欲向天池饮，还绕上林飞。金堤晒羽翮，丹水浴毛衣。非贪葭下食，怀恩自远归。"又如裴宪伯的诗："秋来惧寒劲，岁去畏冰坚。群飞向葭下，奋羽欲南迁。暂戏龙池侧，时往凤楼前。所叹恩光歇，不得久联翩。"再如张正见的诗："金堤有朱鹭，刷羽望沧瀛。周诗振雅曲，汉鼓发奇声。时将赤雁并，乍逐彩鸾行。别有翻潮处，异色不相惊。"脱俗的是大唐诗鬼李贺描写朱鹮生活场景哀悯其被网罗的诗："锦襜褕，绣裆襦。强饮啄，哺尔雏。陇东卧穟满风雨，莫信笼媒陇西去。齐人织网如素空，张在野春平碧中。网丝漠漠无形影，误尔触之伤首红。艾叶绿花谁剪刻，中藏祸机不可测。"

大意是，雌雄朱鹮都穿着锦绣衣裳，为哺育幼雏两两相随在稻田里拿长长的嘴巴饮啄发出锵锵的声响。多风多雨的陇东田野禾穗下藏着捕鸟机关。埋下机关的主人往陇西去了，齐国人织出的网罗遍布天空，就在春天碧碧的野天野地里布伏，网丝细细的张得很广很开却看不见影子，你们要小心啊，触撞网罗会粘住你们红色的头颈，挣之不脱会使你们香消玉殒。尤其要小心那些凭空出现在秧田里的艾叶剪成的绿色花朵，包藏着用来诱惑你们的凶险莫测的人类的祸心。

此诗足以见出李贺的人文情怀，也证明我在一篇文章中所担忧的古已有之：欲求的上帝五光十色，因为需要而焚琴煮鹤，因为美丽而巧取豪夺，因为可爱而竭泽而渔。因为怡人而居之，因为好味而食之，因为爽肤而衣之，因为欲得之而杀之，因为爱之深而猎之逾。伯仁无罪，乃怀璧之罪，红颜自古多薄命，临了剩得七只已是万幸。人类却要撞天冤说，物竞天择，适者生存，人以杀生而养生，这难道不是天经地义的吗？这还能叫祸心？好在那已经是人类过去时的认知了。

故而我有《朱鹮咏》《天仙子》平水韵感慨曰：

> 竭水尽渔花似匕，取卵杀鸡香若矢。
>
> 山川草木失雄雌，奢生侈，唇亡齿，火烧阿房秦汉紫。
>
> 万丈红尘千古耻，湖海江河金粉已。
>
> 繁华乱盖鸟无枝，天仙子，歌舞止，飞燕玉环唐宋死。

2. 鸿运当头朱鹮照

洋县北倚秦岭，南俯巴山，东部为秦岭山脉向东南延伸的余脉和巴山向东北斜落的山丘交会处，中部为汉江平坝地带东段。境内山梁被自然河流纵向切割或树枝状切割，呈现出涧岭纵横、沟坝相连、坡势平缓的地貌。粮食作物以水稻、小麦、油菜为主，辅之以玉米、黄豆、蚕豆、高粱、大麦、芝麻、花生、薯类等。晚间端来宴客的黑米茶、黑米酒，洋县朱鹮局张亚祖局长笑说：这都是黑米加工而成，我们洋县是黑米主产区。我疑心其不是原产地，而是引种的舶来品。

朱鹮保护局的张跃明如数家珍：朱鹮习惯生活在有村有人，有山有树、有稻田有小河沟的浅山区，白天在水田里、小河沟找泥鳅小鱼吃，晚上飞回树上睡觉。按规定自然保护区不能有人，但朱鹮是与人伴生的，没人种稻子它也活不成，与规定发生矛盾了。朱鹮爱吃稻田里的水生物，把农民都撵走谁来种稻？稻子还不能长高，长高了朱鹮进不去，所以我们让农民在每亩稻田都留出二分地不种稻子以方便朱鹮进出取食。在朱鹮活动区禁止开矿、狩猎、伐木，禁止使用农药、化肥，几条高速公路也避开了朱鹮保护区绕行。西安到成都的高铁还专门在汉中地域架设了篷网以防止朱鹮栖落触电。保留朱鹮觅食的天然湿地和冬水田，建立朱鹮保护站、救护饲养中心、自然保护区。封山育林4万多亩，疏通渠道30余公里，尽量为朱鹮营造舒适的栖息环境。朱鹮胆子小，这里的村民们普遍都不养狗，怕狗惊扰了朱鹮。

手持望远镜，人到中年，神情斯文，体形健硕，脸上涂满浓浓的日光釉、肤色黝黑透红的李昌明，便是自然保护区一位资深的朱鹮盯梢人。他说：我和我老婆打伙儿一起，从打有了朱鹮保护区，我们夫妻俩便开始盯朱鹮的梢。每年的 3 月 1 日到 6 月 1 日，是朱鹮的繁殖期，一天 24 小时都得盯着，白天跟它们一起觅食，晚上在它们的巢下搭个茅草窝睡觉，一刻也不敢离人。不能穿鞋子，河沟稻田里都是料礓石，把脚板子硌得那叫一个疼……出了壳怕小朱鹮从树上掉下来，就在树下搭一张网。还有，游蛇常常爬上树偷吃朱鹮蛋或袭击小朱鹮，一个不留神朱鹮就会叫起来，蛇上树了，人也得赶紧上树，拿削尖的竹竿捅那一胳膊粗几米长的蛇，这些专吃鸟和蛋的蛇，林子里到处都是。你捅它，它就从鸟巢边爬开，爬开也不行，还在树上，还得追着捅它，要一直捅到蛇从树上扑通掉下树才行。为防止蛇上树想了许多办法，用塑料薄膜围住树干抹上油，让蛇滑溜的上不了树……

国家林草局网站珍稀动物保护栏里，濒危物种竟然上百余，朱鹮排在后边，也就难怪洋县朱鹮局比起我以前去过的熊猫保护区的所在显得小眉小眼促窄而寒酸了许多。我注意到林草局对朱鹮的介绍也十分简单。反而是日本共同社一则朱鹮报道十分有趣：日本环境省朱鹮观察负责人 20 日上午证实，在新潟县佐渡市筑巢一对放生朱鹮的 2 枚鸟蛋不幸被乌鸦顺手牵羊。这已是朱鹮蛋第 3 次遭窃。环境省表示"预计巢中已无鸟蛋，这对朱鹮迎来雏鸟诞生的希望渺茫"。工作人员曾预计这对朱鹮将于 15 日孵出雏鸟。目前佐渡市另有一对朱鹮正在孵蛋。据环境省称，20 日清晨 5 点 25 分左右，原本在巢内孵蛋的雌鸟飞离巢穴。上午 7 点 35 分，又一只乌鸦"三顾"空巢，前两次偷走了 2 枚鸟蛋，第 3 次向巢中进行了一番张望后飞走。

过去只知杜鹃喜欢产蛋在柳莺的巢中让其代为孵化喂养，没想到乌鸦还会偷朱鹮的蛋，不知是偷去吃掉还是代为孵化？姑且阙疑。

朱鹮局的院子里有溪流淙淙，一字儿排开的洁净的鸟舍里，几对儿各有昵称的朱鹮或卧或站或来回踱步儿。细瞅，发现这些长喙、凤冠、赤颊的朱鹮，白色的羽毛上都有大团黑灰的脏色，一问才知这是它们自个儿涂抹的保护色。没有涂保护色的朱鹮羽毛白中夹胭脂红，原本十分亮丽。它们的颈部下垂有长柳叶形的披羽，如同美国西部牛仔脖子上围着的红色领巾，而它们的披巾却是白色的。在历史的长河中，从油页岩中发现的鹮类化石表明，属鹳形目鹮科的这种禽类，生活在距今6000万年前的始新世，具有鸟仙一样的传奇和古老。

19世纪朱鹮曾广泛分布于甘肃、陕西和日本地区，这里的朱鹮属于留鸟。其他地区的朱鹮夏天在俄罗斯和中国东北地区繁殖，秋季往南方迁徙，在朝鲜半岛，中国东部和台湾地区越冬，均为候鸟。学界认为，现存鹳形目鹮科仅有大约16属26种，除具有生态生物学价值、科学教育价值、美学价值、观赏娱乐价值、社会价值和人文价值而外，还具有经济价值。事实上，体长约80厘米左右，体重约1.8千克的朱鹮，自古以来因羽毛亮丽和肉质的鲜嫩而危机四伏，陷入人类观赏的觊觎与饕餮的谋杀之中。但冷兵器时代的猎捕并没灭绝它们，灭绝它们的是全世界半个世纪的生态污染破坏和化肥农药的肆虐，湿地围垦、非法捕猎，日本、俄罗斯、朝鲜半岛的朱鹮相继灭绝。

中国的先人们认为朱鹮是能带来吉祥的，故把朱鹮和喜鹊称之为"吉祥之鸟"，流传迄今。忙于撰写陕西省林业志的斯文的省林业厅杨信兵主任建议我给朱鹮写首词，他期期艾艾地说：你看，朱鹮飞起来，翅膀呼扇呼扇的，像蝴蝶。兼之羽色吉祥，如一朵红色的云，飞呀飞呀，暗合鸿运当头，很接地气。我就此填了一首《蝶恋花》词：

鹳目涉禽朱鹭古，汉水秦田，绘入江山谱。敛翼栖枝吉庆鼓，翩然开羽胭脂吐。

鸿运临头霞照浦，宛若蝴蝶，渡柳穿花舞。雪隐丹含风月主，朝升暮落炎黄土。

3. 野保铃盖朱鹮印

姿容秀丽、已过而立之年的朱鹮饲养员段英语音朗朗地告诉笔者：饲养朱鹮是一件又苦又累的事，但我们现在吃的苦比起李昌明他们那个时候吃的苦，已经不算什么苦了，现在的工作环境比过去好太多了，但终究还是个苦累活。尤其是孵化期 24 小时不能离人，最多时要同时孵化喂养 20 窝，屎一把尿一把，和养活小孩子一样，只只都是小生命，哪还能偏心眼？哪还敢有一点马虎？没明没夜的，半个月一个月都回不了家，孩子都认生了……就算是回了家，心还操在这里，怕这个小小的冷了，那个弱弱的吃不上，那个又害病了，恨不得立马就赶回来。回来一看都好好的心这才踏实下来……苦累都值了！

多数禽类在繁殖期会格外亮丽羽毛，如孔雀、野雉等，而朱鹮则反其道而行之，用喙不断啄取从颈部肌肉中分泌的灰色素，涂抹到头部、颈部、上背和两翅羽毛上，使毛羽从亮丽变成灰黑，以此隐蔽自己使孵化得以相对安全进行。朱鹮每年繁殖一窝，每窝产蛋 2—4 枚，由双亲交替孵化，孵化期约 30 天，40 天离巢，性成熟为两岁。经人工繁殖其种群数量已逾三千余只，光是野生的就已达两千余羽，分布区域已从陕西南部扩大到了河南、浙江等地，养殖人员功不可没。

未见朱鹮时以为朱鹮有脚蹼会游泳，及待见了方知朱鹮只能涉水饮啄，却不会凫水。朱鹮翅膀长大，脚胫却大约只有 9 厘米。这就限制了它的活动范围和营生手段，稻田若长得高密、沼泽若是水深，它便只能望而兴叹无力觅食。朱鹮以捕捉蝗虫、青蛙、小鱼、田螺和泥鳅等为生。嘴细长而末端下弯，长约 18 厘米，呈黑褐色且具红端。被称作朱鹮医生的朱鹮局科研人员权海云是个大学刚毕业不久的女孩，模样有点腼腆，说起她第一次给朱鹮动手术犹然惊魂未定：那是一只翅膀折断了的朱鹮，我一点临床经验都没有，根本不知道该怎么办，只好打电话向同学求救，为了那只朱鹮我的手机都打爆了，好在结局还圆满，手术之后那只朱鹮返回田野了。也不是只只都这么幸运。

多数都是断腿的，翅膀受伤的，有的伤太重，就不能回归自然只有留下人工饲养。记得有一只朱鹮能飞能跳，可就是在吃东西时不注意把上嘴巴折断了一小截，上下嘴巴归拢不齐了，啄不住东西吃，都快饿死了。动这个手术时真的让我很烦恼，因为没有别的办法，只好把它的下嘴巴也截去一小截，就像截齐了的筷子，可以夹东西吃了……

张跃明说：我们朱鹮局的人，不仅要繁殖、喂养、野化自己国家的朱鹮，还要帮助别的国家呢！李昌明和段英都应邀去日本传授过养殖朱鹮的技术。日本是个把朱鹮当圣鸟崇拜的国家，可他们把仅存的5只野生朱鹮捉来人工喂养，结果不得法，全给养死了。不过也弄清了一件事情，朱鹮的平均寿命为20—30岁，日本1968年3月捕获的最后一只名叫"阿金"的朱鹮，在人工饲养条件下以头部撞笼而死，享年"36岁"，算是迄今为止世人知道的朱鹮中最长寿的一只。

仙鹤是日本皇室的一大象征，爱屋及乌，日本皇室对神似仙鹤的朱鹮情有独钟也由来已久，日本最古老的史书《日本书纪》文曰："将绥靖天皇葬于倭国桃花鸟田丘上陵""将垂仁天皇葬于身狭桃花鸟坡""将宣化天皇葬于大倭国桃花鸟坡上陵"。"桃花鸟"就是日本人对朱鹮的尊称。日本天皇加冕时要用朱鹮的第一根翅羽作为饰品，朱鹮身上的朱红色被当成日本国色。朱鹮的羽毛在日本被做成箭羽或仪式用具。供奉日本天皇始祖天照大神的伊势神宫每20年要举行一次迁宫仪式，其中一项就是给宫中之宝"须我流横刀"的刀柄上缠两枚长度5寸以上，宽1寸1分，色泽鲜明、左右对称的朱鹮羽毛。

所以，日本在1967年便在佐渡岛山丘环抱的盆地建立了朱鹮保护繁育中心站。为了防止野外的朱鹮幼鸟在稻田取食受汞类农药的污染，他们捕回6只小朱鹮人工饲养，刚开始给小朱鹮喂泥鳅，当发现泥鳅中含有较高的汞后改喂海鱼。不幸的是，海鱼竟然是朱鹮寄生线虫的中间寄主。有5只朱鹮因线虫导致的胃璧穿孔而一病不起。

最后野外只剩下5只朱鹮。迫不得已，日本鸟类学家将这5只朱鹮捕获进行人工养育。让人为之扼腕的是，最后几只朱鹮却不幸被养死了。所以上个世纪 70 年代初，中日还未实现邦交正常化，日本政治家便通过私人关系写信给时任中国科学院的院长郭沫若，希望关注野生朱鹮的情况。1972 年中日邦交正常化后，日本环境厅向中国国务院环境委员会正式提出在中国寻找野生朱鹮的请求。中国林业部和中科院给国务院的答复是：1964 年之后，再也没有任何朱鹮的消息。

"无消息并不是绝迹，找！"时任国务院副总理的谷牧指示。1978 年 9 月，受国务院委托，中国科学院动物研究所组成专家考察组正式拉开了在中国境内寻觅野生朱鹮的序幕。然而三年未果，日本对拯救朱鹮几近于绝望。1981 年中国科学家刘荫增在陕西省洋县一个深藏在群山中的名叫姚家沟的小山村的墓地和老树上，找到了地球上仅存的最后 7 只朱鹮，两对成鸟，3 只雏鸟。中日两国协力拯救朱鹮的意愿确立。1985 年 6 月两国签署《中日共同保护研究朱鹮会议纪要》。

朱鹮雪表丹里，艳丽掩藏于朴素的外羽，凌空方可得见，而这时相对安全。朱鹮发情时以灰黑色的体液遮蔽外边的雪羽，使之与大地的颜色相近。为了安全，朱鹮在高大乔木上栖息，随着高大乔木被砍伐濒临灭绝。姚家沟发现的 7 只朱鹮，得益于选择了冢树作为栖息之地，使自己得以与荒村、古墓、百年老树，一同幸存下来。也就是说朱鹮之生缘于人类之死。这种不容置疑的巧合超越了人类的认知。

1998 年中国国家主席江泽民访日时宣布赠送日本一对朱鹮"友友"和"洋洋"。随之而来的还有中国养育朱鹮的专家常驻。中国专家用几年时间训练日本人工养育的朱鹮，并揭开了日本朱鹮所以灭绝的谜底："朱鹮绝不能吃生长在施过农药的水稻田里的泥鳅。"

揭开这个谜底的便有李昌明和段英的身影。

迄今为止，已经先后有一任国家主席和三任国家总理访日时将朱鹮赠予日本。在中国的帮助下，日本的朱鹮种群已达 500 只左右。然而这里也有一些莫测的因素在里边。伴朱鹮左右多年的张跃明表示了自己的担心，他神情扑朔迷离地对我说：7 只野化为如今 2000 余只，这种不出五服的近亲繁殖，肯定是个大害。好在迄今还没有发现因之产生的弊端。或者，已经隐患之，只是还没有被人发现而已。毕竟我们人的观察和认知还是十分有限的。这种设问与前者可谓异曲同工。

在地球上至少已经生存了300万年的大熊猫被世人称之为大地上的活化石，生于6000万年始新世的朱鹮无疑是当之无愧的空中活化石。与大熊猫一样，朱鹮在国际交流中也扮演了友好使者的角色。2013年12月习近平主席便向韩国赠送了一对名叫"金水"和"白石"的朱鹮。2014年4月成功孵化出第二代，2015年3月6日成功产蛋。

张跃明说：有朱鹮的地方一定会有苍鹭和白鹭，但是有苍鹭和白鹭出没的地方却不一定会有朱鹮，这是个很有趣的现象，也许其中有什么奥妙？信然。千万年来，荒野养育了人类和万物，世界是大千的而不是单一的，如同纯林易生虫害一样，单一的人类文明不可能走得远，已经到了人类反哺自然的关头，人类文明需要修复被欺凌被损害被侮辱的大千世界，恢复荒野生物的完整性，重新编修和恢复摇曳多姿的荒野历史。这样对我们人类好。想一想害怕，类似朱鹮这样的灵物如果真被人类灭绝，岂非会冒自然之大不韪而遭天谴？

天地独宠人类，与生俱始便给人类准备好了一切，以文房四宝来概之，天地如纸，山川似砚，江河类墨，草木若笔。禽兽鳞虫如各个不同的海陆空水晶、田黄、碧玉的精美印章，供人类濡染印鉴自家文明的大画，但不能为了这幅大画连文房四宝也赔进去。每一种生物都是自然大画上形状不一的印章。朱鹮飞起来绰约有天仙子之风韵，宛如一枚朱红色的造化印鉴，钤盖于蓝天碧水之上，彰显天地大美，人类文明。这才是良性的人类可持续发展的景感生态。人类不能难得糊涂而应时时自省：遭受人类重创的地球生态环境还能维持多久？人类还能恃宠而骄多久？自然还能忍我们多久？故而我又写了一首《天仙子》，仍押平水韵，为朱鹮人工繁殖成功而额手称庆曰：

太白峰南洋县彼，造化孑然余七只。

抱残拾遗养珍稀，俱往矣，今甚喜，羽衣霓裳冲碧起。

观此禽知风月美，寄相思朝东亚里。

倾多情血润芳姿，丹青纸，春秋玺，钤印人工修野史。

4. 铁券丹书朱鹮定

白日间，躲在野化笼中养神的朱鹮，在饲养员的驱赶之下，勉强飞了一个周遭，就又各自躲了起来，镜头里只有一些倏忽零乱的淡红色的形影。同行的摄影师冯晓光和耿大鹏的眉眼间写满了失望。

这失望的神情惹动了张跃明，他便带我们去朱鹮的一处栖息地看晚归的朱鹮栖树。张跃明说类似这样的朱鹮夜宿处有50多个，每个地方都挂有牌子，不许观鸟者大声喧哗。说话间，朱鹮开始络绎还树，不是一拨儿全回来，羊拉屎似的。守望到晚上七时许，天色完全黑下来。归去时，总觉未能尽兴，老哥几个便相约凌晨再来。

我自然也不肯放过这个机会。起了个大早，五时便出发，有微雨泫然。但天公还是作美的，到了地方雨小些了。我们在路边与对面山上的朱鹮隔水相望，见点点碎玉在树，凝然如雪。雾气氤氲，盈谷累波，不见日出，亦不见鹮起。从路边目测，距离河对面朱鹮栖息的林山大约有二百多米，没有大炮筒子似的长焦距，普通相机根本就拍不到真切的光影。接近七时许，对面林山终于有了动静，三三两两的朱鹮划着美丽的弧线从树枝上出溜下来，没有成群结队一水儿飞，而是单崩儿各自施施然地去，不免让人失望。抓耳挠腮之余发声喊之，引得远处小院里的狗都汪汪地吠了，但对面树上的朱鹮仍然不为所动。

无奈之下，冯晓光拿出航拍用的小巧的无人机，发出摩托锯也似的响声依然无果，那些素常似乎胆小的禽类，依瓢儿画葫芦，该是咋样还是咋样，方知野保政策如铁券丹书，使朱鹮们很是有了些自信。

起居随心所欲，勤快的先飞走，然后是懒惰的，咕哝着呼唤各自的伴儿，多是一家三口也有儿女双全的四口之家，分飞而去。根本不屑于理睬我们。我问冯晓光何以不使无人机飞过河去直接对朱鹮航拍，冯晓光面色凝重，花白的头摇得像一只拨浪鼓，急巴巴地说："那可使不得，万一撞上只朱鹮怎么办？撞死了怎么办？这种事不能做，不道德，还说是野保呢？"这也是一种自律。耿大鹏此行也没有带长焦距镜头，抓拍的照片构图幅幅精妙，可就是不能细瞅，宁肯唉声叹气地吮手指头，也不肯拿出他的无人机向朱鹮招呼，冒伤害朱鹮的风险。

此行多亏了有冯晓光先生与耿大鹏先生同行，我路上所发两篇博文中的图片多数为二位所拍，故有小诗赞之曰：光影集大成，刹那生永恒。朱鹮何所幸，得以存此真。老哥俩的敬业精神与潜移默化对景感生态的发自内心的挚爱，使我想起日间相关朱鹮的一番有趣对话，张跃明不无夸耀地说：朱鹮是真正的爱情鸟，它们在马尾松上筑巢，巢固定下来，雌雄双方只要没有发生意外，之后每年都会回到这个地方修缮"旧房子"，继续繁殖，巢基本不会变动。朱鹮孵化幼雏时，雌雄鸟都会轮流上阵孵蛋，需要的时候雌雄朱鹮都会衔树枝垒窝，把窝弄得舒舒服服的，父母双方都会精心喂食小朱鹮，没有偷懒耍奸一说。朱鹮重亲情，奉行一夫一妻制，一生只爱一次，不弦不续，至死不渝，它们是禽类中真正的爱情鸟。连我们人都不能够轻易做到。

有人说鸳鸯也是爱情鸟。杨信兵反驳：鸳鸯不是一夫一妻制，交配成功后母鸳鸯筑巢生宝宝，公鸳鸯就会抛弃配偶选择下一位伴侣，属于一夫多妻。母鸳鸯在下一个繁殖期也会和别的雄鸟进行交配，一妻多夫，这还能算是爱情鸟？充其量也不过就是一种多情鸟罢了！

朱鹮局前饲养朱鹮的元老席咏梅说：在野外，朱鹮配对以后，很多年配偶固定不变，但在饲养条件下，有的朱鹮繁殖一年或几年后会出现打架和不合的现象，一般是雄鸟追打雌鸟，甚至打碎蛋，这时就需要给雄鸟更换一下新配偶，通常情况，重新配对的鸟10天后会进入繁殖期。有的朱鹮在繁殖期前后很亲密，非繁殖期则各自行动，谁也不理谁。而有的朱鹮配对后一年四季一直关系很好，即使在非繁殖期两只鸟也常常一起嘎嘎地叫着，互相交谈，有时站立休息时还把身体紧挨在一起，并互相梳理羽毛。有的朱鹮甚至忠贞不渝，洋县有一对已繁殖了3年的朱鹮，1988年朱鹮保护观察站从亲缘关系考虑在进入繁殖期前将它们拆开，给它们重新找亲缘关系更远一些的配偶配对，但很长一段时间后，发现它们不肯和新配偶进入繁殖期，而换上原来的配偶后，3天就开始出现交尾，当年便顺利地繁殖了……

这些现象的意味可谓深长，人类总是在以人工的好心好意对自然想当然地越俎代庖，使个性较弱的朱鹮沾染了人类的恶习，从而坏了自然的天性，遭到个性强悍洁身自好者的抵制也是正常和必然的。

这时天色已经大亮，虽然天空仍然阴沉，但雾气渐次消散，那个在山顶上耸立如朱鹮展翅也似扯着神经纤维的高压电架也能看得分明了。河对面山上树林中的朱鹮白色的身影清晰可见。傍河公路上不时有汽车和摩托车驰来驰去，按理，这动静已经够大了。其时将近50余只朱鹮，已经陆续离去了30多只，可还有大约20余只朱鹮似乎与我们杠上了，迟迟不肯离树。心有不甘地还想继续等下去，但时间已经过了七点钟。只好怏怏不乐地离去，但就在驱车离去之时，对面树上的朱鹮开始起飞，我们只能在车窗里眼巴巴地看着它们亮丽的红色身影带着翅响顺着长长的河谷一路远去，消失在绿色的浅山里。

有我新填的一首《蝶恋花》词为证：

夜宿鹮群鸣碧树，铁券丹书，不怕枪同弩。
寻母觅儿呼唤父，补足天籁缺失数。
狗吠车声何所苦？情见如初，侣死惶他顾。
待到日出仨俩户，从容去饱烟霞肚。

第二章　榆林《天净沙》词话

1. 过去和现在

> 白于山弹琵琶，
>
> 唱昏统万城鸦。
>
> 无定河边日下，
>
> 苍茫图画，
>
> 鹰飞羊叫烟迓。

以上这首词，调寄《天净沙》曲牌，说的是陕北榆林市。

说起榆林，人们便会想到白于山、无定河、统万城、镇北台、红石峡，想见 600 多万亩流沙的恣肆。但奇怪的是，我已经先后三次来榆林，却并没有遇到想当然的风沙。细察后知道，这得益于榆林人近 70 年来持续不懈的生态治理，在沙漠腹地营造了万亩以上成片林 165 处，建成总长 1500 公里的 4 条大型防护林带，以绿色的羁绊止住了毛乌素沙漠攻城略地的黄色脚步。全市林木保存面积从 1949 年的 60 万亩提高到现在的 2157 万亩，林木覆盖率从 0.9% 提高到 33%。治理沙化面积 2.44 万平方公里，境内 860 万亩流沙全部得到固定或半固定。

历史上饱受风沙之苦的榆林市如今已经成了塞上绿洲，穿城而过的榆溪河静静流过市区，两岸杨柳葱郁，碧波荡漾，鹭翔鸥飞。大片的红碱淖波平如镜，游人如梭。沙尘天气已由上世纪 60 年代至 70 年代的每年 20 多天减少到不足 10 天。陕西绿色版图因此向北推进了 400 余公里，成为我国第一个完全固定了流动沙地的省份。2018 年 6 月 14 日在榆林举行的"第 24 个世界防治荒漠化与干旱日纪念大会"上，国家林草局张建龙局长曾这样评说："中国的治沙就是从榆林走出来的，目前仍然对全国防沙治沙工作具有重要的引领作用。"

前年我随陕西相关水土的摄影界朋友从白于山溯源，遥想大夏国的王者赫连勃勃伫马赞叹"美哉斯阜，临广泽而带清流，吾行地多矣，未有若斯之美"的无定河昔日胜景，遂筑统万城欲一统天下，后来却被流沙吞噬，成为荒漠中草木疏稀、兔跳鹰飞、牛嚼羊啃、夕阳西下、墟烟绕村的白城子。虽然植被近年来恢复已经良好，惜乎无定河的源头已经无考，也不复临广泽带清流的历史上的盛况。但我们顺流而下的路经之处，却渐行渐入旖旎光景，记得到榆林之前，两岸稻田金黄，顺带还品尝了稻田养殖的肥美蟹肉蟹黄。过后我把此番经过写入了《水土》一书。这些骄人风光的背后有太多沙区人的故事，奈何笔拙，难以悉数写出。

2. 好大一株树

黑石红淖丹霞，
北台南塔东洼。
碧影蓝波翠稼，
青袍绿褂，
给毛乌素披挂。

这首词，不改曲牌，还填上一个调调，个中情肠，容后道来。经营林木，最是忌讳人的主观抽象，只见森林，不见树木，好大喜功，蔑视细部。却说西部大开发时，湖南卫视在新疆白杨沟做了一个名曰《西部正年轻》的节目，嘉宾有幸邀请了我这个作家，还特地大老远邀请了来自陕北榆林的"好大一株树"。

这株树从陕北榆林的毛乌素沙漠走入了塔克拉玛干、古尔班通古特、罗布泊南库姆塔格、库木库里、鄯善库姆塔格、阿克别勒等十大新疆的主要沙漠，目的是想要告诉人们绿洲的由来，无论多么巨大的树，一株是不够的，要引朋呼类更多的树，使之成林，才能御闭风沙。还有就是，大开发不能变成大开挖。

这株树有许多响亮的名字，成阵列伍的有补水河女子民兵治沙连、靖边县杨桥畔村、榆阳区蟒坑等，具体翘楚，挂一漏万，有李守林、詹立武、牛玉琴、石光银、张应龙、杜芳秀等，他们或她们都是枝叶离披的大树，都有细节不同但情节相似的栉风沐雨的奋斗成长的故事，只是里程和成功的角度有所不同而已。

俗话说，树挪死人挪活，但这株从定边县挪到地处毛乌素沙地南缘的靖边县金鸡沙村的树，却没有死，而是住进沙窝里，人背驴驮，挑水浇树，在1万亩的承包荒沙上种活了树，从最初的1万亩变为现在的11万亩；34年里总共筹资860多万元植树2800万棵，使不毛之地变成了一片人造绿洲，成为靖边县北部一道绿色屏障，根深叶茂。

"没念过书，不识字，加减还能算，乘除就算不来了，上榆林开会去，不会写名字，不知道哪个是男厕所，哪个是女厕所，那阵可闹了笑话了。"

"以前不和干部打交道，没想到后来和那么多领导干部握过手、说过话。"

"以前最远就去过镇上，靖边县城也没去过，没想到后来去了榆林，去了西安，还去了北京。谁还敢想着去北京开会呢？"

"我就是一个普通的农村妇女，本分做事、教育儿女、勤俭持家，这是我一辈子都没有变的。"

榆林市已发现8大类48种矿产资源，平均每平方公里地下蕴藏着622万吨黑色的煤、1.4万吨石油、1亿立方米天然气、1.4亿吨岩盐。资源组合配置好，国内外罕见。湖盐探明储量1794万吨。除了天赐的财富，便是人的资源。细节是天使也是魔鬼。森林的细部是树木，树木的细部，不光是枝叶，还有年轮。

34年后这株树的年轮，已经不局限于只是让沙漠绿起来，挣多少钱，干多大事，还想立体发展，从买树苗栽树到卖树苗挣钱，组织村民栽经果林，种大棚瓜果蔬菜，圈养家禽，办家家乐餐饮业，因地制宜做沙雕，招四方游客来家乡参观游览、避暑休闲、采摘果蔬，让林子给村民带来收入，让沙地由绿变富。

《好大一棵树》的歌词如下：头顶一个天，脚踏一方土，风雨中你昂起头，冰雪压不服。好大一棵树，任你狂风呼，绿叶中留下多少故事，有乐也有苦。欢乐你不笑，痛苦你不哭，撒给大地多少绿荫，那是爱的音符。风是你的歌，云是你脚步，无论白天和黑夜，都为人类造福。好大一棵树，绿色的祝福，你的胸怀在蓝天，深情藏沃土。好大一棵树，绿色的祝福，你的胸怀在蓝天，深情藏沃土。

如今，好大一株树已年近古稀，却依旧云淡风轻如她的姓名：牛玉琴。

3. 种福泽于胯下

> 非天能净风沙，
> 拜托四野人家。
> 自驾轻车怒马，
> 福泽在胯，
> 夹稳大漠西夏。

这首词仍用老调，却要抖一个包袱。曲牌《天净沙》属于越调，又名《塞上秋》。以与关汉卿、郑光祖、白朴并称元曲四大家的马致远的《天净沙·秋思》最有名："枯藤老树昏鸦，小桥流水人家，古道西风瘦马。夕阳西下，断肠人在天涯。"此曲结构精巧，字句凝练，意蕴深远，顿挫有致，被誉为秋思之祖。妙处不说自明，笔者想说的是《天净沙》这个曲牌，包袱是：天真能净沙吗？

联合国早就给出了荒漠化形成的缘起：由于气候变化和人类不合理的经济活动等因素，使干旱、半干旱和具有干旱灾害的半湿润地区的土地发生了退化。全世界受荒漠化影响的国家有 100 多个，尽管各国人民都在同荒漠化抗争，但荒漠化却以每年一个爱尔兰的面积扩大，全球 1/5 人口，1/3 土地受到影响。窃以为天不能净沙，天不单纯指自然，亦指天子。除了自然原因，全世界人治的王者们对地球荒漠化负有不可推卸的责任。填此曲时，故以"非天能净风沙，拜托四野人家"两句开篇，以便承前启后。解铃还须系铃人，天若想净沙唯有借助人，拜托类似李守林、詹立武、牛玉琴、石光银这些人领着家人或村人多多种树，但如同兵马未动、粮草先行一样，种什么树？植什么灌？栽什么草？个中却有不少讲究，丝毫马虎不得。陕西省治沙研究所红石峡沙地植物园，便是这样一个机构。

红石峡位于榆林市城北 3 公里处，峡谷长约 350 米，东崖高约 11.5 米，西崖高 13 米。凿石为渠，引水西下与无定河合流的榆溪河，穿过青翠峭拔的两岸峡谷直达城西。红石峡东西崖壁多历代驻守榆林的文人武将的题刻，由此可见榆林"九边重镇"的过往辉煌。榆林八景之一的"红山夕照"便在这里并广为人知。

沙地植物园紧连红石峡西崖，始建于 1957 年，均保持原沙丘地貌特征，为无灌溉条件的固定和半固定沙地。过去这里全是流动沙地，植被盖度不到 3%，植物种单一，只有沙蒿、沙柳零星分布。全园共搜集世界各地 85 科 300 多个植物种，其中人工栽培种 230 种，天然种 74 种，迄今还保存有 1964 年从西北地区引种的樟子松人工林，包括油松、云杉、杜松、园柏、刺槐、紫穗槐、花棒、白柠条、沙打旺、踏郎、侧柏、沙地柏、长柄扁桃、桃叶卫茅等 10 多个林草植物种，已在生产中大面积推广应用。经过半个世纪的努力，1 万多亩流沙全部改造为固定沙地，植被盖度达到 85% 以上，兔奔雉飞狐突，形成了丰富的动植物群落。

"我们的沙地植物园共有五个分区，搜集引种试验区，沙生旱生植物区，沙地植物示范区，人工生态区，封护区。在全国飞播治沙我们搞得最早，而且效果也最大。还有樟子松的引种造林、沙地植被建设等一大批研究成果，都是先在这里种活，再引种到各个沙区，这样能少走弯路，节约大量人力物力……"

沙地植物园负责人罗社强人到中年，是林业二代，1964年引种的枝干笔直的樟子松，便受到过他父亲汗水的滋润，已有海碗粗细，长得像他一样精神。

"过去是人工引种，现在已经开始自然繁育，你看这些松塔落地长出来的樟子松幼苗，已经有上百株了，我们见一株围起来一株，精心照看当宝贝养着，因为人工培育，无论如何都比不上自然繁育来得好，是土生土长的樟子松二代……"

他骑马蹲裆屈胯俯首，指点给我们看一株刚出土不久还没来得及围起来的娇嫩的樟子松幼苗。樟子松原籍黑龙江大兴安岭，属常绿乔木，寻常可高达15—25米，最高达30米，胸径可达80厘米，是大兴安岭镇林之宝。金戈铁马疏林草原的榆林过去没有樟子松，如今却有了樟子松二代，足以骄人。天不能净沙，得假手于人。人不能靠天，得自驾草木，骑轻车怒马，种福泽于胯下，夹稳了大漠。

4. 沙区人的性格

> 琴棋诗酒书茶，
> 楼亭榭馆篱笆。
> 忠勇淳诚乐和，
> 雄关古刹，
> 燕京牌匾斜挎。

历史上，地处毛乌素沙漠和黄土高原过渡带的榆林市，近百年间，由于长期人为垦殖和气候演变，全市生态环境遭到极大破坏，北部沙区流沙已越过长城南侵50多公里，沙区6个城镇412个村庄被风沙侵袭压埋，榆林城曾被迫三次南迁。南部黄土丘陵沟壑区水土流失日益危重，每年因水土流失输入黄河的泥沙量高达5.3亿吨，占中上游入黄泥沙量的1/3。全市仅存60万亩天然林，林木覆盖率只有0.9%，沙区仅存的165万亩农田也在沙丘包围之中。近70年来开展了大规模的"北治沙、南治土"的治沙造林运动，实现了从"沙进人退"到"人进沙退"、从荒山秃岭到绿满山川的历史性飞跃。这些骄人业绩的取得，除了党和政府的领导，也不能不说，这与榆林特有的沙区人的性格分不开。

古称"上郡"的榆林，始于春秋战国，明朝成为九边重镇。有"南塔北台中古城，六楼骑街天下名"的美誉，这也是榆林后来成为国家历史文化名城的原因。《明史》载："榆林为天下雄镇，兵最精，将才最多，然其地最瘠，饷又最乏，士常不宿饱。乃慕义殉忠，志不少挫，无一屈身贼庭，其忠烈又为天下最。事闻，天子嗟悼，将大行褒恤，国亡，不果。"崇祯十六年（1643），榆林精兵被调走，"榆林益空虚"，榆林城被李自成大军包围，但榆林坚决抵抗，坚守12天，无一人投降，最终陷落，全城殉国，《明史》因此而评曰："其忠烈又为天下最。"清康熙十四年（1675），周世民叛军围攻榆林城，榆林军民奋起抵抗，坚守城池3个月，迫使敌军退去。康熙皇帝闻报后，于当年闰五月十四日亲笔朱批"两守孤城，千秋忠勇"，赐榆勒石，以示嘉许。从此可见榆林人的彪悍和血性。

上回来榆林朋友笑说：榆林有三宝，土豆、洋芋、马铃薯。

这话里的幽默与诙谐以及自嘲，透着榆林人性格中的另一面，乐天达观。治沙人或曰沙区人，举凡是谁，都有一种发自骨子里的乐和天性，正是这种乐和天性方才成全了他们的血性和忠勇，使他们锁住了流沙，而且还能与时俱进。我先前来榆林，最大的印象之一是：这座历史上地处毛乌素边缘，三秦关塞，九边重镇，风沙缘起的所在，在建设上却一点不输内陆同等城市，丝毫都觉不出风尘之地的土气和边城的落后，让人吃惊的是满街设有许多城市没有的无人借书亭……

还有，从明清走到民国，1938年和1939年，榆林忽然就来了个作家。这个作家 1899 年 2 月 3 日生于北京，真名舒庆春，字舍予，笔名老舍，满族正红旗人。因出版了《小坡的生日》《猫城记》《牛天赐传》《骆驼祥子》等长篇小说名噪一时。他来榆林考察民俗，顺便吃了以光洁、艳雅、个大而驰名的榆林洋芋，品尝了北草地人爱吃的炒米、奶茶、酪饼子、酥油、黄米饭。西三边人爱吃的燕麦炒面、荞剁面、羊羔肉、搅团等。又寻摸饱餐了一回东南面人爱吃的豇豆钱钱饭、揪面片等。子洲"果馅"，米脂"驴板肠"，绥德"黑粉油旋"，镇川"干炉"，佳县"马蹄酥"，榆林"炸豆奶"，神木"粉皮"，清涧"煎饼"，府谷"果丹皮"也在所难逃。羊杂碎、粉浆饭、拼三鲜麻汤饭，也品咂再三。过后给榆林简约而生动地定位："城扁街宽""坚厚城垣""具有北平的局面"。

从此，榆林人谝完明清的骄人，必拉呱小北京的乐和。

5. 没故事的故事

自成胜败浮夸，

献忠杀戮成瑕。

卜筮摇签算卦，

伊虞侬诈，

如今仍会招骂。

榆林治沙 70 年，主要经验是坚持适地适树，注重树木合理配置，合理营造乔、灌、草混交林，坚持以乡土树种为主兼及其他。实施了三北防护林、京津风沙源治理二期、沙化土地封禁保护试点、防沙治沙综合示范区建设等工程。尤其是 2012 年以来开展的"全面治理荒沙行动""榆林市三年植绿大行动""林业建设五年大提升"十分华彩。沙区集中推广樟子松百万亩是最为得意的一笔。

尤其是长柄扁桃食用油于 2013 年通过国家卫计委新食品资源认

证。采用长柄扁桃种仁通过低温冷榨技术精炼，不饱和脂肪酸含量高达98.1%，维生素E含量约528毫克/千克，并含有18种人体所需的氨基酸，8种人体自身无法合成的必需氨基酸，还富含大量人体所需微量元素、矿物质、角鲨烯等活性成分。油酸含量高达55%—83%，是植物油中含量最高的。长柄扁桃油其实就是一种油状的新鲜果汁，可以凉拌、炒、煎、炸、蒸，尤其适宜生饮，其它非木本食用油通常要经加热后才能食用，不适合直接口服。当地人不无自豪：这是我们榆林的沙地特产！

在无边苍翠的万亩樟子松瞭望台上，文质彬彬的榆林林业局的总工郝文功介绍了万亩樟子松林场罗向军场长，他也这么说：这是我们榆林的樟子松！

似乎扁桃也罢，樟子松也罢，其他引进的植物也罢，一旦在榆林的沙地得以长久成活，便改变了原有籍贯和属性，刻上了榆林的标记，具有了和榆林人一样的淳朴和乐和的性格。但要是一本正经地继续和他们聊下去，他们便会忽然就嘴拙起来，尤其是说起自己的好来，个个都口羞得紧，几乎都问不出什么。

我让他讲讲种树的故事，他反问我："种树能有啥故事？"我问他："种树苦不苦？"他笑说："不苦！"我诱导他："讲一件你难忘的事。"他把一位年轻的护林员介绍给我："过了就忘了，你问他，他是护林员！"我便和护林员聊："风里来雨里去，羊啃树怎么办？"护林员笑："没有的事，羊都圈养了，不圈养也不敢啃树！""砍树有没有？"护林员不屑："现在这号人已经没了！""这么大一片林子，就你一个人看，能看得过来吗？""每天开上车来看一看，看完就开车回去。我自己的车！""遇上野兽怎么办？比方说遇上狼？"护林人笑："没狼，有兔子和野鸡！""有没有野猪？拱树苗？""哈哈，我还没见过有野猪呢！"

他们觉得个人那些故事根本就不是故事，太过琐屑，都是本能使然，跟寻常的喘气、吃饭、喝水没什么区别，谁还会留心去记某次喘过多少口气？喝过多少口水？吃过啥饭？如同日子即过即逝，好似鸡毛蒜皮随风而去，从来或压根就没有往心里去过。偶尔有人问起，慌慌地往心里一看，空茫茫，什么都没有。只有米脂县的英雄李自成，定边县的豪杰张献忠等，才配得起在榆林老乡的记忆里烟望雾视，载沉载浮。所以，有故事的人和没故事的人的故事，就是他们的故事。

6. 地球村里桑麻

> 地球村里桑麻，
> 齐根共树同花。
> 尘起榆林远嫁，
> 缠绵潇洒，
> 多情拉美欧亚。

那天到榆林，先去沙地森林公园，看新落成的榆林林业展览馆。展览馆整体建筑平面，仿佛相连的五片绿色树叶覆盖在荒漠，宛若一只撑开五指的劲节而黝黑的大手遮住了沙化，更像一只神话传说中四肢匍匐的神龟镇压在毛乌素之上。

总面积3528平方米的展览馆，分为主题馆、环廊和五个专题馆。从1958年尝试飞播治沙并建成了全国沙漠地区第一个飞播试验区开始，说到几代人持之以恒坚持，吸引了美国、俄罗斯、德国等30多个国家的专家、学者的眼球，他们纷至沓来，看到了中国榆林人70年治沙取得的骄人业绩，使全世界看到并相信，如果世人都像榆林人这样，那么，地球从荒漠化向绿色逆转将成为可能。

2013年3月中国领导人习近平在莫斯科国际关系学院说："这个世界，各国相互联系、相互依存的程度空前加深，人类生活在同一个地球村里，生活在历史和现实交汇的同一个时空里，越来越成为你中有我、我中有你的命运共同体。"

自此"人类命运共同体"成为地球上一个高频词并持续发酵。英国共产党总书记罗伯特·格里菲斯指出，无论喜欢与否，地球都是我们共同的家园，我们有责任和义务为这个家园开创美好未来。巴西共产党副主席沃特·索伦蒂诺认为，我们生活在一个充满不确定因素的时代……很多国家的民众普遍感到无助和绝望。秘鲁共产党国际关系书记曼努埃尔·格拉认为，习近平总书记提出的构建人类命运共同体的倡议是一个充满智慧的创举。智利共产党总书记劳塔罗·卡蒙纳指出，"中国智慧"正通过双边与多边关系的和谐发展，政治、经贸、社会等各方面的深入交往，在包括拉美在内的世界各地生根发芽。加拿大共产党中央执委戴维·麦克基表示，人类命运共同体理念是万物互联时代"中国智慧"的突出体现。美国共产党青年组织领导人阿里娜·斯塔克斯表示，人类命运共同体理念涵盖了世界各国人民的福祉。芬兰共产党主席尤哈－佩卡·瓦伊萨宁认为人类命运共同体，是马克思主义基本原理同中国具体实践有机结合的现实产物。卡蒙纳认为，人类社会的发展不应只是冰冷的数字，而应体现对人的关怀。索伦蒂诺指出，构建人类命运共同体是一个长期的系统工程。秘鲁共产党（团结）总书记路易斯·比利亚努埃瓦表示，各国共产党以争取全人类福祉和解放为己任，更应该联合起来，形成一股共同力量。英国共产党（马列）副主席乔蒂·布拉尔认为，中国共产党领导人提出的人类命运共同体理念为世界未来带来了希望……不一而足。

是的，随着科技的日新月异，地球不仅变得越来越小，而且生态环境越来越困窘，建立人类命运共同体刻不容缓，如我在这首《天净沙》的词中所述，世界各国千叶离披，花果各自有所不同，但须根却都扎在同一个地球之上。已经到了世界如同村里的邻居一样，坐下来心平气和共话桑麻的时候。不要以为榆林治沙与欧非拉美没关系，沙尘如同嫁娘一样，缠绵多情，会随风而起，漂洋过海去寻你，登你的堂，入你的室，呛你的高鼻，迷你的蓝眼，嫁给你，赖着不走。

7. 方舟不是神话

乾坤牙咬糖瓜，

太极舌舐盐巴。

宇宙深喉味寡，

还没争霸，

物他已被含化。

上回无定河溯源，我还去了榆林市靖边县东南22公里处，看了苍山环抱绿水萦绕、方圆上百公里皆被红砂岩覆盖的龙州丹霞地貌。榆林盆地埋有一种在内陆盆地沉积的红砂岩，黄土崩塌，红砂岩被流水千万年切割侵蚀，风力和雨水冲刷剥离，形成极具观赏性的丹霞石墙、丹霞石柱、丹霞方山、丹霞岩穴等地质遗迹，视觉效果震撼，被称为中国的波浪谷。各种纹路分明层次不同像波浪般隆起的孤峰、奇岩、怪石，如兽头、似流水、状云朵、若陀螺等的自然雕塑。榆林作家姬晓东不无夸耀地说，中国再找不出这么一片有山有水、规模如此宏大、如此多样化的丹霞地貌，过几年开发完成，每天不知会有多少人慕名而来，云云。

但反过来换言之，所谓丹霞地貌，其实是水土惨烈流失的产物。榆林的黄土高原从秦汉"沃野千里、仓家殷富"到明清"满目赤野，不产五谷"。新中国成立后"谁开谁有"的复垦，"大跃进"、人定胜天、以粮为纲、三年困难时期、毁林、毁草、陡坡开垦、"文革"的生态破坏等，使榆林水土流失面积达3.69万平方公里，占总面积的84.7%，每年输入黄河泥沙约4.3亿吨。我后来发现类似龙州乡的这种地貌在榆林几乎随处可见，只是尚未形成如龙州这般集中连片触目惊心的状况。

正是夕阳西下时，色彩与光影在无声地诉说，诉说物华天宝的疮痍，诉说沧海桑田的变迁。荒旷沉寂的山谷、浓艳如血的砂岩，在晚霞映射下从不同时空角度，不同历史时段，不同人类想象，多数造化双重的漫不经心的粗糙和神工鬼斧的精细，炫耀自然惊世骇俗的狂暴和野性以及潜移默化的耐心与细致。曾几何时的水草丰美，湖泽广布，马群奔腾，炊烟袅袅，牛羊夕归，悠然牧歌，已经绝响。

人类古代文明发展的历史，是以野蛮、战争、掠夺为代价的，说穿了，是一部你争我夺的争霸的历史。万里长城、烽火台、各种城堡，东有山海关、中有镇北台、西有嘉峪关，壁垒森严的耸立，无不出于使生命更多一层安全保障的考虑。

人类赖以生存借以宇航的蓝色星球，迄今为止还是人类唯一可以自救的诺亚方舟，很小还很脆弱。在时空浩瀚无垠无始无终的大嘴里，在太极聚散不定的星云的啃啮下，在变幻莫测的黑洞引力的深喉中，不过是一颗圆圆的糖瓜，无非是一个小小的盐粒，很容易被无度的需求和贪婪的索取伤害，也许，人类还没有争霸结束，物我和地球就会被宇宙漫不经心地含化。过去，拳头大的是哥哥，发展到今天还是吗？不言而喻。动辄以文明自居的人类，动辄以救世主骄人的某些国和人，其实还生活在野蛮时代。为策万安之计，唯有寄望于人类命运共同体创建成功。唯有寄望于《天净沙》，不仅是一个寓意曲牌，而是一艘天造地设的方舟：

> 孑孑时走云侠，
> 荧荧光射星葩。
> 休数秦砖汉瓦，
> 慈航有价，
> 方舟不是神话。

第三章　地球上的风景

1. 赶考的继续

1949年3月23日中共中央从西柏坡起程前往北平时，毛泽东风趣地对大家说："今天是进京的日子，不睡觉也高兴呀。今天是进京'赶考'嘛。进京'赶考'去，精神不好怎么行呀？"周恩来也说："我们应该都能考试及格，不要退回来。"毛泽东说："退回来就失败了。我们绝不当李自成，我们都希望考个好成绩。"这是个历史性的日子。毛泽东当年在延安度过的沧桑岁月如今成了黄金记忆。这里的老百姓已经不再围有四道蓝的白羊肚手布，不再抽辛香苦辣的小兰花而抽起了过滤嘴香烟，但说起当年进京"赶考"的那一伙人那一些事，仍然喷云吐雾、丝丝缕缕、津津有味，总是说不够，话语里那叫一个自豪，眉眼间那叫一个骄傲，似乎那些赶考的人，是他们悉数没出五服的亲戚，或干脆就是他们自己。

尤其是对领头赶考的那个名叫毛泽东的人，语意里是浓浓的一个念，神情间是深深的一个敬。时过多年，这里有一个名叫梁家河的村子，来了一个北京的插队青年，他爸是富平人，家距离延安不到三百公里，当年和刘志丹一起闹红，后来也进京赶考去了。他是赶考人的儿子，来到梁家河，跟社员们一起住土窑洞，跟同行的知青们一起吃窝头，把七八十斤重的猪粪、牛粪挑到几里外的山上，修淤地坝治理水土流失，办起铁业社、磨面房、代销店、缝纫组，并建起全省第一口沼气池，足足待了七年，又赶考进了京，考上后他还带着婆姨回来寻根找魂，村里人他都记得……这里的人们拉呱起这个人时，淳朴的话语里透着的那叫一个亲。

他吃过这里的苦，深知穷山恶水的可怕。2015年10月21日，他在伦敦金融城市长晚宴上的演讲中提到:"我不到 16 岁就从北京来到了中国陕北的一个小村子当农民,在那里度过了 7 年青春时光……年轻的我,在当年陕北贫瘠的黄土地上,不断思考着'生存还是毁灭'的问题,最后我立下为祖国、为人民奉献自己的信念。"2016 年 7 月 1 日他意味深长地说:"这场考试还没有结束,还在继续。今天,我们党团结带领人民所做的一切工作,就是这场考试的继续。"

这里是红色圣地,南泥湾大生产,兄妹开荒,生产出金黄的小米饭、浓稠的南瓜汤、软糯糯的油糕、喷喷香的羊肉泡馍、美塌塌的油泼面……都是为了个啥?为了喂养革命。然而曾几何时的陕西延安以及周边地区,沟壑纵横、秃岭荒山、漫天风沙弥漫,萧索、荒凉、贫穷,成了红色圣地挥之不去的黄色哀愁。这是摆在赶考人面前的一道严峻的考题。1997 年时任国务院副总理的姜春云来宝塔区进行水土流失调研,撰写了《关于陕北地区治理水土流失、建设生态农业的调查报告》,江泽民批示并提出:"再造一个山川秀美西北地区"。

李鹏也在姜春云的报告上批示,认为陕北水土保持经验值得重视。

具体答题人是时任国务院总理的朱镕基。朱镕基先后三次到延安实地考察,最早一次是 1992 年 8 月,陕北高原黄土裸露的山峁沟梁和水土流失加剧的情景使他内心焦虑。所以他在 1999 年 8 月 6 日第二次前来视察延安市时,便在行进到宝塔区燕沟流域聚财山时,深思熟虑地提出了"退耕还林(草)、封山绿化、个体承包、以粮代赈"十六字方针,要求老区人"变兄妹开荒为兄妹造林"。

这无疑便是"进京赶考"之后的一个又一个赶考的继续。不说也知道,继续赶考就是继续为人民做好事。窃以为人类在大地上行走最大的好事,莫过于给地球多多地布绿行香,人类若毛,地球如皮,皮之不存,毛将焉附?故特特儿地选填了这个名曰《行香子》的词牌,以彰显赠人玫瑰手有余香的深长意味,曰:

宝塔雄秋,延水争春。

借东风，田退还林。

吴起草木，聊锁风尘。

绿南沟村，杨家岭，枣园尘。

南瓜小米，窑洞村屯。

梁家河，遍地茵陈。

毛泽东敬，习近平亲。

念江泽民，朱镕基，地球人。

2. 绿色的试题

封山禁牧从吴起发轫，退耕还林从延安走向全国。除了沿海几个省份外退耕还林很快覆盖全国大部分地区。国务院随后下发的《退耕还林条例》使退耕还林走上了科学化、法制化的管理轨道。这里的人们也没有辜负朱镕基的信任，把朱镕基出的这道退耕还林的试题做得有声有色，并在全国退耕还林大考中蝉联了四个第一：陕西是退耕还林第一省，延安是退耕还林第一市，吴起是退耕还林第一县，南沟是退耕还林第一村。朱镕基也是个不含糊的人，2002年他亲自来延安验收："3年后故地重游，看到这里的绿化和生态环境有了很大改善，心里非常高兴……但延安的生态环境还比较脆弱，对已有的成绩还不能够满足，山峁绿化还是草多树少……起码还要再坚持苦干10年……国家一定会兑现每亩退耕地每年补助100公斤粮食、20元管护费和一次性补助50元种苗费的政策……"

"下一场大雨流一次泥，种一茬庄稼剥一层皮，我们南沟村的过去，看看门前展览的图片就清楚了，遇上荒年是要饿死人的，不治理的确是不行。可是起先根本没人信我说的，村里人听我传达了退耕还林的精神，都说我是头脑发昏，发癫，发高烧，不种地让大家吃啥？大家都是饿怕了的，都是吃过草根和树皮的，以为我是瞎说，自古以来都是种田人给官家纳粮，哪有庄户人不种地国家还会给种田人发粮的？无论我怎么说，都没人信。我也是没办法，只好把时任吴起县委书记的郝彪请了来……郝书记水平高口才好又会算账，一个一个面谈，他们都说不过郝书记，最后就服了，信了，没意见了，统一了思想，剩下就是齐心干。大家都带上干粮和水，天天早出晚归，那可真叫个苦累。先还半信半疑，后来国家给人们真发了粮食和钱，每年1亩地可以领到160元的补助款，天下哪有这等好事，谁还能不好好干？老老少少没一个闲，几十年如一日，就这么干下来了……"

原南沟村的村委会主任，现吴起县秦风水韵文化旅游发展有限公司董事长闫志雄，说起当年事仍然情绪亢奋，连屁股都在椅子上不住蹦高儿。从1998年起闫志雄就带领群众上山种树，从老家南沟村的坡地到吴起的山山峁峁，哪里树少他就往哪里跑。他参与并见证了家乡由黄到绿的巨变，成为吴起县退耕还林实施过程中的"植树英雄"之一。2000年后又带头成立了吴起县林海责任有限公司，探索发展规模化、专业化的造林之路，使南沟村成了全县植树造林的标杆。

年过花甲的闫志雄仍然率性而纯真，突然就问我们说："你们看我脸白白的面嫩不？我都60多岁了！不像吧？要搁早些年我这脸黑得说多少岁都有人信，那叫一个沧桑，那时候村里人都黑的瘦的，老面，为啥？荒山秃岭的没几棵树，没吃没喝的，能不老面？再看现在的南沟花园一样，不愁吃喝，人咋能不年轻？

"看看那些进进出出的车和人，谁能想到过去穷得鸟不拉屎的我们南沟村如今成了风景名胜地，旅游的人天天不断，村里家家户户，都腾出房子开自己的农家乐，做一些小生意，日子越过越滋润……不过，问题也出来了，人这东西好面子，日子好过了，有了几个闲钱，婚丧嫁娶、时头八节就大手大脚，攀比谁家吃的烟好，喝的酒贵，上的菜多，一两万就能办得的事业，为了博声彩，五万六万地花，人家抹抹嘴走人，一家子自己拧眉，塌下一屁股债，好日子就到头了。这还叫个事？村上就立了规则，不管是谁家喜庆，烟不能过30块钱，酒不能过百元，饭菜够吃就行，不能浪费。谁要违了规了也不罚他的款，就是以后各种国家补贴不给他发，因为你不是有钱吗？你不在乎嘛？村里人因此也就有了话说：不是我小气，是村里不让浪费……有村里给他顶着，红白喜事啥的一两万就搞定了，这不就省下钱了？外人也没的挑没的说，其实，大家心里都暗自高兴呢！"

他哗哗地笑，笑声像南沟那一湾树环山抱、快艇穿梭、游人嬉戏的水库。他带我们坐了电瓶车盘旋而上，穿过满山绿栽碧植，绕湖而上，登顶了视野开阔风光绮丽的西山。周遭全是一座座山头，山上全是绿丢丢的树和颜色浅黄、淡绿、明翠的梯田，这些梯田形状五花八门，让人想起唐三彩的古老和青三花的鲜嫩，它们花花绿绿地堆叠在一起，使黄土的厚重与笨拙因此而具有了灵气。西山正中有突兀的平地，中心辟有山地花卉种植园，以牡丹、芍药为主结合当地的传统品种，同时引进紫色的薰衣草以及观赏和药用并重的外来植物辅之，聚焦起四边环拱的 128 亩唐陶宋瓷般的山地梯田，追光投射出南沟自己的"差那"（中国）舞台。

"我不当村领导了，但也闲不住，开公司发展旅游，带领全村人承包各处的植树造林。我们南沟村的好多人当年受过德国人的种树培训，个个都是种树的好把式，种树的成活率高，这就叫发挥所长。"他说，淳朴的脸上绽放葵花一样金色的笑容，"过几天南沟村要举行腰鼓、大秧歌、时装表演，你们要在就好了！"

我有五律平水韵赞之曰：

> 劭劭翠四荒，秀秀闲村庄。
> 苦苦幽兰草，悠悠美子房。
> 黄黄生碧碧，郁郁养沧沧。
> 布绿春秋远，行香日月长。

3. 绿色的答案

刚下山，摄影师冯晓光和耿大鹏就迎上来兴奋地告诉我："刚才见到了吴起县林业局的老局长吴宗凯，他对吴起县的退耕还林情况门儿清，听他讲了讲我们都觉得受益匪浅，你们应该和他聊聊，他正在这儿办退耕还林的展览，这个人从不接受记者采访……看，那个穿运动服的人，就是他，走过来了……"

便见一个人脸上湿漉漉，身穿白色二股筋背心，臂弯里搭件绿色运动衫，手上拿块白色的湿毛巾，头发花白，容貌和神情透着认真，边走边擦拭头脸，走向院边一溜儿排开的图片展板，展板上是他从事林业工作期间多年积累下来的历史瞬间，连缀起来便足以构成历史回放，但解说词藏在他的脑子里。在位时他操守自己很少接受记者采访。

但他说话还是严谨的。他说：以前这个时候，你们看到的不是这样的，山上绿的只有庄稼，几乎没有一棵树木。人们天天要做饭，冬天要取暖，山上的树都被人们砍了去当烧柴。别说树，连草根草皮都被人们撸回家去烧炕煮饭，不然没法吃也没法睡。我小时候就天天干这个，山上基本什么都没有了，连羊都吃不上草，饿得乱叫。沟里下雨一坑泥，经常发山水。我学习不赖，小时候最大理想是开拖拉机，高中一毕业就回村开拖拉机了。后来同学们都上了学还有了工作，刺激了我，就开始复习，考上了延安林校。1986 年毕业后回吴起县林业局当了技术员，当过八年退耕还林办主任，迄今为止，履历就这么填。去年退休时让我发言，我就说了四句话：人生五十岁月催，年近花甲忽成翁。刨坑植树三十载，绿染荒坡霜染鬓。我这一辈子非常简单，一辈子就干了这么一件事——种树！

吴起因战国时魏国名将吴起在此屯兵而得名。吴起是卫国左氏（今山东曹县）人，通晓兵家、法家、儒家三家思想。有《吴子兵法》传世，与兵圣孙武并称孙吴；因在楚国主持辅佐楚悼王变法而得罪守旧贵族惨遭杀害。这里又因 1935 年 10 月 19 日中央红军入驻吴起镇宣告两万五千里长征结束而闻名。那时吴起镇人烟稀少荒野茫茫，只有 11 户人家，生态相对良好，是以无法满足 7000 多人的大部队住宿，许多中央领导人只能"露天麦地覆棉裳，铁杖为桩系马缰"。

人类农业文明发展的历史，同时也是一部毁林开荒破坏生态环境的历史。上世纪 90 年代，吴起县水土流失面积一度超过全县土地总面积的 90%。"春种一面坡，秋收一瓢粮。下一层大雨褪一层皮，山沟沟里灌满泥"。1996 年德国人在吴起县投了几千万资金，先培训了吴起县林业局一批技术人员，又偕同这批技术人员培训了大批村民。这就是闫志雄念念不忘的南沟村许多村民受过德国人培训成为种树好把式的缘起。这里的人淳朴，凡是帮助过他们的人，他们都不会忘记。

吴宗凯说："那时的几千万可是个大钱，能干太多事了。当时县委、县政府也有自己的一套办法，提出以'退耕还林、封山禁牧、舍饲养羊、林牧主导、强农富民'，建设'集约高效型农业、保护效益型林业、商品致富型畜牧业'的生态发展思路。可以这么说，朱镕基总理还没有来时，我们吴起就已经开始大搞绿化退耕还林了。那时做绿化工程得实打实，因为许多农民工从外省来。我们把种树的方法教给他们，三句话，栽正不栽歪，栽深不栽浅，栽实不栽虚。这三句话一听就懂，一学就会，只要用上点心，栽出的树不会差。我用最难听的土话和他们说，你们要是把活干好了我不给你们发这钱你们就可以骂我不算人，你们要是不好好干活把林子给我糟蹋了我就不给你们发钱还要骂你们不是人。结果，我们用十几天时间保质保量栽了两万多亩树，你不这样激他们，根本就不可能！"

吴宗凯告诉我们，在吴起，每一棵树都是人工辛苦种植的。可是漫山遍野的山羊，嘴是一把剪，蹄是四把铲，不把羊子管住，种多少草，植多少树，都不够它们啃的。1998 年朱镕基总理来了那一年，吴起一次性退了 25 度以上的坡耕地 155.5 万亩，一次性淘汰出栏当地土种山羊 23.8 万只，首开封山禁牧先河，实现全县整体封禁。吴宗凯直言不讳："2013 年退耕还林忽然就冷了下来，我对这个是有自己的看法的，退耕还林是百年大计、千年大计，绝不能跟风，一哄而上一哄而下，要持之以恒。所以，2013 年起，我们延安又通过自筹资金，先于国家启动实施了新一轮的退耕还林，一度成为全国生态建设的新闻看点……"

截至 2018 年，延安市共完成退耕还林面积 1077.47 万亩，占到国土总面积的 19.4%，占到全国计划内退耕还林面积的 2.14%，成为全国退耕还林面积最大的地级市。退耕还林使延安的森林覆盖率由 33.5% 提高到 46.35%。全市植被覆盖度由 2000 年的 46% 提高到 2017 年的 81.3%，提高了 35.3%。沙尘天气明显减少，城区空气优良天数从 2001 年的 238 天增加到 2018 年的 315 天。给黄河贡献的泥沙与 2010 年以来的 7 年相比，由每年的 2.58 亿吨降为 0.31 亿吨，降幅 88%。土壤侵蚀模数由每年每平方公里 9000 吨降为 1077 吨，降幅为 88%。

吴宗凯在展板前，戳点着几张照片给我们看，他说："我们吴起县也不含糊，累计完成退耕还林面积达 244.79 万亩，是全国 150 多个退耕还林县（市、区）封得最早、退得最快、面积最大、群众得实惠最多的县，被誉为全国退耕还林第一县。耕地退完了，大概还有六七十万亩的荒山符合造林的条件……这几张照片一对比，就能看出差别来，同样的一个地方，过去是光秃秃的，现在你看，不一样吧？这个人就是当年的那个德国人，这个是郝书记，他贡献大了去了……"

陕西省、延安市、吴起县、南沟村，他们创造了山川大地由黄变绿的历史奇迹，给地球人提供了一个短期内生态修复的成功样本。从来没有无根之树，无因之果，饮水思源之余，这里的人们念念不忘的几个名字耳熟能详，展馆里、人心中、嘴巴上，都挂有他们的名字和掌故。也有不为人知的，例如吴宗凯嘴里的郝彪、德国人以及他自己，还有许多县村一级的小人物。举凡生活在这片土地这个地球之上的人都是生态环境的考生。还有更多被时代无意遗忘或是有意忽略掉的小人物和他们的生动的赶考故事，在等着我们从尘土中挖出来让人们看。

这些泥土一样的小人物和小考生，有的甚至不是中国人，但无一例外都是地球上的人，他们把根深深扎入不同的土壤，呵护的却是同一个地球。他们在种树的同时也把自己种成了一株树，乔灌草连缀成一道不容人们忽视的如三北防风林带一样的风景。这些树郁闭了大地上长久以来怨艾的沙尘暴和触目惊心的穷山恶水，站出了一道蓝色地球上天经地义的绿色标准答案：金山银山不如绿水青山！

诗曰：

赶考明光，不能或忘。

布绿行香，使之传扬。

前人栽树，后人乘凉。

荆棘生刺，玫瑰吐芳。

2019 年 8 月 18 日星期日

河西　北纬 39° 地带

郭雪波

上篇　阿娜巴尔

一　一行新野驼印儿

北纬 39°。

这是一条神秘的纬度。

这纬度上寒暑交界，四季分明，冬暖夏凉，是个富裕且神秘的地带。

公元前 344 年，欧洲马其顿王国亚历山大大帝远征时，随军地理学家尼尔库斯首次研究测绘出地球经纬度，后经埃及地理学家斯特尼及托勒密进一步完善，绘制出如今的完美地球经纬度，让人类能够准确清晰地辨认出自己生活的这个地球家园和自己所处的位置。地球，就此也被这两根无形的经纬金丝彻底规范化，像一只金丝雀般拴套在方格子里了。

而在这条神秘纬度上，人类世界发生过许许多多大事情，产生过诸多神奇传闻，有的甚至改变了人类和地球的命运。瞧瞧处在这一北纬 39°上的地名吧：北京，纽约，罗马，希腊，爱琴海，地中海，日本海，还有中国西北的塔克拉玛干沙漠、敦煌、罗布泊、青海湖、库布齐沙漠，以及令人惊悚的百慕大三角洲和出没水怪的尼斯湖。

我们将要去的那个遥远的地方，也处在这北纬 39°。

它的名字叫，阿娜巴尔。

著名的罗布泊荒漠以东的广袤无人区，沿阿尔金山雪峰北麓流淌着一条雪山融化的河流，名字叫：阿娜巴尔。陪我们的哈萨克人胡阿提告诉说，这是个蒙古语，意思是有母亲的河，或有母亲的地方。噢，多么诗意的名称。

阿娜巴尔，现在按照谐音用汉文写作：安南坝。

胡阿提，稳稳坐在颠簸飞驰的越野车上，不无自豪地说，咱们安南坝双峰野骆驼自然保护区，是个神奇的地方，西连罗布泊，南依阿尔金山，北邻敦煌西湖，东边就是天下闻名的莫高窟和玉门关，有名得很！

这些地名的确不凡，在北纬 39° 上。

地域，因其生存珍贵物种而驰名；

历史，因其书写稀世经典而流芳。

如今，双峰野骆驼，因其比大熊猫还濒临灭绝的稀世物种而使得阿娜巴尔——安南坝，载入史册，流芳后世。

双峰野骆驼属于偶蹄类动物，体形高大，长三米五，肩高一米八，体重五六百公斤，背上有两个驼峰，短尾巴。上唇裂成两瓣如兔唇，鼻孔瓣膜可随意开闭，防止风沙灌进鼻孔，从鼻子里流出的水还能顺着鼻沟流到嘴里。耳壳小，内有浓密的细毛既阻挡风沙还可把耳壳紧紧折叠起来，眼睫毛长而密，风沙中仍然能够保持清晰的视力。头小颈部长，弯曲似鹅颈。两个肉驼峰下圆上尖，呈圆锥形，蹄子较大，分叉成“丫”形，在松软的流沙中不下陷。野骆驼曾在世界上很多地方生存过，到了 21 世纪只存于蒙古西部和中国西北一带。作为一个独特的物种，它已成为地球上比大熊猫更为珍稀的野生动物，全球只剩下不到一千峰。

我们一行，从霍去病曾镇守的边关武威出发，乘坐夜行火车清晨抵达敦煌，趁曙色马不停蹄地再从敦煌向西安南坝方向行驶。来接我们的司机是一位哈萨克青年，名叫胡尔曼别克，话语不多，高颧骨，红扑扑的脸蛋，他腼腆地告诉我们行驶个 400 多公里就可进入野骆驼保护区了。我忍不住"哦"了一声。睡梦中匆匆下火车，上车片刻后突然发现眼前一片模糊，这才想起把眼镜落在卧铺车厢了。我失声一叫，坏了，一双散光老花眼，这一路可咋采访记录？

胡尔曼机敏地提醒，敦煌是终点站，回去找还来得及。他立马调转车头，飞一样往回奔。一阵折腾找回了眼镜，我的一颗心也顿时踏实了，当我向这位哈萨克小伙表示感谢时，他还是朴实腼腆地笑了笑，无话。他名字胡尔曼别克的意思是大吉大利，真应了他名字的含义，但愿这一路采访依旧如它名字大吉大利，一切顺利。

匆匆把行李丢在阿克塞县城宾馆，街头囫囵吃了一碗拉面之后，我们继续向西，朝目的地奔驰。从敦煌到阿克塞县城 80 公里，从县城到达保护区边缘 340 公里，我们计划还要穿越一部分保护区内的大红山一带三四百公里，这一天在车上将要颠簸 800 多公里，好在这里的白天很长，据说到晚上 9 点钟天还是亮晃晃的，只要你的身板儿好，时间是足够的。

路两侧原野十分荒凉，黄秃秃的坑洼地茫茫无际，石砾地上只生长着稀疏的骆驼刺、梭梭、野沙棘等植物，这里虽然尚未进入保护区，但已是人迹罕至，不见村庄不见人影。正这时，前边不远处的路两侧，出现了七八峰骆驼在舔舐盐碱洼地，有一头则高耸着双峰居然在公路上徜徉，傲视四周。

野骆驼！

摄影记者大鹏喊了一声，兴奋地举起了长筒相机。

不是的，那是家骆驼。陪我们的胡阿提笑了笑说。

家骆驼？我也有点失望，细细端详起车窗外的那些大家伙们。

野骆驼很机警很胆小的，几公里之外就能捕捉到人类气息，早就逃之夭夭了，不会像这些家骆驼旁若无人，不理不睬我们。

听了胡阿提这么解释，大鹏一边抢拍，一边说，的确，它们无视我们的存在。

我们都乐了。遭到家骆驼蔑视，我们倒是很开心。

胡尔曼别克长时间地摁喇叭，那头占领公路的公驼才不大情愿地晃悠悠离开，高昂着头颅，圆圆的一双眼睛在长睫毛下十分不屑地从上往下瞧着我们，似乎在说，爷这不是正在让开呢吗，你们人类总是这么心急！

它，的确无视我们的存在。大鹏又嘟囔一句。

我们再次哄笑。又走几十公里，抵达一个路口。左侧高高耸立着一尊几十米高的标志性建筑物，上边醒目地书写着：甘肃安南坝野骆驼国家级自然保护区。路口右侧，则横卧着一块大牛石，上边凿刻着两个大红字：守望。笔锋遒劲稳健。

我们下车观瞻。胡阿提抬手指了指前方告诉我们，从这里走进去，就是我们管辖的王国了。我们的王国不算很大，总面积只有3960平方公里，地处阿尔金山北麓、库姆塔格沙漠南缘，最高海拔3800米，地形以山前砾石戈壁倾斜平原为主，属于典型的大陆型暖温带干旱气候，地理位置介于东经92°、北纬39°之间。

胡阿提如数家珍，把近4000平方公里王国说成不大，也引发我们会心一笑。驶进保护区里，漫漫无际的无人区荒野顿时展现在我们眼前，令人想起"西出阳关无故人"的诗句。玉门关，阳关，早已撇在我们身后了。留下这千古名句的王维还有他那位朋友"元二"，肯定没有来过这不毛之地。这里别说"无故人"，连个生人都瞧不见。

那么，什么样的恶劣地带等候着我们，去追逐野骆驼踪迹呢？

我打趣地问林草局干事卞韬，带酒了吗？

卞韬笑答，无酒，有规定。郭老师想"劝君更尽一杯酒"，只能等回北京家里喝了。

哈哈，都是模范干部啊，高出王维很多，可他老人家也是干部，右相呢。

大家笑。越野车一路扬起黄色尘土，油渣路到这里戛然而止，前边都是坑洼不平的砂石路。这条砂石路，也是当年新疆开铁矿为运送矿石到敦煌装火车而修筑的，如今铁矿已关闭，砂石路已无人修护，处处是坑洼。保护站资金有限，没有实力修护，路况不好倒是令一些盗猎车望而却步。保护站的人出去巡逻救护，其实并不在直线的公路上，走的净是些无人区荒野，那里根本不需要路。

右前方出现一座不高的褐红色山岭。

那是小红山。胡阿提说。我们保护区内有两条山脉，小红山和大红山。大红山面积更大，山势巍峨。

果然，半小时后正前方横着出现了那片大红山，逶迤莽莽，嵯峨险峻，呈赭红色或黑褐色，望上去显得十分高耸神秘。

你们仔细看一下，大红山的山姿，是不是像一位少女仰卧在那里？有人说那是一位仙女，帮我们守护着保护区！

胡阿提的提醒顿时启发了我们想象力。

其实更像一座仰卧的释迦牟尼佛，披着赭红色的袈裟，山的颜色陪衬得十分形似。有人说。信仰各异，想象也不同，人类文化多样性很有趣。

车到达大红山脚下，那里坐落着一排蓝顶平房，是林政稽查队。我们的车开过去，直奔大红山脚下岩石那里。我的双手终于触摸到那个神秘的淡红色山岩了，美丽的仙女不见了，披袈裟的卧佛也消失了，我们一下子从浪漫的想象回到现实中，一座座嶙峋岩石千姿百态地鼓凸着，交错着，个个都像怪兽猛兽随时向你扑来。岩石中含铁含铜还有复杂的稀有金属和石英，所以闪射出赭红色，在洪水冲激出的小河床上，到处闪烁着小颗粒石英石，阳光下色彩迷人。

你们来这里看看！那边胡阿提在挥手招呼我们。

在一片稍微柔软的干河床沙滩上，呈现出一行硕大的蹄印儿，分瓣儿蹄印清晰可辨，旁边还丢有一坨子粪便，半干半湿的小圆球。

有两峰野骆驼从这里走过！蹄印子还很新鲜，根据粪便判断，昨天它们在这一带活动过！

胡阿提是这里的保护站站长，他的判断顿时令我们振奋。

我们来保护区的目的，就是想捕捉到野骆驼这老宝贝的身影，近距离接触，讴歌它们的顽强生存，繁衍生息。

有人提议追踪脚印跟过去。

胡阿提摇摇头，他说野骆驼走的是大红山的山中小路，汽车无法开进去。

看着我们急切的目光，胡阿提笑了笑说，我知道在哪里能追上它们，或者是遇上它们。

在哪儿？我们异口同声问。

涝池。

他平静地回答。

二　胡阿提站长

那么，先说说这位胡阿提站长吧。

他已经引起了我浓厚的兴趣。

此人最大特点是，他不说话别人不知道他的存在，不显山不露水。但在其一副平凡而普通的相貌中，蕴藏着一股不易察觉的神秘，绝对是个有故事的人。

岁数四十不到，中等个头儿，一张圆平脸上戴着一副近视镜，皮肤微黄，因常年在野外作业风吹日晒，皮肤很粗糙，近视镜后边闪动的一双微黄色眼珠十分敏锐。除了工作之外一点不愿意多谈他个人的事儿。面对我的出于职业毛病穷追猛打式提问，显得很无奈，勉强忍受着尽量做到有问必答，但极其简单。他生活工作的阿塞克县是全国三个哈萨克族自治县之一，全县人口才一万多人，其中哈萨克族人占十分之四。胡阿提，就是其中之一，他名字的意思是：能量。人身上的能量。

名字真好，看得出老胡身上充满了正能量啊。我笑侃。

他扶了扶眼镜框，含蓄地笑一笑，没说话。显然，正能量这流行词，与他名字巧合，他耳朵早已听出茧子了。从酒泉林校毕业后，他一直在林业上干，父亲当过兵，当年曾是公社武装干部，从小在乡下长大加上家庭教育，他身上的确培养出极大的能量和胆识。他在保护区管理局工作已十多年，担任东格列克保护站站长也有六年，保护区四个站中东格列克是总站，责任和管辖权最大。胡阿提就是这片近4000平方公里王国的"王者"。

车进东格列克保护站大院子，在这里打尖。匆匆吃了一碗方便面喝口水之后很快开拔，继续追寻那一行野骆驼的神秘蹄印，奔向大红山深处的那一眼涝池。

中午的大太阳，就在脑瓜顶上酷酷地晒着，地面温度已达四十多摄氏度，一丝风都没有。荒野，无穷尽地向四周延伸，看不到尽头，远处有海市蜃楼时隐时现，令人不由得生出一丝魔幻般的恐惧感。高空中出现一个黑点，那是一只老鹰，显然它在用一双千倍望远镜般的锐利眼睛搜寻猎物——山兔或狐狸，后发现自己来错了地方，很快就消失了。蓝蓝的高空，又恢复了宁静，重新呈现出灰蒙蒙的无限的寂寥。被雨水冲刷出来的干沙滩，处处裸露着白花花的躯干，如一条条死蛇翻白了肚子躺在那里。但在阴凉的存过水分的地方，居然还丛生出一窝子一窝子的骆驼刺，嫩绿嫩绿地宣告着生命的顽强，有两只不知名的青灰色野鸟落在上边捉虫子，尾巴一撅一撅的，时不时发出悦耳的鸣啼。这一情景，令我们欣喜了一阵子。只要有生命的雨水，大自然的恩赐，这里并非完全是死亡地带。平时这里年降水量不足五十毫升，今年老天爷却格外开恩，居然降水量已达三四百毫升，到处是被洪水冲坏的沟坎，据传大西边的罗布泊那里已呈现出一片沼泽。天道轮回，地球总会有自救的办法。

我们正行驶的那条干河道，已抵近大红山中部的一个山口。

干河床向西北方向纵深开拓而去，穿过大红山的腹部，曲曲弯弯望不到尽头。

胡阿提说，这条干河谷叫黄羊谷，一直通到最远处一个小保护站乌什喀特。他在那里干过三年，条件最艰苦。从那个保护站再往西很近就是罗布泊的荒漠地带，南边是阿尔金山山脉。

黄羊谷，因出没鹅喉羚而得名。鹅喉羚，属于黄羊类，保护区内的又一珍贵野生动物。这一带地貌奇特，大红山延伸到这里已呈现出多种颜色，红黄黑蓝交错，所含的矿物质使得它们色彩斑斓，可与敦煌那一带的雅丹地貌相媲美。

我问身边的胡尔曼别克，你们最远的那个乌什喀特保护站还有多远？

再走个三四小时吧，今天是没时间去那儿了。

那边有多少人，为什么更艰苦？

那儿没有水源，位于高地山口，风沙大，沙尘暴有时会把房盖掀掉，会把活人刮走，食物和水全得从县城拉过去，为珍惜水人基本不洗脸。我们每个站都配有十多个人工作，两班轮值，一班值七天。条件恶劣，需要救护的急事儿就更多，我跟着胡站长在那里也干过三年。

胡尔曼别克眼睛望着遥远的西边方向，嘴上抽着烟，眼神里有一丝不易察觉的忧伤。显然此话题勾起了他在那里度过的艰苦岁月的回忆，同时令他惦念起坚守在那里工作的伙伴们。这些平凡而普通的工作人员，为保护野骆驼这濒危动物所付出的代价，显然远远超出我们的想象。

看来你是胡站长放心的老司机呀。我逗他，排解他一时出现的感伤。

胡尔曼红了脸，笑了。摸了摸黄色的寸头，走向车去。

胡阿提此时站在一处较陡的土坎上，向大家介绍说，半个月前，我来这里巡逻时，发现有两只小狼崽正在这土坎下玩儿呢！

噢？后来呢？这下吊起了大家的胃口。

没有后来啦，人家一见我们就哧溜一下跑走了，估计母狼就在附近看着呢，我们也不可能追逐它们不是？

胡阿提呵呵一乐，逗了一下我们闷子。他不乏幽默。

我再次默默端详他。在这个饱经风雨的男人身上，都发生过些什么样的故事呢？在近4000平方公里的无人区巡逻救护，经历险情麻烦是肯定不会少的。

我跟上他想聊两句，他又变得木讷，闪烁其词。然后走开，回到车上，只说一句，也没啥了，工作嘛——

从后边望着他那健壮而宽宽的哈萨克人肩背，我更想听故事了。

正面进攻不奏效，我就迂回包抄，盯住他的爱将——年轻的"老司机"胡尔曼别克。我跟他已经混得很熟络，开聊很热乎，东扯西扯他的恋爱他的家庭，喜欢的电视剧等，就这样慢慢打开了他的话匣子。正好胡站长坐到另一辆车上，前边带路。

其实，真的也没啥了，胡站长的事迹都印在上边管理局的典型材料上，难道你们没有看过材料吗？胡尔曼别克慢悠悠问我。

没有啊，哪有时间看材料啊！下火车上汽车一路狂奔，连你们管理局的大门都没有踏进半步，这你都知道的！

胡尔曼别克露出白白的牙，嘿嘿笑了。

事情发生在两年前的二月份，胡尔曼虽然年轻却很老成地终于讲述起来。

二月份，大西北，北纬39°地带，依然处在苦寒时段，零下三十摄氏度以上。干冽的七八级西北风呼啸着，席卷侵吞着整个大地，有人这样描述过这里："天上不飞鸟，地上不长草，风吹石头跑。"地球上居然还有这等恶劣的地带，没在这里生活过的人是不会想象到的，北纬39°，并不都是那么美好那么富得流油灯红酒绿。可怜的野骆驼们，近百年来被人类不断屠杀、追击、驱逐之后，无奈下只能被迫迁徙来这样一个人迹罕至的恶劣地带求得一息尚存，进行顽强的繁衍生息。它们从数百万头到如今只剩下数百头，这是一个多么令人悲伤而痛惜的生存进程！而如今的现状是，假如没有人类反省后显示出博爱的救护，这可怜的数百头野驼也会很快地迎接它们种族灭绝的最后时刻。

二月份，当中国人正沉浸在一年一度的春节狂欢时刻，那些野驼们却正进入无水无草的最干旱困难时期，新出生不久的小骆驼们会更容易死亡。在这样的时刻，它们的忠实朋友胡阿提们就出现在荒凉的原野上。他们离开家里温暖的火炉边或暖气房，放下节日的酒杯碗筷，纷纷走进茫茫无际能冻掉下巴的干冷荒野，把一卡车一卡车苜蓿草这类营养价值颇高的豆科饲料投放在野驼活动地带，以救助它们熬过难关度过艰难时期。他们没日没夜地奔波在荒野上，连滚带爬，在伸不出手的严寒中默默地干着活儿，那是一个吐口唾沫都成冰疙瘩的季节。记得在东格列克保护站墙壁上贴着一句口号，或是他们的座右铭：只有荒凉的大漠，没有荒凉的人生。

这一天，胡阿提他们在大红山山口投放饲料，正是我们发现新驼印的地方。

有几头小骆驼，长得已有一两岁的样子，正在那里徘徊，嗷嗷待哺，拿蹄子刨着干冷的地面。胡阿提带领几人匆忙打开车厢，卸下一捆一捆的苜蓿草，剪开绳子散开来投放在地上。小骆驼们尽管平时一见人扭头就跑，可闻到草的香气不顾一切地扑过来了，稚嫩地嗷嗷号叫着，生命的本能和食物的诱惑，永远比胆怯更重要。

胡阿提他们很欣慰，知趣地离开了，把幸福的进餐时刻留给小可怜们。

正在这时，一个意想不到的情况转瞬间发生。

从侧旁突然蹿出来一头成年野驼袭击了胡阿提，一口咬住了他的胳膊。

一至三月正是野骆驼的发情期，雄性驼相互争夺母驼，会斗得死去活来。相斗时将头伸到对方的两腿间，绊倒对方后再用嘴撕咬。野驼是一夫多妻制，雌性怀孕期十三个月，野驼寿命可达三四十年。显然，袭击胡阿提的这头成年公驼，正处在二月的发情期高潮，已变得无所畏惧疯狂无比，也丝毫不惧怕人类，眼睛发红，口吐着白沫，见人就追，就攻击。也许，它的大脑里除了母驼全是敌人，也许它就需要如此发泄。

这头野驼，力大无穷，一个猛烈的咬摔，就把胡阿提摁倒在地上，他也是一个身强力壮的哈萨克男人啊！猝不及防，一开始没有发现它的身影，显然是潜伏在附近哪个洼地，瞅准机会迅疾无比地攻击了落单的胡阿提。乍起他有点蒙，在野驼嘴巴下来回打滚，拼命挣脱，想从野驼嘴巴里抽出那只手来。他大声喝叫，用另一只手猛烈击打野驼的鼻额，毫无作用，对野性大发的它来说那只是蚂蚁的挠痒。它的双排尖利的牙齿，已凝聚了千斤力道，咬透了胡阿提厚厚的羽绒服，他的胳膊渗出血丝浸透棉衣。哈萨克男人野外行走，身上都会有小刀割绳子树条子什么的，但胡阿提知道职责所在，对这头需要保护的人类朋友不可能出刀，即便废了那只胳膊。

胡阿提继续在驼嘴下挣扎，来回打滚，如一肉球，如一陀螺。

野公驼继续发泄着心中的怒气，也许它是一头争夺情侣之战中的失败者，孤独狂奔中发现了胡阿提，反正它一肚子的怒气怨气疯狂野性需要发泄，需要把这个孱弱的人类摔昏摔死才可心满意足。曾听说在巴丹吉林沙漠里发生过这样的一件事，一头发情期的家骆驼发现了一位穿绿军装回家探亲的军人，从老远地方追逐而来，军人知道难对付只能逃跑，可疯驼决不放弃开始了漫长的追逐，最后军人无奈跳进了一口野外干井躲避。疯驼伸嘴够不着，可又不甘心就这样离去，索性，它就趴卧在干井上边，封死了小井口，一动不动久久不肯走。军人轰它，捅它，呵斥他，人家理都不理，一点辙没有。焦灼中军人想到了一办法，拿出打火机点燃一张纸，从下边用火燎着了它的肚皮毛儿。这下管用了，疯驼"嗷儿"的一声大叫，跳起来就逃之夭夭。

胡阿提也许当时也想到过此招儿，但他是决不会用此狠招儿的。

这时候，先回到车上发动机器的胡尔曼别克和另一人，发现了头儿遇到险况了，惊出一身冷汗，跳下车就跑来，手里挥舞着棍棒子，一边吓唬一边大喊，滚开！快放下，你这不知好歹的畜生！

发情的疯驼是不懂好歹的了。胡尔曼捡起一块石头撒过去，正击中疯驼脊背上的肉峰，那是它的比较敏感部位。疯驼受惊，回头一望时紧咬的双排牙就松动了，上下张开了些，于是胡阿提立刻趁机猛力一抽胳膊，哧啦一声，羽绒衣袖的撕裂声中他的胳膊终于从驼嘴中抽了出来。他也立刻爬起来，逃离疯驼的身边，保持距离。胡尔曼他们继续挥舞着棍棒轰赶骆驼，见人类来了帮手，冲它张牙舞爪，那头疯驼见势不妙也展开四蹄立刻逃走，跑出很远还回头不大甘心地瞅着这边的胡阿提。

胡阿提的胳膊伤势较重，整条胳膊立刻红肿起来，很快变得比大腿还粗，冬瓜一样，身上和肋骨也有几处伤。现场简单包扎处理之后，胡尔曼开着车飞一样往县城方向狂奔。野骆驼在荒野上什么草都吃，梭梭，骆驼刺，芦苇，沙拐枣，荆条，甚至家畜不敢吃的狼毒草都能吃，身上具有奇特功能，从不出现中毒现象。可人类就不同了，担心它的牙齿和唾液有毒，必须赶紧去医院消毒清理打针吃药才行。

胡阿提站长，在县医院躺了半个月。

他的这年春节正月，过得很热闹。

二十天后，他又活蹦乱跳地回到了荒野上。

三 那一眼神秘的涝池

离开黄羊谷时，太阳已经偏西，三点多钟的样子。

可那轮日头依然从头顶斜岔子里火辣辣地直晒着，燃烧着，满目的大地山野河谷都在其炎炎威吓下显得气息奄奄，毫无生机。连顽强的骆驼刺和梭梭草都在地边发蔫，耷拉着枝叶，灰黄灰黄的样子。

胡阿提在河床上一条像是小径的弯曲线上，正细细查看着什么。这个没有豪言壮语只有豪勇行动的哈萨克共产党员，已在我心目中渐渐变得高大，他的一举一动都能引起我的好奇，也尽量不让他离开我的视线。

胡站长在查看什么？难道在寻找籽儿料吗？我开玩笑说，看看胡尔曼。

他可不玩儿石头玉料，哪有那个闲工夫呀。他在找骆驼印儿，那里是一条老驼道，野驼愿意沿着一条固定路线行走活动。胡尔曼解释。

有了，这里也有新鲜的蹄印子！胡阿提在那边高兴地说。

果然，在那条似有似无的沙砾小径上，依稀可见驼印，时显时隐。浅浅但硕大的分瓣儿足蹄印，逃不出胡站长那双猎人般的敏锐目光。

胡阿提远远凝视着驼印消失的方向，自言自语，它们也去了涝池，饮水去了。于是，我们纷纷上车，按原定路线继续赶往涝池。大家很兴奋，已经有两拨蹄印奔往涝池了，我们都期望着在那一眼神秘的涝池能够逮到野驼的身影。当和胡阿提谈论起他们对野骆驼的救护时，他的眼睛里总是含着慈祥的光泽，似乎在说自己的孩子。他们已经多次救护过被遗弃、失散或受伤的野骆驼，曾救四峰小驼羔和十一峰成年驼于危难之中。为更好地监测野骆驼活动规律，他与同事徒步跋涉山路上百公里，跟随脖子上佩戴跟踪项圈的四峰野驼，通过卫星定位发射器传送的数据，远程获得野骆驼的活动轨迹。

说话间，车队从黄羊谷拐个弯，往北然后往偏东北方向开进大红山腹地里去。开进去之后才发现，大红山并不是从外边看到的那样单层山脉，里边重峦叠嶂，复合出现无数的红黄色山岭，连绵不绝，足够壮美，只是寸草不生光秃秃的样子令人遗憾。

在熟练的"老司机"胡尔曼开的车上，颠簸着，沿着没有路的雨水冲刷的砂石滩艰难行进。窗外，忽然发现有一只孤独的鸟，正伴着我们飞行。

这只鸟，它要飞到哪里去呢？为何与奔驰的汽车为伴？它如此单薄而孤寂，不见其他的同伴小鸟，难道它以为只有我们这靠轮子滚动的铁家伙才是可信赖的伴侣吗？它比常见的麻雀大，比喜鹊小，翅膀较长而颜色微黑，腹部还呈红褐色，头脖处也有一圈褐红色，飞翔中显示出坚毅的流线美。在科尔沁沙地草原长大的我，见识过不少鸟类，但对它我叫不出名字。地处严酷的大红山腹地，又如此勇敢，就暂且叫它红鸟吧。

红鸟在继续神勇地飞，我在认真观赏。

它飞翔得艰苦，我观赏得悠闲，尽管颠簸。

山谷的风很烈，能把石头吹跑，把骆驼吹倒，但它的巴掌大的躯体虽然抖抖闪闪却很聪明地贴着地面飞行，闪避开那一阵阵的猎猎大风。汽车轮子扬起的尘土如滚滚浓烟，一时把它给吞没了，你以为它该停下了吧，却又从那道滚滚沙幕中飞冲了出来，洒脱而勇猛，好似一位从银幕后头闪出的明星，风采依然，靓丽得如流星。

它真是一只固执的鸟，勇敢的鸟。我愈发地欣赏起它来。

难道是迷路了？独自误闯进大红山无人区，无法逃离，以为跟随人类乘坐的汽车便可找到回家的路？倘若是这样，它就错矣，犯了经验主义错误，我们在追寻野骆驼的脚印，也许离它的绿色家园更是渐行渐远。

其实，后来才知道，我的判断是何其错误！

红鸟，它不是一只笨鸟。

飞到这会儿，它并没有显示出惊慌的样子，也不像是毫无目的地乱飞。它的飞翔十分熟练而且很有节奏，简直像一位优秀的钢琴手在半空中用柔美的双翅弹奏着一组组轻缓优美的旋律名曲。

那么，它，这只诗一样飞翔的小红鸟，究竟奔往何方？

谜底，不久便揭开了。

当我们的车队驶进一片三面环山的平洼滩时，只见那只红鸟"嘟"一声啼叫，抢在我们前边，欢快地一头扎进前头一个凹洼坑里去了。

那儿就是——涝池！

传说中的涝池，我们梦寐以求，一路奔来寻寻觅觅的神秘涝池！

天啊！

它，红鸟，原来是飞到这里饮水的！这只聪明的鸟啊！

涝池，顾名思义，应是干旱地区村边路口存贮雨水的坑池。但这里可不是村边路口，而是人迹罕至的大红山无人区洪荒之地。这个涝池，也不是天然形成，而是人工用石板水泥砌筑而成，方圆形，四五十平方米的样子，两米左右深，斜坡以阶梯式往底部伸展。涝池是由保护站所建，从南边一百里远的阿娜巴尔——安南坝河、有母亲的河那里，铺设一条口径一百多厘米及四十五厘米的地下塑料管道，生生蹚开如铁硬的石砬子山地把水引进这里储存，专门供给嗷嗷待哺的野骆驼、鹅喉羚、狼豹及秃鹫等野生动物及禽类饮用。整个保护区近四千平方公里地带，已修有两处这样的人工涝池。另一眼在大西北库木塔格沙漠南麓。管理局一直在保护区内寻找水源，经多次踏勘发现同新疆交界处有一眼胡杨泉，但水量极小，冬季结冰夏季干旱断流，却是方圆一百多公里唯一水源地。在其附近，多年来野生动物行走踩出了一条羊肠小道，泉眼附近留有大量的野生动物足迹和粪便，显然是野骆驼等野生动物唯一的饮水点。于是他们立刻铺设塑料管道两千五百米，将泉水引至地势开阔平坦的峡谷出口，并在那里垫砌修建了约五十立方米的涝池，通过蓄水和水量的调配，能够从根本上解决枯水期泉眼断流后野骆驼和其他野生动物喝水难问题。这些工程投入力量之大，耗资耗工之难，维护修缮之苦，都不是简单能用语言说得清的。

此时，我们兴致勃勃地站在坑口观看涝池。

可脚下情景，却令我们十分意外，感到愕然。

涝池内，一滴水也没有！已经干了底儿，在底部积留的薄层流沙还有点湿气，半干半潮，那只红鸟正在那里啄叼那个湿沙。

怎么搞的？这水怎么还没有送过来呀？

胡阿提站长也感到奇怪，脸色茫然。原来，前些日保护区内下了暴雨，山洪冲坏了地下输水管道，职工们正在不分昼夜抓紧抢修。胡阿提马上打电话询问，显然冲坏的地方不止一两处，修复进度被拖延，救命的水大概拖到明天才可能输送过来。

大家有些失落。失望的不只是我们，那只小红鸟"唧啾"一声飞走了，翻越旁边的一座山崖后不见影子。两路野驼蹄印奔向这里饮水，可我们举目四望，不见它们的踪影，显然，涝池无水，它们不可能在这里继续停留，只能去寻觅更远处其他的水源。石砬子地上，连它们的足印都没有留下，四周空茫，山野悠悠，只有热辣辣的山风在吹，有一股“黄鹤一去不复返，白云千载空悠悠”的苍凉感。

胡阿提站长举起望远镜，向四周搜索。也许，在哪个山崖阴凉处躲着可爱的野驼，耐心等候水来。片刻后，他兴奋地喊道，那边，东北五百米处有两只鹅喉羚！在后边，还有七八只，是一群鹅喉羚！

我立刻拿过他的望远镜看，果然，在一片梭梭草和骆驼刺后边，那群鹅喉羚在活动，徜徉。两只长角刺棱着，额头、喉部、腹部发白，黄色的身躯，矫健的四蹄，显得十分修长俊美。它们在那里久久徘徊不走，即便从远处发现了我们的动静也没有马上逃离的样子，显然，它们是在守护着涝池周围，似乎很相信人类朋友早晚会把救命的水源送过来，让它们畅饮。

胡阿提趁机向我们普及起有关鹅喉羚的知识。

鹅喉羚，属典型的荒漠半荒漠区域生存的动物，体形似黄羊，因雄羚在发情期喉部肥大，状如鹅喉，故得名鹅喉羚。20 世纪 50 年代初，鹅喉羚曾广泛分布于贺兰山东麓、西部半荒漠地区及东部鄂尔多斯沙台地带。该物种现已列入世界自然保护联盟（IUCN）濒危物种红色名录，属于国家二级保护动物。在安南坝保护区大约活动着上百只鹅喉羚。由于鹅喉羚是食草动物，除了靠矫健的四蹄逃跑之外没有其他反抗能力，经常遭受人类和其他食肉野兽的攻击。去年，阿拉善民警在边境辖区内成功救助过一只正遭受五条野狗围攻撕咬的鹅喉羚，该地区一位农民裴某设置捕兽夹，猎捕到一只鹅喉羚，现场宰杀，将鹅喉羚用摩托车运回家吃肉，后被判处有期徒刑十个月，赔款一万五千元。

我们听后感叹不已。

摄影记者大鹏，猫着腰，悄悄向那几只还在原地踟蹰不离的鹅喉羚靠近过去。他要捕捉到最清晰的近处镜头，架起了长筒，可惜，机警的鹅喉羚突然一哄而散,远远逃走了。大鹏遗憾地摇头,好在之前抓到了几个不错的近镜头。

哈,它们是不会留给你摆拍的机会的!我逗大鹏。他嘿嘿一笑。

我见过一幅照片,一群鹅喉羚飞跃一条窄峡谷,你说怎么飞跃的?当前边的一只强壮头羚跃到半道半空时,后边的小崽再跳过来点踩在前边这只父辈的脊背上,再一跃,就跳到对面悬崖上边去了!

那前边的这只头羚不是牺牲了?掉落下去啦?

是做出了牺牲,但未必会死亡,这只头羚也会落到对面半山腰上的树木或岩石上,也会没事,它们可是灵巧得很!

哇,真是伟大的爱,多么聪明勇敢的群体啊!大鹏他们忍不住赞叹。

在弱肉强食的丛林世界,没有点精神,没有点本事,如何繁衍生息自己的物种?没有吃肉的牙口和胃,只有会逃跑的四只蹄子,鹅喉羚、藏羚羊们的生存本领确实不凡。

我们议论着,感叹着,继续在涝池一带溜达、观察、喘口气歇息一会儿。

胡阿提默默抽着烟,久久瞩望着涝池,又走下去察看涝池底部漏不漏水,有无裂缝。走上来时,他脸上似有一丝不易察觉的愧疚之色,感觉对不起逃离的鹅喉羚,对不起未现身的野骆驼们。未能及时供应水源,深感自己有责,尽管责不在他身上。

大家重新坐上车,有些恋恋不舍地离开此处。此时我们每个人内心深处,似乎也都萌生出那些野骆驼、鹅喉羚们对水的无限渴望。如饥似渴。

啊,珍贵的生命之水啊,快点流过来吧!

这是发自大红山洪荒之地,生命的呼唤!

三天后,当我们离开敦煌一带时,胡阿提来微信告诉我,大红山涝池已经来水了,拍摄到有四十五峰野骆驼在那里饮完水,缓慢离开。

登时,我心里一热,眼睛有些湿润。

啊，阿娜巴尔，有母亲的地方啊，地球物种千万类，只要有了母亲，在哪里都会充满博爱，充满温暖。感谢他们，胡阿提和他的同事们！

下篇　玉门关往西

一　一条河，叫疏勒河

一条河，默默地流淌，向西，向西，一直向西。

当高高的祁连山刚克尔雪峰主脉，入春后卸下厚厚的皑皑雪装，更显年轻雄伟时，那些融化的雪水就汩汩流淌，唱着欢快的歌，朝四周的山外溢出，延伸荡涤，浩浩汤汤。祁连山西端的分流，则在祁连山与托来山形成的两山盆地中聚集一片大湖泽，名曰：疏勒淖尔。随着融化雪水的继续不断涌入，扩张，这片湖泽渐渐兜不住了，一条河便挣脱开牢笼，向北方冲泻而去。

它的名字就叫，疏勒河。

刀砍斧削一样生生劈开大山，形成百里疏勒峡谷，通过昌马盆地，再流经肃北蒙古人和裕固人的草原牧场之后，这条河就拐向西方，从此一直向西，向西。中途汇合党河（蒙古名党金果勒河简称，肥沃河之意）等，几股汇合，一条大河向西流，浩荡滚滚，流过瓜州、敦煌、玉门关，灌入哈拉淖尔，就是现在的敦煌西湖自然保护区。古时由此继续往西，一直流进一百公里远处的塔里木盆地的罗布淖尔以及库木塔格大漠边缘。

疏勒，蒙古语与东裕固语的词意为威严、威风、高尊。另有一种蒙古语考证，疏勒是"西拉"即黄色这词的变化音，其实蒙古语中"疏勒"还有一种意思，指肥羊汤。不过，我还是觉得第一种解释比较靠谱。这条河具有足够的威严和威风。流经六百多公里，奔流在河西走廊最西端，成为中国三大内陆河之一，威名远扬，高尊可敬。

一条河，就是一部历史。尤其在这北纬 39° 上。

它，记录着人类在其沿岸繁衍生息的古老痕迹。水是生命之源，疏勒河沿岸留有四千多年前的新石器时期人类先民活动的遗址，古名叫籍端水。据说，当年唐玄奘从瓜州一路走来路经此地渡此河，由"胡人"带路并告知河名，惧怕被妖人捉去吃肉的唐僧提心吊胆，慌忙中却把河名记录成"瓠舻河"。

疏勒河，流进哈拉淖尔，形成茫茫沼泽湿地。哈拉之意为黑色，因土质矿物质和水深之故，沼泽地黑乎乎一片而得名。

如今改名曰：敦煌西湖国家级自然保护区。

我们天蒙蒙亮就从阿克塞县城赶赴这里，两个小时之后，终于抵达。

安排的时间紧迫，我们直奔保护区玉门关站。目的也明确，见识野马，那个被盗名标注的"普氏野马"。

越野车开进一望无际的盐碱滩，满目令人眼晕的白色和黄色。

在那白色黄色苍茫野滩上，不见任何野生动物，更不见野马的踪迹。

我们车上坐着一位中年男人，有一张风吹日晒后的黑红脸庞，不胖不瘦的中等身材也显得很健壮，看得出是一位常年在野外作业的工作人员。一开始他没怎么开口，陪我们来采访的林草局下韬坐在另一辆车上，无人向我们介绍他的身份，由于很生，都显得拘谨，大家都矜持着。我心里想，也许我们的只是一天的短暂采访，给人误会成跟旅游观光差不多吧，一天里能感受到或捕捉到什么呢？走马观花的匆匆过客而已。我自己都对这样的安排，感到惭愧，不好意思。

同行的作家华北老弟，还是不甘寂寞，也正与这位矜持的男士坐在后排，毕竟要展开工作完成采访，便主动攀谈起来。其实那人很谦和，打开话头后发现还很健谈，但不喜欢自己正在说话的时候被人打断。有一次我心急，插话询问何时能看到普氏野马时，他并不理睬，继续顾自向华北介绍着西湖湿地的来龙去脉，这时车正在开进湿地。

我心里暗笑，此人很自尊，也很自信。他这种个性，我倒很欣赏，没有个性没有强势内心定力，一个人很难干成什么大事。从他们聊天中得知，他叫孙志成，保护区科研站科长，高级工程师，还是个大知识分子，这可与他风吹日晒的外表完全不符。我一直以为他只是一位带路的普通职工，不禁为自己以貌取人的俗而感到惭愧。

车开进了一片芦苇荡，沿着一条坑洼不平的沼泽地上已变干硬的旧路行进。车窗外两旁，一人多高的芦苇十分茂密，白色的穗儿在风中摇摆起伏，飞扬婀娜，很是壮观，不时飞起野禽或什么觅食孵蛋的燕雀，我们惊动了人家的安宁。车又通过很大一片的柽柳丛林，一窝子一窝子的，抽着粉红色的花穗随风摇曳，散发出清香，把这块面积不小的沼泽地打扮得火红火红，瑰丽无比。

介绍一下，这片沼泽地，就是当年哈拉淖尔的核心地带。孙科长指着窗外，带着浓厚的甘肃敦煌口音这样说道。

沼泽地，不见水呀？华北忍不住问道。

早就没有水了，平时只靠老天雨水，和地下水位上升，保留着湿地特色，面积也不大，有点积水的沼泽地在北面更低洼些的地方，车开不进去。

不是有那条著名的疏勒河流进这片哈拉淖尔的吗？我也忍不住问一句。

疏勒河？断水有年头了，两百多年了吧，呵呵——

啊？怎么回事啊？我一头雾水，一脸茫然。

孙科长欲言又止，和蔼地看了看我，似乎原谅了我对疏勒河现状以及对敦煌一带生态状况的无知，脸上有一丝不易察觉的苦笑。

郭老师，我们互加个微信吧，我把疏勒河跟普氏野马的资料一同发给您，几句话说不清啊！孙科长说得很客气。我们立即互加了微信。

湿地低洼没有信号，我只好等待。

离开了小片沼泽地，车开上了一片开阔地，又回到茫茫无际的黄白色盐碱滩上。附近有三四座连成一片的黄土小山包，光秃秃的寸草不长，上边有一拨人站在那里，比比划划，叉着腰指点江山，卓越不凡。孙科长笑着介绍，是我们保护局领导正陪着市领导，在实地考察，了解野马保护和繁殖情况，好事，领导重视就是好事，我们是缺水又缺资金啊。

我们处的土台子上，立有一座石碑，上书：野马故里。背后有碑文，引经据典，颇有文采。司机说，碑文出自孙科之手。我更加地刮目相看这位孙科长了。可惜手机还是没有信号，收不到他发的资料。

孙科长招呼我们坐上车离开这里，领导们正下土山而来，我们毕竟是北京部里派来的采访组，偶遇领导，介绍不是，不介绍也不是，索性避开就是。孙科长很会处理事情，聪明得体。

他说，带你们先去参观一下汉长城遗址，还有烽燧吧！在前边不远，然后再领你们去寻找野马踪迹！

我们顿时兴奋，欢笑。

在一片平阔的荒滩上，逶迤而去一条高凸地面的土脊梁，很长很长望不到头，这就是汉武帝时修建的长城遗迹。史籍记载，汉武帝为抗御匈奴，联络西域各国，隔绝羌、胡，开辟东西交通，在河西列四郡据两关，分段修筑障塞烽燧。王莽末年，西域断绝，关闭玉门关，汉塞长城随之废弃。到了东汉初，西域大道北移，敦煌的后坑以西的塞墙再未复建。敦煌一带的汉代障塞烽燧，一直沿用至魏晋时期。东晋以后逐渐废弃，鲜为人知。长城沿线，每隔十里筑有烽燧一座，如古籍所写"十里一大墩，五里一小墩"的烽火台。每座烽燧都有戍卒把守，遇有敌情，白天煨烟，夜晚举火，点燃报警，传递消息，所燃起的烟火三十里外都能看得到。敦煌一带现存烽燧八十多座，玉门关西湖一带保存得最为完整。用黄胶土夯筑而成，或用天然板土和石块夹红柳、胡杨枝垒筑而成，有时还用土坯夹芦苇砌筑而成。烽燧一般都高七米以上，顶部四边筑有女墙，形成一间小屋，主要作用是举火报警传递消息，以防外敌的骚扰和入侵，同时也为丝绸之路上往来的使者商队们补充给养，提供一些帮助。

抬眼遥望不远处的一座烽燧，在荒野的狂风中傲然挺立着，两千多年来仍没有彻底垮塌，内心中忍不住对古人的劳动智慧肃然起敬，也感慨万端。中华各部族之间历史上发生的战争与和平、烽火与交融、分分合合互动与发展，正好不断创造出了五千年的灿烂文明，这在整个人类历史上是罕见的发展史。

我沿着汉塞遗址的土脊漫步，思考，突然萌生出一股"念天地之悠悠，独怆然而涕下"的感慨。

正这时，手机发出丁零一声响。孙科长的文件来了。

第一篇文字是介绍疏勒河的，题目叫《追逐大河西流的梦》。

出乎我意料的是，这并不是简单的干巴巴资料，而是一篇美文，一篇颇有意味的散文，两千多字。然后我又用手机上网搜索有关资料。

疏勒河，原来是一条苦难的河。

当初它从祁连山母亲怀抱里脱离北上，如一匹脱缰的野马，独自闯世界，何等地豪迈，何等地威风八面！一路北上，然后向西，向西，千万年来滋润了两岸流域无数生灵，一直连接到著名的罗布淖尔，描绘出六百多公里绿色长镜头，那时候是何等的勇敢，何等的壮美！好比一位仁慈的母亲，沿路嗷嗷待哺等候喂养的饥渴的孩子，太多太多了，大西北太贫瘠太缺水了。据史料记载，数千年来有人文记录开始，它曾经遭受过四次河水萎缩，最严重的一次莫过于唐代时发生的库木塔格沙漠南侵哈拉其一带，横刀夺爱，流沙阻断了它与罗布泊的连接。失去疏勒河注水的罗布泊，由此开始了漫长的荒漠化进程，美丽的楼兰国消失了，勤劳的依赖渔业生存的罗布泊人消亡了，那里改叫"塔克拉玛干沙漠"，意思为"进去出不来的死亡大漠"。而后到了清雍正年间，这位马背皇帝居然在缺水干旱的大西北河西走廊尽头大搞起了边疆农业，开辟敦煌党河一带绿洲，大量移民开垦土地，建水坝浇农田，完全截流了疏勒河流第一支流——党河，从此疏勒河也中断了向下游哈拉淖尔一带的供水。由此，继罗布淖尔之后，第二个大湖泽哈拉淖尔也干涸了，没有水了。到了上世纪中叶，又大兴水利，疏勒河中游昌马盆地那里建起大坝，修建双塔水库，疏勒河就基本上彻底断流了，从瓜州段北口子开始下游成了无水之河，留下曲曲弯弯茫茫无际的黄色干河床。因疏勒河的节节败退，使得敦煌段间歇性河道尾闾一带西湖（哈拉淖尔）湿地大面积消失和沙化、盐渍化。孙科长的《追逐大河西流的梦》中记述："上百千米河道甩给了沙漠，艾山井呲牙井以及河谷湿地永久性消失。与库木塔格接壤的哈拉其全部裸露出湖底，大部分被流沙淹没，现存面积达980平方千米的湿地大部分名存实亡。而哈拉其北侧更多的是疏勒河古道在地质时期留下来的冲积湖台地，如今成了雅丹地貌，这是疏勒河留给这片土地的唯一遗产。在来自库木塔格和黑戈壁方向强劲的风蚀下，整个罗布泊相连地区呈现出荒不着边的荒漠景观。"任凭风沙日夜肆虐，在大自然的威逼中演绎着可怕的变迁。孙科长描述得十分悲壮。

啊，疏勒河，你犹如一位没有奶水的年迈老母亲一样，萎靡在那里，久久哭泣，日日夜夜地哭泣，期期艾艾地哭泣。你仰天长啸，追问苍天，追问母体祁连山，为什么会是这样？仁慈的祁连山啊，难道你不能多多化些雪水给这些嗷嗷待哺饥渴难忍的可怜的孩子们吗？

祁连山白头翁无语，沉默。岂不知，地球变暖，南美丛林大面积消失，人类排放热性毒气无限，地球正演变南凉北暖气象，它老翁上身的雪线冰川早已消退得不足原先一半了，雪线快退到顶部山峰了。最高的海拔5900米的古老刚克尔雪峰，也在那里无奈地叹气，狂风中摇头。

这就是一条河，疏勒河的故事。一部苦难史。

当然，人世间的事，总是物极必反。人类早晚会觉醒，会大彻大悟。

人类总能找出自己部族的领路者，先知先觉者。

如一道晴天霹雳。祁连山的生态植被开始被火速治理，处理阻隔的魑魅魍魉。

疏勒河和黑河中上游的大小水坝水库，以及围啃祁连山的数百家大小矿业开始整顿迁徙，解放疏勒河黑河，往干涸的巴丹吉林沙漠居延海、库木塔格沙漠罗布泊开闸放水，浇灌那里干涸了上百年的荒漠大地。必须降伏这两条恶魔般的大沙龙才行，不然中华大西北则掉入万劫不复的深渊。

孙科长的美文《追逐大河西流的梦》，就记述了他们考察疏勒河的供水已抵达库木塔格沙漠边缘哈拉奇湖的一段经历，讴歌令人振奋无比的新时代创举。

苦难的疏勒河，正在复活。

悲壮的疏勒河，重新变成有生命的大河。

"问渠那得清如许，为有源头活水来。"

孙科长见我正在默默读看手机，一张黑红的脸上露出笑容。

我们都是生态人，心有神秘的灵犀感应。

二　风中的野马

我们的车离开汉长城之后，一直在茫茫荒原上奔驰。

朴实认真又很专业的孙志成科长，一定要找到放养在他们保护区内的野马，给我们看看才能心满意足。然而，谈何容易。西湖湿地保护区，西至罗布泊和库木塔格大漠，北靠马鬃山和雅丹地质公园，南抵阳关和阿克塞县，东边是敦煌玉门关，面积达六千平方公里，下设十六个保护站，"王国"面积比安南坝几乎大两倍，而这里只生活着六十多匹从西方引进和自己繁殖的普氏野马，想找到它们的踪迹，几乎如大海里捞针般困难。

孙科长脸色沉稳，看得出他心里有数。作为科研技术专家，跟踪研究野马多年，当然知道这会儿野马在哪一带活动，在哪里吃草，实在不行就动用架设在保护区内的监视系统。

中国政府和科学家们很有远见，野马返乡规划制订得十分英明。1986年8月，林业部和新疆维吾尔自治区人民政府组成专门机构，负责"野马还乡"工作，并在准噶尔盆地南缘吉木萨尔县建成占地九千亩、亚洲最大的野马饲养繁殖中心，随着十八匹野马先后从英美德等国运来，野马故乡终于结束了无野马的尴尬历史。

孙科长的美文《敦煌天马》里介绍，2010 年 9 月 25 日在西湖湿地保护区内首次放归了七匹人工繁育的普氏野马。文中他抑制不住喜悦之情，倾情描绘道："当日上午，七匹矫健的野马冲出围栏，踏进原野，身影淹没在西湖芦苇荡，渐渐隐出人们视线，去向它们的先祖生活过的地方。它，像一簇火焰，曾经驰骋在蒙新高原和甘肃西部荒原；它，像一簇火焰，如今回归于故里敦煌和西湖荒原；野马，火样的躯体炽热了这块热土沃野；野马，矫健的蹄声震响了这片寂静的原野！"

听着配制音乐蒙古女歌手乌兰图雅"我的蒙古马路在你脚下"的豪放歌声，读着老孙这段文字，我忍不住心中无比感慨。本人也从小在马背上长大。

西湖湿地野马放归两年之后，一匹母野马在这里的野外成功分娩，产下一匹雄性小野马。那匹小野马性情活泼可爱，奔跑如风，老孙欣喜之余立即给他取名曰"烈火"，犹如他自己的孩子般无比喜爱。当年九月，有关部门见野马在这里野外产仔成功，继续往这里放归了二十一匹野马。广袤的湿地原野上，顿时欢腾起来。当春暖花开、夏草丰盛，人们在野外作业时候，经常远远看见野马群在荒原上撒欢奔驰，嘶鸣追逐，显现出一百多年前无数野马在这里狂奔如火的往日雄风。这是一幅壮美的油画。

对野马及各种马的知识很丰富的孙科长，在车的颠簸中，向我们讲起了"天马"的典故。

据史料记载，两千多年前的汉武帝也十分喜欢骏马，曾赋《天马歌》一首：

> 太一贡兮天马下
> 沾赤汗兮沫流赭
> 骋容与兮跇万里

今安匹兮龙为友

当年，敦煌南边有一大湖泽，故曰：渥洼池。《汉书》记载：汉武帝元狩三年（公元前120年），"南阳新野有暴利长，遭刑，屯田敦煌界。于渥洼水旁见群野马中有奇异者，与凡马异，来饮此水旁。利长先为土人，持勒于水旁。后马玩习。久之，代土人持勒，收得其马，献之。欲神异此马，云从水中出"。

这是一则非常有趣的历史典籍。

汉武帝执政期间，南阳新野有一位名叫暴利长的人，他犯罪被发配流放到敦煌这里屯田。有一天他在敦煌南湖渥洼池水边发现有一群野马，常来饮水，其中有一匹非常矫健如神骏。暴利长是个聪明的人，用河泥雕塑了一个土人立在水边，还让泥人手里拿着马笼头和缰绳，久而久之，那匹野马神骏对此泥人习以为常，不再防备，失去警惕。这时候暴利长就自己代替泥人，浑身涂满泥土，同样手持笼头缰绳立在那里，趁野马不备迅速将其套住，然后把它献给了汉武帝。而汉武帝是位懂马爱马之君王，又有卜卦算出"神马当从西北来"，曾派人去乌孙求神马，正好应了暴利长献神骏，便即兴赋诗一首《天马歌》。

汉武帝酷爱好马，又能歌善赋，据说曾先后得敦煌野马、乌孙马和大宛马之后，便每每赋诗颂之，已作三首《天马歌》，大大彰显英雄气概和不凡的一代帝王气势，令后人无不赞颂。是啊，汤汤数千年，历来英雄帝王们在成就霸业时，哪个离得开骏马背呢？从霸王乌骓，到秦皇汉武唐宗宋祖一代天骄成吉思汗，哪个不是在马背上建功立业？现如今，老家内蒙古草原重新讴歌"蒙古马精神"，赞颂蒙古马的"吃苦耐劳勇往直前"风格，而不再提倡什么冷血残忍的"狼精神"，这都是彰显新时代新领路人的一代风貌。拨乱反正，正本清源，返璞归真，这是正理，若一个国家一个民族失去了健康的社会思想，忘记几千年发展主脉的传统精神，那晚清时野马被杀绝国破山河衰的境况会再出现的，警钟必须长鸣。

思绪沸腾中，我们的车转了一圈，最后停在一处几十米高的瞭望塔下边。茫茫荒野上，到此还没发现一匹野马的踪迹。孙科长不甘心，带领年轻一些的大鹏和华北他们爬上高高的瞭望塔顶，向四处眺望，举望远镜搜寻野马的身影。我在下边依一堵旧土墙，就座乘凉。

他们在上边比比划划，我老哥闲坐下边甚得惬意。

从塔上下来后孙科长又带领我们出发了。看样子，这回他捕捉到了野马的踪迹。半小时后，车开进了一处干硬的盐碱低洼滩，只要雨水大这里就是拔不出腿的沼泽地，到处生长着罗布麻、柽柳和芨芨草，一丛丛一片片的很是茂盛。

你们看，在那边，有两匹！

孙科长一边向窗外指，一边兴奋地喊起来。

果然，二百多米远的盐碱草滩上，有两匹野马在安闲地吃草。暗黄泛红的毛色，在阳光下闪亮，摇头晃脑，十分清晰。车上的所有人都举起手机拍摄，唯有大鹏是专业摄影家，背着全套摄影设备，还带有航拍无人机，只要环境合适，他就放飞无人机在头顶上呜呜地叫唤。等待已久的大鹏下车了，哈着腰向那两匹野马靠近，对他来说距离越近越好，跟野马能亲吻那最好。我也心痒，尽管没有专业摄影器材，但新买的华为手机的像素完全够用。于是，我也学着大鹏的模样，猫腰弯腿，悄悄靠近，动静的不要，我俩就这样一前一后走近野马只有三四十米处，尽情拍摄。

令人奇怪的是，这两匹野马根本不怕人！

我们已经这么大声响，踩得梆梆硬的盐碱土块嘎嘣嘎嘣脆响，可那两匹亲爱的野马祖宗，微微抬头瞧了一下我们，再不理会，继续吃它们的草，摇动着尾巴赶苍蝇赶蚊子。

它们无视我们的存在！

我冲大鹏喊。他站在那里呵呵直乐。

我知道，大鹏是多么想拍几张野马奔驰图啊！只见他一急，张口就吆喝，嘿哈嘿哈地吆喝那两匹懒惰的马。

然而，那两匹马，头不回也不抬，依然故我，三十米外屁股对着大鹏。我看着大鹏，差点笑岔了气。

这时，孙科长下车来到我的身旁。

老孙，这一对野马，是夫妻两口子吗？

不是的，这两匹是光棍雄性马，没有老婆的光棍马。

啊？光棍马？我失声大叫。

它们俩是从群里被赶出来了，被头马赶出来的两个小光棍。老孙笑呵呵说。

我突然想起如今盛行的"微信群"，离群退群倒也是常有的事。

可这两匹公马，儿马，怎么会搭在一起混呢？都是雄性哎！

我实在不解。

也许，搭伴儿取暖吧，要不荒野上太寂寞了不是？老孙半玩笑说。

那它俩为什么不怕人呢？

郭老师你知道，它俩毕竟不是当年的真正野马了，父辈们被人类放养在动物园里驯化了好几代哟。这两匹虽然出生在咱保护区野外，但身上血液里曾被驯化过的痕迹，还没有完全消退吧。

孙科长专业的人说着专业的话。我心服。

不管怎么样，终于见识了回归的野马本身，我们已经心满意足。大家坐上车往回走，纷纷议论着感受。

大鹏从车里频频回头，遥望那两匹光棍马，还在那里搭伴儿取暖，搭伴儿排除寂寞。车颠簸着开上一片平坦的高地上。这里像是一处十分宽大的运动场，面积不小，平坦整齐，上边净是细砂粒和石碴子，寸草不长。

突然，我们惊奇地发现，有四匹野马正在这片高地沙滩的中央晒太阳，不，应该准确地说，放风。或者吹风。离我们有个二三百米的距离。

这里由于高出地面，又是一片光溜溜不长草的沙滩地，上边风很大，强劲的朔风在凉飕飕地吹。老孙叫司机把车开慢些，让我们再仔细观察这四匹马。发现了来车，这四位也并不怎么惊慌，依然悠闲地吹着风。显然，这里没有蚊虫叮咬，不受骚扰。尤其没有洼地草尖上趴着的蜱虫，那是一种可怕的毒虫，专叮咬马的不长毛的耳根和裸露的腔沟子，然后还循着血管爬进盲肠再进到大肠里头，导致马的肠子溃烂，到那时这匹马就没救了，离死不远了。所以，野马吃饱了草之后，就愿意跑到这样光溜无草地带吹风，乘凉，玩耍，约架。

老孙，这四匹马是什么情况？应该是一个家族群了吧？

还不是家族群，仍然还是光棍马，这四匹全是雄性光棍马。有母马有头马的，才叫家族群。老孙说着也乐了。

啊，跟人类差不多哈。四个光棍，混搭在一起，这才叫抱团取暖啊！大鹏在一边幽幽地感慨。

大家忍不住都乐。

高滩上的风，变得大起来，呼啦呼啦地猛烈吹卷附近的灌丛。四匹光棍马的马鬃，随风飘动，长长地扬扬洒洒地飞舞，马的长尾巴也如旗帜般地向上卷飞，高高飞扬。只见有一匹野马迎风陡立，高高昂起头颅，前两个蹄子在空中刹砍着，显示出雄性骏马的勇猛健壮和潇洒。

我们的大鹏，终于捕捉到了一组好镜头，可以获奖了。尽管也属"摆拍"，但那可是野马的摆拍耶，千载难逢。

孙科长这会儿开口说，这匹陡立的儿马，假以时日肯定是一匹不错的头马，他现在正储存能量准备决斗，明年发情期不知哪个家族群会遭到它的攻击了。优胜劣汰，胜者为王，没有竞争，没有死活争斗，放归的野马群就没有前途，更无法恢复祖先的雄风啊！

孙志成科长说得铿锵有力。

风中的野马，在荒原上，傲然长嘶。

那声音，响彻云霄，天地共鸣。

哦，风中的野马。恢复往日雄风，指日可待！

三 金色的北纬 39°

我迷恋河西走廊最西头，这谜一般的北纬 39° 地带。

莫高窟，月牙泉，阳关，玉门关，敦煌，雅丹地貌，古丝绸之路——这里几乎汇聚了中华古今最辉煌文明的象征符号，以及丰厚的宝库，令人销魂，让你流连忘返不忍离去。

出玉门关往西，驱车前往疏勒河古道，想与这条正在复活的大河做个告别。开过疏勒河大桥时，从车上依稀可见河道里有水流淌，显然上游的几家大坝水库放水还没有断顿，有赤麻鸭、红嘴水鸟飞进飞出。弥足珍贵的水流，正慢慢涸润着干渴了六十多年的哈拉淖尔，并从这里徐徐往前推进，一些断断续续的小溪流奔向西边更远的库木塔格沙漠脚下的哈拉其（池）湖，往日那里可是一面大海子。

火红色的雅丹地貌呈现在眼前，像一位奇异的老汉向你龇牙咧嘴地微笑。据说当年大探险家斯文赫定带领一支中瑞联合科考队考察大西北，路经这里时，被这里奇特的地貌地形吸引，产生浓厚兴趣，在这里驻足了些时日作过一番考证。

他向请来的当地向导询问，这片彩色地带，像一层层大台阶般的褐红色土崖山岗，你们叫它什么名字？我的塞拉特朋友。

那位东归的土尔扈特蒙古人后裔塞拉特向导，带着浓郁的西部口音告诉他，我们叫它 yandienrs，斯文先生。

"雅尔丹斯"，斯文赫定听成这样，并用瑞典文注了音调。

这个蒙古名字的意思，就是高大的石台阶。

斯文赫定只记住了相近的音调，后来这个也走了音，"雅尔丹斯"变成更简易的"雅丹"了。那原名早被漫漫大北风吹到爪哇国去了，无人记得它。

雅丹地貌的后面，就是那片著名的黑戈壁和黑黢黢的马鬃山了。

当年斯文赫定的科考队穿越黑戈壁、马鬃山时，也遇到了些麻烦。几年前这里还是闻名大西北的"枭雄"卫拉特蒙古人"黑喇嘛"

的盘踞点，此人占山为王，拉起一支数千人的队伍，号称什么什么"旗"，自封王爷，致使那些来往于丝绸之路上的商旅们闻风丧胆。我的长篇《蒙古里亚》中写过两万字"黑喇嘛"的故事。此人很传奇，出生在俄国卡尔梅克共和国的卫拉特蒙古部落，持有俄国护照，曾参加过俄国"二月革命"，被发配到西伯利亚，又从那里逃到蒙古大库伦参加推翻清朝统治和蒙古独立活动，还跟俄国"白匪"打过仗，参与驱逐科布多清政府最后驻军的那场战争，被蒙古国推崇为大英雄，封给他领地和属民，任命为旗王爷。后来蒙古发生红色革命，受苏联斯大林影响大搞"肃反"，"黑喇嘛"受到牵连，他带领自己部属逃避到马鬃山建立新的基地，传闻当时的宁夏北洋政府予以默许。但蒙古国对此人和他的势力很不放心，最后在苏联克格勃参与策划下，派来几名出色间谍，冒充信徒打进马鬃山"黑喇嘛"要塞宫堡，趁着接受摸顶礼时刺死了这位一代"枭雄"，蒙古和苏联的共同敌人。苏联克格勃还把他的头颅割下来，送到圣彼得堡，泡在福尔马林药水里，向世人展出，跟早先活捉过去的蒙古马一样。苏联"民族与人类学博物馆"展品"黑喇嘛"头颅，编号为3394，下边注明：一个蒙古汉子的头颅。该头颅，至今还收藏保留在此博物馆里。苏联女作家罗马金娜写过一本书叫《札·喇嘛的头》，法国导演萨德茨基以"黑喇嘛"事迹拍过一部电影叫《草原起义》。"黑喇嘛"的真名字，其实叫丹宾坚赞，藏名，意思是幸福安康，可他一生命运正好相反，危难混乱时期折腾了一辈子，终归无果。

当1926年秋冬季节，斯文赫定的科考队通过马鬃山"黑喇嘛"要塞废墟时，他的后勤队长、丹麦探险家亨宁·哈士纶，曾遭到过"黑喇嘛"残余手下的袭击，这在哈士纶的《蒙古的人和神》中有所描述，书里还怀疑"黑喇嘛"并未死。

我默默注视着眼前的黑色马鬃山。车匆匆而过。

历史都是匆匆而过，不会留下太多的痕迹。

走过疏勒河流进哈拉淖尔的最后一段，即盐碱化严重的尾闾北枯沟，我们继续向西行驶。远处西南边是那个盛名远扬的阳关，不由得想起好多年前参加采访"西气东输"工程的作家团，与陈忠实老爷子他们曾参观过阳关。当时电瓶车把我们送到离那座孤零零的烽火台还有两公里的廊亭，不再走了，剩下地段游客须自己步行过去。倔巴老汉忠实，嘴里抽着浓浓呛人的烟，吐一句"锤子"便坐在廊亭说啥也不走了，其实大家也感到索然，就陪他坐在那里摆龙门阵。有人讲起他"你懂个锤子"这段子逗他，他来了兴致，饮着啤酒向我们哼起半荤半素的"花花"，让痴郎"挨三锅盖"，更是令大家捧腹不止。如今，老人家已去天堂笔耕，使得中国文坛好寂寞，《白鹿原》已成绝唱。可那座烽火台，依然孤零零地戳在那里，看着世界，世界也看着它，它毕竟是一座历史坐标。

这时，一丝湿润的气息，从车窗里飘进来。干燥热风的沙化野滩上，这东西比刀郎的磁嗓音更能提神，我们不约而同向窗外瞅瞅。

于是，我们看见了蓝幽幽的一片小湖水。

它，藏在疏勒河古道上一处荒凉的褶子里，静静地待在那里。甚至有些羞羞答答，湖面上连个稍大点的波纹浪花也没有，似乎担心浪花大了会惊飞了好不容易招来的水鸟们，其实更担心周围那些干渴的流沙随时扑过来吸干了它。偶尔，它发出幽怨般的低吟，那是哀叹母亲河疏勒河灌进这里的乳汁般水源，实在少得可怜，它随时可能又濒临干涸，不得不十分低调地掩藏自己的存在，等候上游再次放些水过来，无意中丰盈了这一捧美妙的小湖水。干涸的疏勒河主干道就在旁边，它当然十分无奈，对它这样一条古老的河来说，没有流水是一个难以启齿的耻辱。它早已没有勇气面对沿岸那些嗷嗷待哺的生灵——红柳、胡杨、禽鸟、狼狐、野驼群、羚羊群，还有最贪嘴的长子人类了。

这片小湖是幸运的，今年老天雨水很充足，上游供水时间也延长了很多，于是，它就趁机悄悄聚攒起了这捧小湖，绿水汪汪，给这里死气沉沉的荒凉沙漠增添了生命的契机，绿色欢乐。它像一位少女，处子，腼腆而内敛地守护在那里，在一个不显眼的沙湾；可更像一位风韵的少妇，大大方方，也很浪漫地托着自己奶水丰盈的乳房，无私地默默喂养着小湖四周的柽柳、沙拐枣、禽鸟和不断扑来的大小动物，听见它们的欢笑，这个少妇也感到欣慰掩面微笑。她知道，自己面对的是永远喂不够长不大的孩子们，只要她有奶水，它们终生终世都要揪着她的奶房不松手。它们会日夜纠缠围攻她这个临时母亲，龇牙咧嘴地吸干它为止。当然，她也乐得作此奉献，水的使命就该如此，而不是把它贪婪地独揽在什么水坝水库里，闲放着看，只让一小部分人发电捞钱。其实祁连山的雪水是国有资产，不应变成部分人的私有物。

看着这片蔚蓝色的小湖水，不由得想说，它很高尚。

历史或苍天，把过重的负荷交给了它。它在微风中的涟漪，都令人伤感，观着它心酸。面对它单薄瘦弱的身影，连那孤雁的鸣啼都变得十分凄楚和爱怜，唱着感恩的长歌从空中飞过。

我们不忍心过多地打搅这片湖水，打破它的宁静。它周围已经聚集了好多水鸟，还有鹅喉羚等。我们的车，拐个弯便驶离了这里。可我心里，久久萦绕着这面小湖的倩影，挥之不去。

转个弯，翻过一道沙坡，我们面前突然出现了一片金色的世界！

胡杨林。

我们的车驶进了一片胡杨林，停下。

没想到西湖湿地最西侧，还有这片美丽的胡杨林。眼前的景象令我瞠目。如果说刚才的小湖令我有一丝感伤，那眼前的这片胡杨林则使我登时肃然起敬。

一棵棵高大粗壮的胡杨树，连成一片，在沙地上如布着一个战阵。树冠茂密，树干挺拔，时值秋季，呈现出一片金灿灿的黄色，如黄色大海洋。这里已经是库木塔格大漠边缘，这一片胡杨林生长在沙漠最前沿，日夜抵御着黄沙侵入，像一群堵枪眼的战士，在英勇无畏地作战。

人们赞颂胡杨树说：生而挺立一千年，死而不倒一千年，倒而不枯一千年。称它为英雄树，象征着民族的脊梁，民族的精神。

我在这里，的确见识了它的这一伟大风貌。

漫步在胡杨林中，再走过去一些，靠近沙漠边缘时，突然目睹到另一样惊人的一幕。那景象甚至令我有些慌乱，心情变得复杂，不知如何述说才好。

那里好像经历过一场战争，一场浩劫。

无数棵老胡杨树，倒的倒，躺的躺，站着的不是半枯萎就是已然死亡，为数不多的活着的，也是受伤不轻，抽出的绿枝也稀稀拉拉只是个象征而已。无论是站着的还是倒着的，每棵树都十分粗壮，最小的也得两个人合抱才能抱得过来，最老的躺在那里简直是个庞然大物，得由七八个人合抱才成，无法想象在这样一片黄沙边，历史上居然生长过如此粗壮的胡杨树！而且，每棵树形态各异，生状死态互不相同。有的，挺在那里，似乎是突然被什么从身后劈杀而死，连伸出的枝丫手臂都没来得及收回，枝丫间张着血盆大口，黑乎乎的，好像在喊叫着什么；倒着的，也似乎心有不甘，枯根深埋在地里不肯断裂，从腿部扭曲地弯倒，裸露的胸腔空空的，尽管没了心肺，可它的硬筋依然与外皮连接在一起，纠扭着伸展，宁死不屈地坚硬着；活着的则更像是正在作战的勇士，迎着西北方挺起已经伤痕累累的身躯，舞动的绿色枝叶如号角般地咻咻作响，从龟裂的树皮皱脉里渗出些许血般的泪汁，淌进地上的沙子里很快板结成硬皮，告诉敌人流的血都是铁般的坚硬。

那么，来侵犯的敌人是谁？

发动这场邪恶战争、造成如此伤亡惨状以图全歼绿色胡杨的敌人是谁呢？

当然是风沙，库木塔格的大风沙。它是大地生灵的邪恶杀神。

看得出，这里经历了一场耗时持久的旷古之战。

倒下的每棵树都具有几百载的年轮，新起的活树也似乎做好再战几百年的准备。这是一场自然界的生存和死亡之战。它们的较量，使日月无光，令地球战栗。

面对这触目惊心的场面，我心里顿失轻松，变得无比沉重。

我走过南方热带雨林，走过北方兴安岭原始松林，也走过中原绿色森林，可是从来没有遇见过生存状况如此恶劣严酷的一片森林，惨不忍睹。耳听为虚，百闻不如一见，今日见到的这片胡杨林，比任何书本里描写的屏幕上展现的还要惨烈和悲壮。看着都令人心疼，随之心生景仰，对它肃然起敬。咂摸着关于它的三个"千年"之说，神会其意蕴。胡杨树，真可称之为树界之神。你捧起它的哪怕是一小块枯根，都不敢轻视。因为，在你手掌上它显得那么沉甸甸有分量，不像一些恶俗浅根那么轻飘；它干硬的纤维，会告诉你什么叫坚韧，什么叫耐久；它的年轮，年年不腐的清晰年轮，记载着它们王国往日的辉煌，那个美丽而富饶的楼兰国是何等绿意葱茏，何等的林盖全野！

我现在可以说，与其认定胡杨林是为现世的生存而战，还不如说它是为捍卫往日的荣誉而战，为历史的尊严和辉煌而战。它们的死亡和生存，绝对是一部史诗，一部绿色史诗。

我徜徉在这片胡杨林里，久久不忍离去。甚至，以它们做背景照相留念都心有不忍，唯恐亵渎了它们的庄严，对它们不恭。我放慢脚步，不敢喧哗。

夕阳很红，如血。胡杨灿黄，如金。

想起一个人来，林则徐，林公。

他也如一株胡杨，昂着民族的脊梁，从这里走过，远赴新疆伊犁流放。在这里他曾留下一句诗，"不信玉门成畏道，欲倾珠海洗边愁"，何等地豪迈。如果当初鸦片战争继续让他打，不会失败。他任两广总督时，火烧鸦片，严治贩毒，赶走所有外国鸦片贩子，英国舰船大炮没有能踏进珠海珠江广州半步，他联合反英民众连岸上的井水河道都下了毒，令洋鬼子不敢下船寸步难行，除了那帮长反骨被收买的"港脚仔"给洋鬼子跑前跑后供给养，广粤大地上无人帮助这些贩卖鸦片的毒贩子。林则徐最早提出"师夷长技以制夷"，魏源赞颂他"睁眼看世界第一人"。逼得英国人只好弃广州，绕道福建津门吓唬道光，投降派琦善挑唆道光罢免林则徐发配新疆，最后签下耻辱的《南京条约》，大清朝由此走上覆灭道路，七十年后历史作了见证。

林则徐留下的一副对联，"苟利国家生死以，岂因祸福避趋之"，如今已成为爱国仁人志士的座右铭，鼓励着一代一代中国人。

一个民族一个国家，需要挺直的脊梁，需要不屈的精神。像胡杨，像林则徐。

我走在河西的这块北纬39°地带，心中无限感慨。

登上一座雅丹地貌的火红色高崖，静静俯瞰眼前广袤的大地。

心中忍不住高呼：

啊，这里就是，河西走廊最西段——北纬39°金色地带！

这是一个英雄的地带，这是一个不屈的地带。

这是一个神秘的地带，这是一个神奇的地带。

这是一个古老的地带，这是一个新生的地带。

这是一个有母爱的地带，这是一个天人合一崇尚生灵的地带。

这是一个——充满诗意的地带！

哦，北纬39°。

2019 年 9 月 18 日于北京金沙斋

为新中国成立七十周年林业献礼书而作

野驼野马今安在

张华北

初秋的河西走廊，已是一幅幅秋景图。越野车把窗外的风景渐渐甩在后面。平坦原野上的杨树林、杉树林已是极致的墨绿，草场的绿已有了淡淡的黄，野花的红黄蓝紫点缀出秋日的繁盛，条状农田里玉米等待着收获的喜悦。土路通向山下村庄那些低矮的色彩单调的平房。近山的山色已绿中掺杂土黄，起伏的远山则是神秘的灰暗，唯有白云在蓝天底色上飘浮出明朗。

图上的甘肃看去如一把马头琴，那河西走廊即是那琴弦，演奏出八千余年悠长的历史回声。黄土高原、青藏高原、内蒙古高原，三大高原汇聚于此。母亲河黄河从三江源流来，由此北上。中华人文始祖伏羲、女娲和黄帝也在这片土地上诞生。两千多年前的丝绸之路由河西走廊一路向西，连接为一条东西方文明的纽带。甘肃，几十万平方公里的大地上，创建了华夏文明发祥地上的辉煌。

自古，甘肃成片原始森林，广袤的山地、高原、平川、河谷和沙漠、戈壁，即是4000多种野生植物的故土，也是650多种野生动物的伊甸园。国家稀有珍贵动物90多种。那些珍稀的野马、野骆驼、黄羊以及一些罕见的动物便在这片土地上延续着生命。

武威的庇护所

武威，秋高气爽气候宜人，远望那一片葱郁的林地，即是甘肃濒危动物保护繁育中心。走进大门，在垂柳高耸的身姿上，枝条反向垂悬如绿瀑，将一条通道遮掩得阴凉。杨树、松柏和各色树木、花草组合成一处庞大的植物家族，凉爽的风透过林间拂来。走在洁净的砖砌路上，感受两旁林地的幽静。

一个十几米高巨大的铁笼被分隔成几间，两只川金丝猴爬上了笼中横杆，长尾拖在身下。上面那只飞快跳到铁栏边，两手在上抓住铁栅，两脚抓住下面，看着栏杆外的这些不速之客。一张嘴角长着小疙瘩的白色厚嘴，眼珠在蓝眼圈里瞪圆，小巧的朝天鼻子在眼嘴间，深褐眼似乎流露出一股怨气。两只大猴也敏捷爬上了横杆，长臂上抓，长尾搭在杆上。这些金丝猴属岷山系，繁殖成功已调出 12 只，留有 8 只在此生活。

小水潭处被树木高枝遮挡了一半，一只白天鹅在水中游动，下意识地在寻觅什么，几只在岸上与世无争般静立。两只蓑羽鹤过于孤寂，各自将长喙扎进翅膀，一腿独立，不与其他鸟儿作交流。骨顶鸡游过来，也讨好地叫上几声。树荫投在小木屋上，木屋的倒影在水中晃动起来。另一围栏里，一只红腹锦鸡站立在水泥沿上，自信地侧目而视，金黄羽冠，后颈披上橙棕黑条斑的羽毛，金黄的背上抹一片绿，一条黑尾洒满黄斑，大面积深红肚腹羽毛格外醒目。这七彩的"火凤凰"曾列入国鸟的候选队伍，艳丽的装束让它的神态无比自豪。两只高山兀鹫在大笼中的枯树上一上一下站稳，一副雄视天下的姿态，炯炯有神的眼有穿透众鸟的威慑力。下方枯干上独立的一只秃鹫形单影只，披一身墨黑的大氅虽不失威严的风范，却屏声敛气，不敢与那树上一对对垒。

终于在一个围栏看见了罕见的野驴，平心而论它们是很俊美的，棕色的肩背和头，灰白的颈、腹和腿，黑嘴黑尾黑耳尖，加上黑棕色鬃毛，自然秀气十足。悠闲地走动，看不出一丝倔强脾气。马厩里有高大的凉棚，约十几只普氏野马乍看像野驴，细辨不一。它们高大壮实，尾毛黑长，腿黑。1987年，18匹普氏野马先后由美国、英国、德国"返乡"，种群达到94匹。2010年和2012年28匹野马由此地迁入敦煌西湖的新家。旁边羚羊圈里，十几只普氏羚羊在专心吃着地上的干草，臀部的两块白毛最为夺目。围栏里侧墙壁修成城垛式，它们奔跑起跳也无力逾越屏障。在一大围栏处，七八只双峰野骆驼拥挤地观望着围栏外的人们，有的把头伸出栏杆。棕色毛皮、大大的眼眶，一副讨好人的模样。另一围栏内两只大野骆驼踏着沙地走过来。这些看起来温顺的动物其实是很凶猛的，一次因拍宣传片，将它们自由散开。谁知两只调皮的骆驼趁机大步冲出重围，凭它们天生的感觉跑向千里之外的民勤。但终于在一个沙丘上被围，用绳子拴住受擒返回。

猴区是建在深挖的圈地上，墙壁很高陡直，它们无法攀越。群猴很快登上中间的假山，一只大猴蹲在山顶居高临下地观看，其他几只也迅速占领几个低矮的石尖。

保护中心管护面积近35万亩，救助、收留了川金丝猴、野双峰驼、蓑衣鹤、岩羊等珍稀动物42种300余只，国家一、二级保护动物就达28种210只。那些野生动物是幸运的，雪豹、金雕、白尾海雕、大天鹅、马鹿等200多只珍稀动物曾经在这里康复，获得新生。30多年前的1987年这里还是一片沙区，人们绿化改造的力量将它变成了环境优美的森林。保护中心里弯转的河道正在清理，堤岸正在维修。珍稀动物的庇护所，已成为市民参观休闲的4A景区、全国科普教育基地。每年，成千上万的人们来到这里，欣赏这些珍奇的动物，在展馆感受保护自然生态的神圣。

安南坝的家园

由敦煌至阿克塞城红柳湾镇，晨间小城的天无比蔚蓝，小街树上、楼房上洒满阳光。小城静谧、洁净，宽阔人行道上，镶嵌有雕刻珍稀动物的石板，一块块看来，有长空飞腾的金雕、山间疾驰的鹅喉羚、双双起舞的黑颈鹤、昂首阔步的野骆驼。一片玫瑰花丛后，两只汉白玉雕塑的天鹅正在起飞。十字路口，雕塑有驯鹰之父，他骑在奔走的骏马上，右手擎举一只展翅大鹰，即将放飞；另一路口，一个手执盾牌、身穿盔甲、驱马仰首前行的是哈萨克民族英雄。

阿克塞，是哈萨克族自治县，处甘肃、青海、新疆三地交会处，民族的历史文化在这里展现出风采。

越野车由平坦的公路向戈壁深处疾驰，戈壁滩上大多野草已经变色，一些保持着绿色不愿凋零，抗争着原野上的土质瘠薄和气候的无情。看似平坝的原野实际是高低不平，裸露的小石块几乎遍及整个戈壁滩。丛丛骆驼刺或干黄或灰绿，在石块缝里生出，黄花补血草开着四季不谢的黄花，虎尾草、合头草、红茎的麻黄等各色草棵，顽强地把大地的荒凉遮掩，远望这一层灰绿直至阿尔金山脚。如从空中俯瞰，柴达木盆地荒漠与河西走廊荒漠将狭长的阿克塞抱在怀里，南以当金山口为界，西有阿尔金山脉横贯，东连祁连山脉。阿尔金山延绵着连成一道天然的屏障，主峰 5798 米，雄伟的雪山顶在光照下格外清晰，近山是主要牧区。滩上几只壮硕的双峰骆驼在吃草，时有一只仰起头看过来，这是牧民饲养的骆驼。一只慢慢走过公路，皮毛紧绷住滚圆的身躯，趾高气扬间，洋溢着傲慢。

汽车走完 20 公里柏油路后进入砂石路面，一尊十余米高、下宽上窄的标志碑耸立路左，顶上立有圆盘状自然保护区标志，由此进入安南坝野骆驼保护区。路右侧，一块棕红条石草书有潇洒的"守望"

二字。前行的戈壁滩，土色干灰，几十厘米高的灌丛遍及滩上。右侧一座孤立的裸山立在蓝天下，这是小红山，海拔2000多米，看起来无有一点绿意。河滩干涸，无一丝的潮湿印迹。雨季水流冲刷过的地方平坦，正好当作道路行走。小红山，如堆起的花岗岩棕红石头，石山上许多地方好似风化成散乱的泥土，却依旧和山体粘连一起坚硬得挪不动丝毫。稀疏的灌木棵在山体下半部点缀，稍稍平缓的坡地上也能见到遒劲苍老的梭梭和小灌木丛，几丛补血草的花开得好艳丽，在这人迹罕至处孤芳自赏。河滩里，各色小石块众多，红斑的、麻黑的、焦黑、棕红、灰白、乳黄、淡青的，七彩斑斓。

下午2时多，越野车终于到达东格列克，这个保护站虽建在空旷的路边，室内却是十分整洁。地图上看管护区域犹如一只巨大的靴子，东邻多坝沟、安南坝保护站，西靠乌什喀特。2011年保护区建立，这里便成为保护区中心站。面积大到12.3万公顷，林地4.6万公顷，林班21个、小班2106个。我国一级濒危物种野骆驼在这里栖息着，看似荒寂的大漠，与之做伴的还有野驴、雪豹、盘羊、岩羊、鹅喉羚以及金雕、白尾海雕等120种脊椎动物，116种高等植物也艰难地在这里生存，珍贵的一级保护植物裸果木也在这里残留。这天然的避难所或许是它们的温馨家园。

吃过方便面，驱车进入核心区寻觅野骆驼的踪迹。一条西进的中心砂石路原为铁矿区运输路，停止开采后已废弃。数年未曾维修，暴雨季将大路多处冲断，司机熟练地驾车在河滩上绕行前进。

戈壁原野，向西望不到边际。车向北面的大红山驶去，颠簸着寻觅河水冲刷过的干沟，那里大多坦荡如砥，起伏不大。戈壁上的灌木矮小，在极干旱的地域已难能可贵，每株占有几平方米或十几平方米的空旷。大红山越来越近，连绵成长长的红色山岭。东望，大山半山由黄沙遮掩，或流泻灰白的沙。

在一个河道转弯处，不久前护林员看见一对狼崽，它们在河床坎坡下嬉戏，见人迅速逃离，不远处当有母狼在隐蔽处监视。车由一处山口进入，即是黄羊沟。较为宽阔的河道冲刷口，一排露出地面五六十公分的粗铁管竖立横断在水路，这是禁止非法进出保护区车辆的拦路杆。两侧山峰耸峙，干硬岩石如火焚后的火焰山。

在右侧山顶一高耸岩石右下方，一尊石犹如站立的伟人像，在这海拔 2600 多米荒僻的山上遥望着广袤的大戈壁。山脚总是有着生机的，一人多高的梭梭和小灌木丛丛生着。车沿平滩进入黄羊滩，这里平滩阔大，众山四围，原常有黄羊活动，每到黄羊交配季节，群羊聚集。由此向山里有一处天然水泉，也是黄羊难得的饮水之处。荒滩上难得见到一只黄羊，干涸的平滩寂静无音，看似毫无生机。唯有红茎的麻黄草贴伏在地上，灰白的老茎发出红茎和细小的绿叶。年复一年，河滩右侧被流水切割成一米多高的立岸，露出泥土和卵石。黄羊把荒漠作为它们的家园，或许是避开天敌和人类的伤害，它们默守适者生存的信念，以长芒、针茅、多须葱、蒿类、猪毛菜、锦鸡儿等为食，自然条件的恶劣也造就它们坚毅的性格。

寻觅野骆驼，越野车坚定地向无路的山里进发。这条行车路线司机不知巡逻过多少次，车时而在平滩上疾驰，时而在河床里狂奔。我们紧紧抓住车上的把手，在颠簸时顺势起伏着、歪斜着、俯仰着，任凭一股欲把人甩出车外的力量的强劲，也不撒手。在接近人工饮水涝池和监测架时，突然看见一只公黄羊在土坡下站立，车辆离它更近时，黄羊才回头向山坡走去。涝池已经干涸，池心仅有的一捧水已肮脏不堪，池底潮湿的泥土裂开了土块，泥地上留有许多黄羊脚印和粪便，标志它们来此又失望地离去。在这极干旱区，年降雨量 18.8—176 毫米，蒸发量却大到 1800—2500 毫米。水在这里，几乎代表了生命的存在。夏季大水冲断了引水管，尚在抢修，几天后清水会流到这里。终于看见了一只小鸟在涝池边掠过，几只小蜂也嘤嘤在飞，还有苍蝇落在潮湿土地上，如同生命禁区有了生机。黄羊爬上半坡又回首望来，不再走动。车继续在山间平地上压过旧有的车印奔驰，突然右侧灌木里三只黄羊惊起，向着莫测的大漠远去。

越野车向一个山口挺进。左侧山下十几只黄羊快速向方才涝池方向奔走，一只骚羊则反向而行。黄羊是速跑的选手，飞驰时速可达90公里，与藏羚羊可以并驾齐驱。当它以75公里时速匀速奔跑，竟能持续1个小时。但水源困扰着这些荒漠速跑精灵。一座山边，山顶诸多黑石顺坡散落。黑石或浑圆或长条，黝黑发亮，如生铁，又不及生铁坚硬。大至如牛犊，小至如足球，人们莫辨，有待地质学家的验证。山谷里，车顺着或宽或窄的沟壑河道前行，颠簸得跳跃着行走。植被稀落，山形或如匍匐的大象，或如野驼，或如鳄鱼、章鱼，奇形怪状。突然河道沙土上出现较大的脚印，是两只野骆驼从这里走过。车辆紧随脚印向前追寻，驼迹时断时续。山形变得高峻起来，近山棕色、褐黄，远山蒙上一层朦胧的幽蓝。夜晚如在此露营，确需要一番胆量。天色更加蓝了，阳光无遮无拦蒸烤着鬼城般的山地，大山有的现出巨爪的抓痕，有的现出怪诞狰狞的形态。绕过一个分叉处，野驼蹄印消失了，野驼则向另一条沟壑去了。在辽阔的戈壁滩上寻觅它们的踪迹何其难也。

车辆终于冲出了山口，过一片平滩后来到来过的小红山下，前方即是保护区的一个林政稽查站。一个高高瞭望塔下白色的房屋，栅栏内的小院里两棵榆树尚小。两个年轻的大学生是这里的工作人员，他们是哈萨克族人，身边跟着一条黑身白肚看似凶猛的家狗。太阳离地平线越来越近，返回阿克塞已是晚上9点，一天的奔波，行程已400公里之远。

敦煌西湖的乐土

敦煌，河西走廊至此走到了尽头，历来为丝绸之路上的重镇。东有三危山，南依祁连山，北望北塞山，再向西即是库姆塔格沙漠和罗布泊。史上的荒漠悲凉之地，古人一曲"羌笛何须怨杨柳，春风不度玉门关"，定格了这里千年的荒凉僻寂。

敦煌西湖，与杭州西湖有天壤之别，国家级自然保护区，面积广达66万公顷。虽然干旱，80种种子植物在这里萌发生根，像胡杨、梭梭、多枝柽柳、白刺、霸王、罗布麻以及芦苇、骆驼刺等组成植物大家庭；虽然贫瘠，196种野生动物把这里作为它们的家园。保护区管理局与6个保护站肩负起保护的重任。

平坦的戈壁上，丛丛低矮的小灌木，枯枝与绿干交缠，固定起一个个小土包，一眼望不到边际。玉门关近在咫尺，树林点缀在方形灰白的土城间，在空旷的戈壁滩上显得那么低矮。2100多年前，这里商贾群集，人欢马嘶，呦呦驼鸣。低矮的土长城向西断续地延伸。"两山一河八条沟"，即是这里的概括：北有北塞山、疏勒河，南有阿尔金山，戈壁上有山水沟、西土沟、崔木土沟、多坝沟、小多坝沟、八龙沟等8条沟谷。北塞山呈一条暗淡的乌色山岭横亘，向东平缓，西看起起伏伏。

漫无边际的旷野，历史上就是野马的家园。野马，在漫长的进化中保留了最原始的祖先剽悍的基因，它们在准噶尔盆地和蒙古干旱荒漠草原生存了6000多年。但它们又是历经磨难的漂泊者。《史记》载，汉元狩三年（公元前120年），汉武帝得神马于渥洼水中，命为"天马"，遂作《天马歌》颂之。敦煌及西域地域自古即有野马生息。野马是不幸的，1876年，俄国探险家普尔热瓦尔斯基在新疆欣喜地发现野马，打破野马已绝迹的断言。由此西方贵族蜂拥而至，纷纷捕捉中国野马，野马资源惨遭破坏。上世纪60年代后，中国普氏野马再无踪迹。野马又是万幸的，那些远离母土的野马一代代繁衍下来。

1986年，国家林业部启动"野马返乡"计划，"甘肃濒危动物保护繁育中心"建立，新疆吉木萨尔县"野马繁殖研究中心"诞生。先后有28匹普氏野马放归故乡，一个被掠夺、饲养、回归的物种得以延续。2001年8月，27匹野马放归在新疆卡拉麦里保护区；2010年秋，7匹普氏野马首次放养在敦煌西湖，2012年9月又放归野马21匹，从此西湖这野马故里又见到了它的驰骋。

由玉门关保护站西行，大片的苇丛在秋风里摇曳，芦花片片尚待开放，北望即是雅丹地貌区。这里是低洼的湿地，茂密的芦苇下可见水泽。火烧湖，原为湖水湿地，如今也是一片荒凉，芦苇在干旱的洼地上毫无水色，几棵胡杨在近处挺立，远处可见一片胡杨林。两棵两米多高胡杨木桩伫立，一株东半部已空，露出焦煳木芯；另一株较完整些，上方的一段残枝如手臂指向草洼深处，枝干处露出窟窿，如古怪的张开的嘴，欲向人诉说当年的火灾。胡杨死后千年不倒，残留的坚硬木质在这里警示着人们。大面积雅丹地貌魔鬼城尚在发育，那道浅山上，一队专家走走停停正在考察，对那里保护开发需要认真地研究实施。后坑湿地恢复区连成大片的绿色，北沿由胡杨林镶出了一条好看的绿带，湿地在这里弥足珍贵。昔日的干打垒的护林站已倒塌，一段土坯残墙勾起人们的记忆。

芦苇丛中，突然现出了一匹野马，棕色的身影，一条黑色脊线上扬起了鬃毛。它走走停停，在芦苇深处，低头吃草。这是一匹雄马，是一个孤独的公子。对人们较远的观察，已熟视无睹，自管自地每日生活，有片湿地的庇护，也感到幸运。站在那道汉长城上，脚下碎石和土壤凝结成坚硬的墙体，长城并不高耸，仅是一道长堤似的土楞，前方连接一处土筑的烽火台。2000多年前，这里当是挺立着的边墙，抵御着北方的罡风冷雪，保卫着长城内的家园。

野马喜食芨芨草、梭梭、芦苇、骆驼刺，冬季大雪封原时，它们会用蹄子刨开积雪，寻觅雪下枯草和苔藓。一条弯曲的土路进入芦苇和灌木混生的草洼，两只野马安闲地吃草，摄影师近前的拍照并未引起它们的反感。从一片甘草地走过登上一处高坡，先前的保护点仍保留着残墙断壁，与新修的房屋鲜明对照。这里20多米的瞭望塔俨然如一个巨人，登高俯瞰，更是一番景色。东望，绿色盎然，一片红柳林深绿中抹出一些纱样的红，与淡绿的草地相交。向远，五匹野马在丛林中；向北，苇荡中一道窄长湖水现出幽蓝，那是野马的饮水处；

向南，绿色与远远的萎黄相接。返途中，4只野马安然停在旷野，不惊不恐。迎着阳光，长尾飘逸，组成一幅四骏图，远景即是乌黑的马鬃山。又有8匹马散开在不远的草地边看过来。每日熟视人类的往来，加上近亲繁殖，或许它们的野性正在淡化丢失。

返回玉门关保护站，已是午后。这里也是一处国家湿地定位研究站，在这极干旱荒漠区，将沼泽湿地生态系统作为研究对象。西湖保护区占敦煌总面积的五分之一，对湿地、荒漠两大生态系统、珍稀动植物及生境进行保护，当是守望者们的重任。保护区有80多峰野骆驼，种群保护更是重中之重。保护区的气候是恶劣的，年均气温9.9℃，年均不足40毫米的降水量也少得可怜。站长何东说：玉门关站保护区面积广达200万亩，其中林草24万亩，防火是林区头等大事，野生动植物病虫害监测、非法进入人员也是严控的目标。

聪明的造物主将野骆驼进化成适应沙漠的"沙漠之舟"，为防漫天风沙，有双行长长的眼睫毛抵抗沙尘，缝隙状的鼻孔在沙尘袭来时能自由开闭，小巧耳朵内浓密的细毛能阻挡风沙。沙漠水源极少，野骆驼却能耐渴，几天或几十天不喝水仍然正常生存。沙漠中植物稀少，但沙生的棱棱草、狼毒、芦苇、骆驼刺等又都是它们充饥的食粮。

野骆驼比野马的命运并不好多少。野骆驼的身影越来越少，大熊猫现有1600只，野骆驼只剩不到1000只，仅在新疆、甘肃与蒙古国交界地带的荒漠戈壁游荡。中国种群不足650头，蒙古种群350头，种群数量下降趋势令人担忧。

保护区野骆驼、野马已历3代，已放归的野马、野骆驼在这里寻觅着祖先们遗留的信息，像祖先一样自由地奔走、吃草、繁殖。救助野骆驼，需要人的爱心。2008年的一天，一个护林员发现一头出生四五天的小骆驼，不知怎的被它母亲遗弃了。护林员把它弄回救助中心，用奶瓶化奶粉一瓶瓶喂它。小骆驼每天的食量惊人，需要一箱奶粉，慢慢食量越来越大。直到断奶，小骆驼长成了大骆驼。4年后，骆驼回归了野外。它还会时常见到护林员，还会喝护林员手拿的瓶中水。摸摸它的头，它依偎着，不愿离去。第二年，雅丹奶牛场捡到一头小骆驼，人工饲养3年后放归。2012年9月，在西湖放归野马的日子，也是野骆驼荣耀的时候，央视直播了野骆驼回归大自然的场景，世界上首次放归野骆驼让全世界感动。4峰野骆驼"敦敦""煌煌""武武""威威"一同踏上西湖大地。带着人们的关爱向广阔的天地迈出勇敢的脚步，开始了它们的新生活。

与野骆驼、野马相伴，也常有风险。2014年，民工在干活，养殖的野驼煌煌将油桶弄倒，护林员过去将它赶走。煌煌愤怒地跑来，将护林员压在身下，把人手臂咬伤骨折。野马的野性也并不是容易泯灭的，2013年野马的发情期，一匹野马突然激怒，两耳向后背，向距离八九米的护林员冲来，护林员迅速逃离，否则后果难料。

宁静的保护站是一个小绿洲，何东站长带领职工自力更生改良土壤种植蔬菜，后院的菜畦里，茄子悬紫、西红柿垂红、南瓜卧黄，饶有生气。敦煌西湖人相信"星星之火，可以燎原"，放归的野马，会不断繁殖，壮大群体。命名的野马"火龙群""烈火群"在戈壁滩不断地壮大起来。路生荣，副站长，从北京科大毕业，来到这里转眼已经8个年头。工作生活条件的艰辛难以想象，冬季冒着严寒步行很远去砸开冰窟，让野马野驼能喝上水；四五月，蚊子在草滩肆虐，一到下午草滩上蚊子就开始围攻人们。戈壁滩上蜱虫是可怕的寄生虫，那些如小米粒大小的蜱虫，潜入动物或人的颈部、耳后、腋窝、大腿内侧、阴部等处吸血，体积膨大到指甲盖大小。动物们纵有千钧之力，也只有忍气吞声地苦挨。野外工作，蜱虫经常钻进人们的衣裳，扎进皮下吸血。但艰苦的环境也磨炼了意志，看到野马野驼一年年增加，也是路生荣无比欣慰的。孙海隆，来这里已从事监测工作5年，细心的他发现过野驼野外产崽，发现过蹄子变形的小马得到人工的救助。监测室里，小孙正在监视着每一处湿地上动物的移动。下午4时许，在监控室的图像上，欣喜地看到4峰野骆驼，它们正向水源地行进。几个摄影师立即驱车去远处观察。

孙志成从事野生动物科研已多年，负责野骆驼、野马保护监测工作，研究成果甚多，谈起希望，他认为：一个建立国家公园的方案正在引起国家林草部门的重视，国家公园可以将几个相连的保护区整合优化，协同管理，解决野骆驼、野马近亲繁殖问题。戈壁的生灵在这乐土上应该生存永远。

　　驱车返程，戈壁滩上灌木丛朵朵绿色，由近至远，连延至天边。一座几十米高架上的闪光板反射出耀眼的银光，那是戈壁上塔式太阳能发电装置，银亮如灯塔，在下晚渐渐暗下来的原野上分外明亮。

五台山的两个绿故事

刘　庆

绿故事之一

我们终于登上了北台叶斗峰，这里海拔 3061.1 米。远处山峦的树色深浅不一，那些绿得黑起来的，是成片成片的冷杉，那些黄绿色的是还没有长起来的林地。附近有散放舒朗的牛群，那些牛有黄色的，有白色的，也有的黄白相间，看上去又悠闲又清爽，摇着尾巴一点也不怕人。在只能容下窄窄的两辆车并行的路上，有牛竟公然站到车的前面，挡住你的去路。有牛对走过身边的背包客毫不理会，背包的旅人则顺势坐到路边如城堞般的路挡上，放下助力的撑杖，拿水来喝，略作小憩。站在这一片高山苔地上，看着那些纤细的花朵，裸露的石头，石缝里长着红景天，一小片一小片的水洼，映着蓝天在里面。那山那人那牛，那云那树那石，好一个自然与人和谐静美的风光啊。此刻，你已全然忘记了刚刚在车上面对陡峭的山路时的紧张，上山的坡路着实有些险峻呢。

当你正为这人世间的和谐美好感慨的时候，站在你身边的人说话了，那是一个略显无奈而忧虑的声音："现在我们还没有这片苔地的所有权，那些散放的牛曾经给这里造成很大的破坏，高山苔地的草长起来很难啊，过度放牧会让这里的生态难以修复。"说话的是五台山国有林管理局的吴强局长。

吴局长在山西林业系统干了三十多年，是一个老林业了，他有着一双发亮的眼睛，一张深沉的脸，总是若有所思的表情。两天来一直走在他所管辖的林区里，每到一地，他便让当地的场长向我们介绍情况。走在山路上，他不时地俯下身，用手机拍些小花小草，他是一个敏感和内心丰富的人。他陪我们去了平型关，我们参观了平型关中心林场冉庄造林工程，参观了伯强林场砂河北山万亩绿化工程。平型关属灵丘县境内，灵丘因赵武灵王的墓葬而得名，我们对这个地方的认知则来源于耳熟能详的平型关大捷，林彪和他英勇的八路军115师在这里对日本人打了一场伏击，取得了共产党军队的第一次抗日胜利，也让当时的民心为之一振。去平型关林场要路过当年战争的主战场，即使没有战争常识，那道长长的深沟也会让你感觉到这里的确是打伏击的好地方。但那周边的绿色却让你不会在战争的血火和残酷中沉浸太久，主人让你看的也并不是这一红色的旅游地，他们急于向我们介绍的是他们如何循着当年八路军的牺牲精神，在打着一场战胜太行山秃山野岭的绿色战。

我们脚下的晋北干旱少雨，上溯整个山西的历史，在新中国建立之初，这座著名的省份的绿化率只有2.4%，多处地处不毛，甚至让你感慨先民的愚钝，他们为什么会深爱一片生存如此艰难的土地呢？我们在史料中找到了另一个答案，明万历年的《清凉山志》记载，直至东汉末年，这里仍是"五百里内，林木茂密，虎豹纵横，人迹罕至"。大唐的《古清凉传》记载，此地"茂林清泉，名花异果"，"唯高山巨谷，蟠木秀林而已"。

从秦到北周的八百年间，五台山的森林却一直呈现缓慢减少的趋势。森林减少的原因从北魏开始，北魏孝文帝大兴佛教，重视农耕，森林开始不断地被砍伐。从那以后，整个五台地区就走上了一次次修复、一次次破坏的恶性循环。在隋文帝时期，这一地区的平地森林已基本无存。但北宋时期，五峰内外，仍然"风声振林壑"，代县南山"松柏满山"，五台城南"乔森茂翳"，豆村盆地"四面林峦"。五台山区的林木毁损在明清两朝达到极点，明代一朝，森林减少，将至殆尽。大明诸帝，毁林建寺，大筑长城，更因瓦剌、俺答部族侵边破境，平川灾民逃入深山，拓坡种粮，山区人口突增。明军驻扎，再励垦殖，"投之火一炬，而垦沃土一片"。嘉靖一朝，皇家及奸商大肆滥伐，万历初年，更"伐木丁丁"，山林被"砍伐殆尽，所存百之一耳"，遂成"万阜童童"之景。有清一朝，已是只能扫荡残山，甚至将罪犯大批流放五台开荒垦殖，烧荒之火，经旬不息。清末时，五台的森林覆盖率已由数百年前的80%、明朝初年的40%下降到不足10%。失去了森林树木的五台山，灾难降临，新拓的坡田沃地，终成沙碛裸岩。

灾难一次次降临，生态破坏的恶果反作用于五台，水旱交织，地力贫瘠，灾难在加速度。光绪年间，两次大旱，灾民卖儿卖女，出现"食人肉"的惨相。滹沱河、清水河面目变得狰狞，黄涛滚滚。猴鹿绝迹，虎豹无踪，人参绝灭，茯苓不见。虎豹消失之后，又来了人间的恶狼，日寇侵华。《五台县志》记载，抗日战争八年间，日军破坏森林2万多亩，日本煤矿的坑木尽出于此。当地百姓更伐木当薪，苦苦挣扎。到了民国末年，五峰之内50万亩林地，天然林只剩167亩，台怀附近尚有残林60亩。五台森林覆盖率仅为6%。

这里还要提及一个人，就是曾经主政山西的阎锡山，民国六年他曾积极推行"六政三事"，六政是水利、种树、蚕桑、禁烟、天足和剪发。三事即种棉、造林和牲畜。种树和造林，成为当时山西的关键词。但五台山真正的生机出现在1945年7月，华北解放军占领张家口，接收了伪张北牧场研究所，后成立北岳区林牧场。很难想象，处于战争中的新政权，会想到去恢复五台的生态系统。

吴强局长说："目前，我们五台的森林覆盖率是52.6%，全区林地总面积212.75万亩。"

难以置信的数字，如果你知道五台森林的历史，你就知道这个数字的改变多么来之不易，史书上记载的80%的森林覆盖，上千年历朝历代都在破坏，我们再重复一下那个揪心的数据，民国末年，这里的森林覆盖率是6%。七十年，五台的林业人用了七十年，让光秃秃的五台山重新变绿了。

这里面凝聚了几代林业人的心血和汗水，站在北台的叶斗峰，我们的脚下是亚高山的草甸，看着远处的郁郁绿色，眼中的那绿和上山之前的感觉已大大不同。这里是五台山的最高峰，也是华北的屋脊，如果远望山巅，山形如马鞍形状，佛教喻为一身双头的共命鸟。这个比喻真是智慧无比，一身双命，人类和森林一身双头，合则相谐，分则成灾。

望着远处的山峦，葱绿之中，行走着白色的羊群，行走着红色的牛群，那中间仍有刺眼的裸露山地。吴强局长讲着他们的故事，其间，我听到的最有力量的话是——不求所有，但求所绿。

不求所有，但求所绿。绿色已成为五台务林人的一种信念，一种梦想，一种追求。

起雾了，那雾瞬间便笼罩了北斗峰。走在潮湿的浓雾中，我已知道，那白色雾霭的深处远处都是美丽的绿色，那绿，绿得让人心喜心醉。

绿故事之二

彭春梅说，她小时候生活在一个叫小白峪的村子里，村子的南面有南山。老人们告诉她，南山上曾经进行过激烈的战斗，八路军打死了很多日本人，清理战场的时候，尸体都垛起来。

彭春梅说，小时候村子里没有多少树，她最羡慕的是林场的人，每当她看见那些林业工人在山岗前种树，她就想着，有一天她要是也能成为一个林场工人该有多好。彭春梅真的考上了山西林校，学了林业专业。她不但考上了林校，还和一个林校的同学成了家。

彭春梅说，她毕业于1996年，她分配到了五台林局工作，丈夫分配到了太原的林校实验林场。从那时开始，两夫妻分居两地23年。她有一个女儿，生下女儿一百天就返回了工作岗位。现在孩子读初二了，她最担心的是孩子的学习。女儿一直由婆婆照顾，有一年的清明节，孩子得了肺炎，她刚跑回去看一下，单位的电话就到了，清明节是防火的关键时间点，单位的人手不够，单位说，要是能回来就快点回来吧。她就回了，哭着回的。聚少离多，孩子和奶奶的感情比和她的深。有什么话都跟奶奶说，她心里不好受。

彭春梅是五台林局伯强林场杨家窑女子管护站的站长，她管理的林区面积有4000多亩。在她的管护站，几天来我第一次见到了一棵海棠树，树上面结满了绛红的果子。管护站连着苗圃，那是五台林局的一个育苗基地。管护站的门前有一片地方种着蔬菜，侍弄得干干净净，几个女护林员都洋溢着笑脸，空气中都是甜丝丝的气息。彭春梅向我讲述了她作为一个护林员的春夏秋冬。

春天，彭春梅最盼望的是下雨，下雨种下去的树苗就能活啊！不下雨，她的心就乱乱的。她最担心的是清明节，那是最容易着火的时候。2013年或是2014年，她忘记是哪一年了，林场的南山真的着了火。火海，火海，真是火海啊。火从树上面飞，她参加了打火队，那火实在太大了。人们眼睁睁地看着一片片林子消失了。后来抓住一个放羊的，那个羊倌是这场火灾的元凶，法院判他服刑好几年。

一个春天都提心吊胆，就盼着草能快点绿，草绿了，火灾的危险就小了。夏天绿油油的，每天都绿得多一点。她最喜欢去林子里转一转，看一看那些油松、山桃，还有云杉，看着那树一天天地长高。心情不好的时候，那树会和她说话。心情更不好的时候，她就去树林子里哭一场，走几圈，心情就好一些了。

有一次她去巡山，两头大个的野猪拦住了她坐着的皮卡车，野猪凶巴巴的，嘴巴好长啊，个子像个小牛犊，全身黑亮亮的。车上只有一把铁锹，她就那样坐着，看着十五六头小野猪从山路上跑过去。后来有一天，女儿问她，妈妈你就不害怕野猪咬你吗？她说，妈妈不害怕，大野猪保护它们的孩子呢！就像妈妈也会保护你一样。女儿又问她，妈妈，你喜欢我还是喜欢你的树？她心里一紧，回答说，妈妈喜欢你就像喜欢树一样。

每次回太原，彭春梅看见城里的树又是羡慕又是嫉妒，她嫉妒城里的树不是她种的，她羡慕城里的树比她的树命好，长在城里能够更快地长成大树，她的树长得慢啊。她喜欢她的樟子松，喜欢她的油松。樟子松长的样子像美女，有一股一直向上的劲儿。她的油松总是往胖了长。她还喜欢她的雪松，长得像塔一样。她不喜欢她的杨树，说不出为什么，就是不喜欢。

一年前她和丈夫去了一趟江苏和浙江，走了一个星期，她说，两个人一路上就认树来着，交流的都是这种树叫什么名字，那种树叫什么名字。去公园也像是认树去了，有一次有一棵树她叫不出名字，就去手机上的"识花君"去查，那棵树有一个奇怪的名字，叫花柏卫矛，好奇怪的名字啊，她一下子就记住了。

她不喜欢秋天和冬天，秋天一来，绿色凋零，树的话就少了，渐渐地就不愿意和她说话了。她就盼着春天快点来，又盼着春天快点走，到了夏天，树就绿了。

一辈子只干了护林这一件事，她讲得很平静，就像讲她的树一样。

她说她喜欢看一部叫《最美的青春》的电视剧，那个剧里演的就和她的生活一个样。剧里面，为了减少沙尘危害，冯程和覃雪梅一起到了高原上的坝上林场，他们要让沙漠变成绿洲，要让荒原变成林海。这戏看得她流眼泪，尤其是男主角冯程为了救女主角覃雪梅被困在山上，差点饿死那一段，她看一次哭一次。

讲完《最美的青春》里的两场戏，彭春梅又讲着她自己的日子，她的表情看起来轻松多了，就像讲她的树时一个样。

附录一　森林资源总量显著增加

七十年的艰苦奋斗，七十年的沧桑巨变。虽历经多次更名，但五台山国有林管理局一代又一代的务林人，在晋北太行山土石山区创造了一个又一个绿色奇迹。

到 2018 年年底，五台林局地域从 2 市 6 县扩展到 3 市 12 县，林地总面积从不到 60 万亩增加到 212.75 万亩。其中有林地 88.28 万亩，灌木林地 50.35 万亩，疏林地 7.84 万亩，未成林造林地 37.63 万亩，宜林荒山及其他 28.65 万亩。全局活立木总蓄积 456.98 万立方米，森林覆盖率达到 52.6%。

林局已建成省级自然保护区 1 处，省级森林公园 2 处。

附录二　森林质量精准提升

五台山国有林管理局以全周期、近自然、可持续的现代森林经营理念为指导，探索出人工促进、生长空间调整、结构调整、目的导向 4 条技术路线，构建起天然下种增量增产、补植补种调添提速、定株修枝、稀疏密度、目标树经营、降针、抽针补阔、降阔、抽阔补针、景观友好、物种抢救、功能改善、物种多样、结构再造、防灾减灾 15 个技术模型，每年以 9 万亩左右的速度，对有林地进行抚育，森林质量明显得到提升。

附录三　林业生态工程成效明显

"十三五"以来，林局坚持"以管定造"方针和"栽得活，造得够，护得住、保得下"的基本要求，着力加快造林绿化步伐，深入开展"新造及未成林重管年"活动，建立了管护基金制度，进一步落实工程责任追究制度，出台了以管定造新规则，从整地栽植、资金保障、技术支撑、后期管护等方面，形成了一套管用实用的管理制度体系。

创新性地提出参与式造管一体化育林模式，以推进国土绿化作为根本出发点和落脚点，充分调动县政府、乡（镇）政府、村两委以及农户的积极性，大力开展合作造林，一山一沟、综合治理，实现荒山增绿、农民增收、林业增效。积极探索翼式集流覆膜保水抗旱一体化整地集成技术，大力推广索道运苗技术，有效降低了造林成本，提高了造林工效。

从 2017 年开始林局每年平均完成 10 万亩以上营造林任务，成为建局史上造林任务最重、建设速度最快的时期，彰显了林区在绿化山西中的主力军和排头兵作用。

附录四　产业发展水平显著提升

从 2017 年开始，林局种苗建设突飞猛进。以补短板为抓手，自给自足为目标，举全局之力，采取"全额投资、目标考核、单科记账、独立建档"的管理办法，构建了"12+3"育苗格局，以 3 个综合性苗圃为骨干，辐射周边 12 个有林单位，家家有圃，四季有苗，为快速推进造林绿化提供了坚强保障，并为周边社会造林绿化提供了强有力的支持。现有苗木储备可以满足每年 10 万亩新造林及常规补植所需，开启了林局自给自足良性循环的种苗发展道路。森林康养产业开始布局。全局第一批确立了 13 个康养目标基地，2018 年金岗库林场南梁沟基地被列入全省率先启动的森林康养五大基地名录，并聘请第三方机构完成了基地景观资源价值评估，评估值 3.9 亿元。

附录五　森林资源保护持续加强

建立了"金网模型"管护机制，即从组织结构上建立局、办、场、所、站、点金字塔结构体系，从管护区域上建立定山头、定沟系、定地块、定人员、定职责的网格化责任体系。探索出"九式管护"（封口式管护、住站式管护、购买式管护、流动式管护、交换委托式管护、辅助式管护、死看硬守式管护、预防警示式管护、政策式管护）模式。实施了"管护人员十八清"（管护边界清、权属界线清、小面积清、林分因子清、林下资源物种清、鸟动物清、病虫害清、作业任务清、林地变化清、坟头坟主清、五类人员清、牛羊群数量和牛羊倌清、村名村民底数清、沟名梁名山名清、小路大路清、水文清、气象清、土壤清）。

管护方式制度化，管护设施现代化。五台林局投资 29 万元建立了森林资源监控平台；累计投资 198.72 万元购置更新了管护巡检仪690 部；投资 450 万元购置越野车 9 辆、皮卡车 24 辆、摩托车 20 辆、警车 5 辆、消防运兵车 2 辆、防火指挥车 1 辆；2018 年，投资 300 万元，建成 10 座视频监控瞭望塔。基础设施的逐年完善，给森林资源保护奠定了较好的基础。

五台林局的科技支撑

武 歆

一

对于大多数人来讲，说到五台，可能更多想到文殊菩萨的道场——五台山寺庙群，想到闻名中外的佛教圣地。但今天我要说的五台山，则是五台山国有林管理局（简称五台林局），一个与树木、草地紧密相连的机构。

走近五台林局，需要时间，需要慢慢体味，就像我在"五台山树木园"，在五台林局办公室主任王建军引领下，所看到的珍稀树种独活、臭冷杉。之前，从来没有听说过这两个树种。在那个飘着细雨、在抬头就能看见"挂"在远处峭壁上掩映在茂密树丛中的红墙寺庙的傍晚，仿佛洒落在绿色树丛上面的大片紧密团结的洁白小花，而它"独活"的树名，好像瞬间激活了我所有的思想；还有只能生活在海拔 1600 米到 1800 米之间的臭冷杉，它朴素、淡雅、高冷的仙风姿态，使我对接下来的"走近五台林局"，充满着不可抑制的遐想。

从头说起，我真的不想遗漏任何一个细节，还有任何一片五台林业人用双手打造出来的绿色景观。

二

早上，我站在一处高坡上，向四周眺望。望不到边际的群山，皆是一片绿色，但这种绿色是覆盖在石山上的。从绿色厚薄程度就能看出来，早先这里是一片看不见绿色的荒山野岭。

这里是平型关中心林场负责的区域——"平型关中心林场"，也是以平型关景区为中心，沿着"六三"线，涉及灵丘县白崖台乡东长城、白崖台、冉庄、南张庄以及李家台等村落。

平型关中心林场场长靳瀛站在高坡上，用我听不太懂的乡音，在绿色微风中缓慢讲述着他们林场的造林工程特点。我听到了"造林机制"前面的定语，很简单，只有两个字——"创新"。在当下，无论做什么，没有创新精神，肯定无法前行。但要想赋予这两个字实实在在的内容，那又谈何容易？

只说灵丘县吧，它是国家级贫困县，也是山区大县，还有更重要一点，它更是护卫京津地区的重要生态屏障。单凭这三点，就能够看出来，平型关中心林场肩负的职责，还有他们所做一切的支撑。

靳瀛场长和他的同事们，这些年来心中有个造林原则，就是遵循"不求所有、但求所绿"。在这个总体精神指导下，采取"政府出地、林局投资、共同管理"的合作方式。

我问靳瀛场长，执行这个原则的效果如何？

靳瀛场长说，实现了"增绿增收"。

要知道，这个项目的工程区，有着不可抗拒的"先天不足"。首先，它位于晋西北干旱地区，立地条件很差。干旱阳坡、陡坡和岩石裸露地段，占了工程的80%以上。

在这样的条件下，仅仅凭借着一种精神，那是绝对不可能的，一定要有具体的手段。他们的手段，就是科技。这也是我跟靳瀛场长等人交谈中，他们说得最多的话，科技的另外一种称谓，就是"尊重科学"，然后再与"创新"相结合，于是他们的手段也就愈发清晰——坚持适地种树、适时栽植，采取抗旱集流整地技术、容器苗造林技术、林业覆盖技术、水袋微渗漏防旱技术，当年造林成活率90%以上。

看着他们黧黑的面容，看着他们粗壮有力的臂膀，再在"尊重科学"与"创新"结合下，还有什么不能突破呢？

因为时间关系，靳瀛场长等人没有细讲，但是据我了解，他们不仅仅是植树造林，他们还要将工作影响向外推广，比如在工程实施中，每年约有三百多农户直接参与到工程施工作业中，农户人年均增收八千多元。也就是说，他们还顾及到了"精准扶贫"工程，去努力实现省委省政府提出的"一个战场打赢生态治理和脱贫攻坚两场战役"的工作思路。

站在高坡上，这个因坐落在"平型关大捷"原址上的林场，在世界知名的历史背景下，更有着自己独特的"造林理念"。

我想起海子的一首诗，"……站在高高的山坡上，所有的风都向你们吹，所有的树叶都为你们碎……"，而我心中的"你们"，当然不是海子爱慕的恋人，而是令人敬佩的"造林人"。

我真的不想走，只想站在满眼绿色的高山上，认真看着"林业人"挺拔的身姿，还有绿色清风中的科学精神。

三

晋西北的8月下午，是被热汗侵袭的"最佳时刻"，无论你怎样躲避，只要你走在大地上，身上的汗就会瞬间滴落。在去"庄旺林场"的路上，我望着窗外酷热的大地，想着下车后，应该如何找到一个凉爽的地方。

寂静的公路上，看不见人，甚至也很少看到车辆。

可是当我下车后，沿着细木枝条搭建的阶梯走上一个开阔地时，发现周边没有遮挡的土地上，有许多戴着帽子、头巾的人，他们蹲在地上，正在紧张地劳作。

我问身边的人，他们在做什么？

一个叫周斌的男子告诉我，那是林场工人，他们正在苗圃里除草。

周斌，"庄旺林场"的技术主任。一个个子不高，略微腼腆的男子。但是，他的普通话很好，我几乎每一个字都能听得清楚。

我问周斌，你想介绍什么？

周斌说，科学经营，还有科学管理。

又是"科学"！那会儿我还不知道，"科学"两个字，将会伴随我在五台林局的全部行程。

周斌告诉我，"庄旺林场"的主要特点，就是苗圃。

这座占地五百多亩的苗圃，建立时间很短，至今才两年多，但却显现出来"独特的个性"。它做了细致的分类，主要分为立体经营性育苗区、保障性新育苗区、保障性装钵区。

什么叫"保障性装钵区"？我问。

周斌笑起来。笑起来的周斌，似乎更加腼腆。

原来，所谓的"钵"，就是覆盖在地表上的、一种像草的植物，主要目的就是防止水土流失。因为晋西北地区无霜期很短，对植物的要求很严，必须耐寒耐旱，而有的地区，几乎无法种树，但还是要把植被保护好，要给贫瘠的土地"安装"保护膜，不让风沙有任何可以挥舞之地。

周斌见我长舒一口气，似乎明白了，他才停住介绍。

我不停地寻找角度，想用手机拍下苗圃的各个角度。苗圃是什么？苗圃好像战斗部队的"后勤保障部队"，它可以给前方不断输送物资，以保障战斗的胜利。苗圃就是林业战线的"后勤"。过去五台林局植树造林，需要从其他地方购买树苗，不仅价格高，没有保障，遇到特殊时段，卖方还会抬高价格，由此增加成本。

现在不同了，有了自己的苗圃，再也不用担心了，心里有底了。

我们边走边聊，我知道每个部门取得成绩，都不是孤立的，也不是偶然的，都是有着自己独特的经验。比如他们的"三兼顾""六结合"和"七个化"的经营方针，还有稳步推进的科学经营管理。这些要是全部罗列出来，相信能够写满一个本子。但是我更加关注具体干活时的"细节"。

周斌和他的同事们，听我问细节，开始讲起来他们工作时的经验，还有特别做法。譬如如何把握时间节点，不拖沓、不啰嗦，及时进行育苗、浇水、施肥、除草、病虫害防治，还要防寒、防旱、防洪。这些听上去似乎没有什么科学元素的工作节奏，其实要是做到准确、做到精准，并非易事。

也正是把这些所谓的"小事"能够做到极致，才能接下来做那些所谓的"大事"。如何季节性、周期性对苗木生长及数量进行调查和盘点，做到情况明朗、底数清晰，规范建档，出入库管理；如何精准采取针、阔、乔、灌等大小苗子与经济作物相结合的立体化经营模式。

"植树造林"永远有着科学的指引，并非我们想象的那样简单，挖个坑，埋下树苗，然后浇上水，万事大吉。绝对不是！

苗圃的作用，最为形象的比喻，好像犹如大树的"幼儿园"，如何精心抚育，如何把最健康的"孩子"送出家门，成为栋梁之材，这是时刻考验周斌还有他的同事们的一道特别考题。

苗圃虽然建立时间不长，但是效应已经显现。目前，他们已经实现了工程用苗自给自足，绿化大苗提档升级的目标；而且培养了一支能吃苦、懂技术的专业队伍；同时还引领了周边苗圃建设和产业发展的示范；另外还有吸纳贫困群众季节性就业，助推了脱贫攻坚。

站在无遮无拦的苗圃，我忽然发现自己忘记了酷热，忘记了浑身的汗水。许多时候，当你走近一种可贵的精神时，你会忘我的。

四

记得小时候，我最大的理想就是变成一只飞翔的鸟儿，可以无拘无束地飞。如今想来，这种青涩单纯的想法，大概遗存在每个人的童年梦境中，它其实也是人类共通的向往。

在五台林局的走访中，我一直在想，假如变成一只鸟儿，在五台林局管辖区域上空飞翔，那该多么美妙，那应该看得更加全面深刻吧，应该看到林业人的内心深处吧。

伯强林场的王世忠场长听说了我的想法，立刻告诉我，有一个地方，可以飞翔。

我愣住了，真的？

王世忠场长指给我，说，你看。

顺着他手指的方向，果然看到，在一个高坡上，矗立着一个几十米高的铁架子，上面有一个白色的探照灯一样的物体，正在不停地旋转，像是白色的精灵一般。

显然，王世忠场长说的飞翔，应该是精神的畅想吧。

我兴致勃勃开始攀登，越是向上，感觉风力越大。可当站在最高处时，心中所有的恐慌立刻消失了，而且变得异常兴奋。环顾四周，高天厚土，无论是绿色覆盖的大地，远处仿佛哨兵一样矗立的绿树，还是近前农家居住的黄土高坡，都像是雕刻一样在眼前呈现。

但身边那个"白色精灵"更加让人好奇。

王场长说，这是从美国进口的监控系统，天气好的话，能够看到方圆二十千米内的所有场景，通过它来监控火灾等情况，可以节省大量人力、物力。

的确，在伯强林场，特别是砂河北山万亩的绿化工程，是五台林局 2013 年林业生态建设的重点工程，如今已经过去六年，但它的造林模式——公园营造景观林、弃耕地营造经济林、荒山营造乔灌、针阔混交生态林——依旧成为全局的样板之一。

林子造起来了，但是如何有效管护，永远是林业人心中不能掉以轻心的事情。所以把好管护关，已经成为五台林局"重中之重"的事。显然，伯强林场在这方面拥有自己的经验。

王场长继续介绍，不听则罢，听了吓一跳，原来他们有九项严格的管护措施。现在不妨说一下。

严格落实金网模型管护机制、未成林地工程化管护、新造林地管护、密布天眼、建立一支综合巡逻队、购买式管护、购买信息管护、管护人员"十八清"落地生根、资源管护"一本清"固本夯基。

而其中"购买信息管护"这一项，颇有特点。因为林场地处偏远山区，交通不便，信息不灵。如何用最小的成本来进行管护，已经成为伯强林场重点考虑的问题。他们想到了手机拍照。如今任何人手里不缺的就是手机，用手机拍下周边场景，然后定时发送给林场，这样可以节省林业工人强度极大的巡视管护。

给多少工资呢？我问。

王场长说，一条给两块钱，如果连续一周没有给林场护林员发送安全信息，那就等于"自动离职"。

这个方法真好，聘请当地农民做"护林员"，不仅林场多了无数个千里眼、顺风耳，确保森林资源管护不留死角，而且还可以帮助当地的贫困户改变生活质量。

我依依不舍从瞭望塔下来，很快又被不远处一个安静庭院所吸引，走过去看了，原来这个洁净的小庭院，却是"杨家窑女子管护站"。

为什么管护站前，还要加上"女子"二字，细问才知，原来这里的管护工人，都是女同志。在这样一个偏僻的山沟沟里，男子都感觉艰苦，却有几名女护林工人坚守，更是让人感动。

站在院子里，我和班长彭春梅率领的另外三名女工交谈起来。她们已经在此好几年了，问她们苦不苦，她们只是笑着，看不出任何苦闷、烦躁、焦虑的表情，她们那么安静，就像周边静默的树木。

是呀，艰苦是肯定的，那还用问吗？当春秋冬的寒风在晋西北大地吹拂的时候，林业工人是用自己身体"迎接"的，她们如同管护的林木一样，筑起了一道屏障。

同"女子管护站"彭春梅等人的交谈，她们只是谈工作，谈如何严把五道关口，业务强、技术精、负责任的技术人员如何跟班作业。

无论王世忠场长，还是女子管护工人，几乎只要张口，你就会在字里行间梳理出来"科学"二字，听见"科学管理"的工作精神。

五

那天，从"茹林林场"出来时，是在寂静的下午时分。虽然汽车行驶的声音始终在响，但更加响亮的还是场长孟翔的介绍。

"茹林林场"有着九百亩地，位于五台县茹村乡智家村。孟场长说，他们林场的经营理念，说起来很简单，就是以市场为导向的经营性苗木，而且把培养一级壮苗作为林场的终极目标。目前"茹林林场"通过地租和劳务的方式，已经经营五年了。五年时间，说短也不短了，他们直接为当地村民增收三百多万元，已经成为当地居民最欢迎的单位。

汽车继续飞驰。

可是孟翔场长的话，依旧在我耳边回响："茹林林场"之所以受到当地居民欢迎，关键一点，是他们事事处处为当地群众着想，五年来，他们始终坚持长期雇用贫困户、弱势群体到苗圃劳动，每年为贫困户增收四万余元。还为当地村民修路、提供紧急水源等。

只要为人民着想，人民就会铭记。这个简单道理，要想实现，心中没有人民群众这个概念，没有落实到具体工作中，肯定是不行的。

我知道将会很快结束几天来在五台林局的采访任务，剩下的两个采访点，又将会是怎样的情景？

于是采访单上的"金岗库林场南梁沟森林康养基地"和"臭冷杉保护区",开始在汽车的颠簸中,不断出现在我的脑海里,它们已经化作了一幅幅优美的画面。

越是快到结束,心情越是激动,似乎不想离开五台林局了。但南梁沟的美景,再一次让我脚步加快。

南梁沟,我是徒步走进去的。金岗库林场的场长田海龙边走边做介绍。

傍晚时刻的南梁沟,一派寂静,没有声音,只有鸟儿的鸣叫,还有流水的欢快,再有就是树木之间轻声的呢喃,那的确是树木之间在说话。是的,自然界中任何事物都是有灵性的,树木之间也是互通有无。譬如在落叶松下面,大多会伴随油松的生长。这样的"相互配合",尤其是在次生林中更是普遍。它们怎么"走到"一起?永远都是美丽的谜语。

南梁沟位于五台山南麓,是五台山风景区的组成部分。十七世纪中期,顺治皇帝钦定南梁沟之树为娑罗树。林场依托得天独厚的环境,申报"森林康养"项目,并于一年前被中国林业产业联合会审批通过,随后又被列入山西省三大旅游板块。

南梁沟的确空气清新,我对田海龙场长说,恨不得把这里的空气全都放进口袋里,然后带回去慢慢呼吸。

田场长笑起来,林业人话都不多,但是笑声非常有特点,要是在森林中,他们的笑声更是特别谐和,与树木、草地、空气融为一体,成为大自然的一部分。这是自然给予林业人最好的礼物。

走在这个内沟长二十千米、面积四万多亩、森林蓄积量十八万立方米的康养基地,感觉仿佛走在原生态森林之中。许多的景致,看上去不像是人工栽种,像是原始状。与台怀镇相隔一座山,但似乎更加具有自然风情。

与其说这里是康养之地,不如说这里是天然植物园。将近六百种的天然植物,大到森林灌木,小到花草,单是开花植物就有两百多种。田场长说,现在是仲秋时节,假如春天你来,景象更加美妙。

我一边走，一边停下来，指着一朵花，问田场长花的品种。一问才知，原来南梁沟里还有金莲花、佛钵花、梦灯花等，它们名字好听但同时也非常珍贵，另外这里还有名贵药材，竟然将近四百种。

我忽然停下来，问田场长，有没有动物？

田场长指着寂静的山谷说，生活在这里的兽类品种有四十多种，还有金钱豹、青毛野猪、红山羊等国家重点保护动物，有国家重点保护鸟类，像斑尾鸡、栗尾鸡、红胸田鸡等，甚至还有国家二级保护动物岩羊。

走在南梁沟，每一处景致都能引人关注，都会让我禁不住停下脚步。一个叫郭智慧的小伙子，80后，长相英俊，特别精神。他大概害怕我走失，所以始终走在我的身边。我问他，那些看不见的动物，会不会突然跑出来？小郭笑道，应该不会的。随后又非常有哲理地补充说，遇不见也好，更能让人想象。

南梁沟，自从1998年森林全面禁伐、实施天然林保护，已经成为五台林局森林保护的核心地带。去年还被评为"全国十佳林场"。

可是面对取得的成就，田场长却非常谦虚，他说，你不是还要去北台吗？那里比我们这里还要好。

部门之间没有矛盾，只有互相推举，只有互相学习，这是什么精神？在科技支撑的背后，他们还有着什么更让我惊讶的东西？

在五台林局下属部门行走，总是能让你期待下面的行程，总是无法猜想后面还会有什么意想不到的感慨。

果然，第二天早上经过盘山公路来到北台时，我几乎就有一种想要把自己完全敞开的心境。

这里是五台山最高点，海拔3061米，素有"华北屋脊"之称。这里也是臭冷杉保护区所在地。声音不高但颇为儒雅的管理局高永平局长从山脚下便开始陪同，并且一路讲解。言简意赅，而且通透明了。

虽然还在"三伏天"，但是北台气温很低，天空云彩飘忽不定，忽而细雨纷飞，忽而天空放晴，可是转眼间又是云雾袭来。不敢快走，脚步稍微快一些，立刻感到呼吸不畅，甚至脑袋有些眩晕。

因为海拔高，所以很难见到粗壮树木，甚至低矮树木也没有。这里的植被情况，按照海拔从高到低的情况，植被类型依次为草甸、森林、灌草丛。基本上都是耐寒密丛，还有短根茎地下芽蒿草，以及苔草、禾草和杂类草的草甸群落。

放眼四周，总能看到散落的牛群。它们慢慢吃草，像是移动的油画。虽然看上去很美，但是林业人却有说不出的苦痛。

高永平局长说，游客们喜欢这样牛群散漫的景致，可是牛群却把草吃了，甚至连根一起吃。没有办法，过去这里是传统的放牧地方，不让放？不可能，只能面对现实，想尽办法解决。

没有人知道他们的苦衷，他们只能默默承受，然后通过科技手段，迅速恢复被牛群破坏的草地。要知道在海拔三千多米的山上，草地被破坏之后，恢复起来非常艰难。

但，他们不抱怨、不埋怨，就这样埋下头，继续干下去。

六

其实，有一个人，我从开始就想介绍他，之所以放到最后，因为他是五台林局的带头人——吴强局长。

从踏上五台林局管辖区域开始，吴强局长就一直陪同深入基层采访。在基层，吴局长很少说话，尽量让基层干部说话，他把更多的机会留给基层的干部群众。

吴强局长个子不高，也不魁梧。他出生于1965年，看上去身体有些单薄，相貌也是普通。当然他的穿着也很朴素，一件普通的白色夹克衫，只有里面的天蓝色衬衣倒是非常显眼。在共同走访的几天里，尤其是在基层干部中间，我从来没看见他背着手或是叉着腰说话，都是谦虚的模样，哪怕合影照个相，他都要躲到边上，把基层群众推到中间。他从来不做大段讲话，也从来没有打断别人的说话，他的模样永远都是倾听的神情。一路走下来，他更多地是在看、在听，或是站在一棵树前，仔细地端详，然后蹲下身子，用手摸着树下的土壤，抓起来，看一看，然后若有所思地放下去。

但是他作为林局的带头人，我说吴局长呀我一定要采访你。他还是谦虚，不想接受，但在我的执意要求下，吴局长也只好坐下来，微笑着问我，您想问什么呀？

我说我采访了那么多基层的干部群众，尤其是采访了八十多岁的原副局长刘广兴，还有女子管护站的班长彭春梅，以及科技科的科长曹芹，尽管他们的年龄相差很大，但他们在介绍各自的本职工作之外，说得最多的，就是五台林局的精神，那就是始终把科学种植、科技管理放在首位，可以说五台林局从 1947 年成立至今，除去特殊年代的历史原因之外，正常情况下，他们始终把"科学精神"摆在首位，相信这也是五台林局迅速成长、走在全国林业系统前列的关键原因。

吴强局长很欣慰，他说大家都能清楚地意识到这一点，这非常重要，证明我们科技种植、科技管理的模式，已经深入人心，已经存储在每个职工的心里。

我和吴强局长的交谈，是在一间很小的会议室里，他说话慢条斯理，不张扬，不着急，但是科技思想就像一棵大树一样，坚定地种植在这位山西林业学校的毕业生的心中。我想，他虽然学历不高，但始终把科学思想摆在首位。这很重要，在这个林业条件并不优越的地区，要是没有科学思想指导，肯定不成。

在那天的交谈中，吴强局长很少谈自己，谈的大多是基层的干部群众，谈的是领导班子成员的团结，还有大家对他工作的大力支持，还有"党建工作促进业务前行"的领导思路。

这位性格沉稳的带头人，这位喜欢工作之余盘腿而坐的局长，用他朴实干练的工作方法，和他的班子成员一起，带领五台林局的广大干部群众，共同打造一派新天地。

岭南春早

冯小军

托着太阳冉冉升起的薄云正慢慢散去，一会儿工夫就朝霞满天了。缕缕霞光与浓重的水汽融合，眼前一派湿漉漉的气息。增江两岸的榕树、木棉、羊蹄甲等树叶镀了金粉一般嫩黄。来岭南的日子里我一直思考，现在的节气虽然还在春分，可广州的温度却早早地跑到前头去了。它全不像北方的春天，黄与绿总是纠缠不休，磨磨蹭蹭。我一到广州就像被谁猛地抛进了绿色的海洋，突兀而措手不及，已经脱去一层衣服，还要再脱吗？无疑与这种心情有关，我多少次地哼唱起《岭南春早》，愉悦的心情同歌曲的旋律一样跳荡。

你听：春天来了，木棉含苞。春天来了，五羊报晓。五羊报晓，岭南春早。春风春雷春雨，绿山绿水绿秧苗。

广州地处岭南，距离中原两千公里，怎会同此凉热呢？此时我心中固化很久的节气概念正被融化，以至于我强迫地提醒自己，岭南的春天虽然还是传统节气里的春天，可它无疑是已经加快了脚步的春天！

增城之行时间有点儿紧，脚步有些快。不过所见所闻我感觉到的尽是超前的理念和健步如飞的频率。我在增城看到持续不断提升森林质量的举措，"绿道"建设给市民带来的好处。感觉到广东全省林业和生态建设领风气之先的创新理念与实践，同这边春天里花草树木长出了夏天般繁茂的绿色一样让人欣喜。

广东不单单是我国改革开放的前沿，国土绿化事业同样走在了全国前列。说起它，我们不得不把时间拉回到70年前，那是我们的共和国刚刚成立的时候。南粤大地本来雨水丰沛，植被完好，可连年的战乱把这里折腾得山河破碎、满目疮痍。新生的共和国经济复苏，造林绿化事业也取得了长足进步，经过近十年休养生息，南粤大地森林植被得以复苏，森林质量有了很大提高。但是好景不长，1958、1968、1978年却连续三次遭受了大的乱砍滥伐。

1985年，一个叫林若的人担任了广东省委书记，这位姓林也爱林的"一把手"对大面积的荒山秃岭极为不满，刚上任他就提出了"五年消灭荒山，十年绿化广东大地"的口号，并千方百计把自己的主张变为全省干部群众的共识，最终形成了广东省党政工作的重大决策。他小会说大会讲："不把广东绿化起来，我死不瞑目！"省委书记大力度推动，表彰奖励与"黄牌"警告并举，加之他本人身先士卒，四处办绿化点，组织了五次全省范围的督导检查，结果五年时间真的做成了一件事——广东大地绿起来了。标志是什么？核心的是消灭了森林资源赤字，森林生长量开始大于消耗量。这是一个拐点，反映广东林业建设成就的动态走势自此持续上扬。他们因此得到了国务院的表彰，各级干部群众看到林若是个干苤子，亲切地称他是"造林书记"。

森林是陆地生态系统的主体，生长山间的每种乔木灌木、野花野草、苔藓地衣、藤萝山菌，还有隐藏其中时而出来觅食的野生动物共同组成一个稳定又不时变动的生态系统，它们依靠竞争能力组成了一个环环相扣的生物链儿。森林演替按说有自身的规律，可如果人为干预，那又会是另外一种情形。增城与整个广东省林业发展轨迹大致相同，经过多少回开发与重建。林相看似自然，却明显地带有人工经营的痕迹。

隔着金鸥湖水面，我看见几名林业工人正在对岸忙碌着，他们提着植树工具，手推车装着树苗，看得出他们在种树。增城这地方最好的植树季节是春天，节气不能超过清明节。超了成活率会降低。应该是这个原因，他们正在紧张造林。

增城是著名的荔枝之乡，栽培面积超过一万公顷。山路上下缓坡上长满密密麻麻的荔枝树，圆圆的树冠与圆圆的果实相像。现在正是花季，看到好些荔枝树冠分出两种颜色，一种深绿，一种浅黄，我不假思索地以为那些浅黄的是果穗儿，结果弄错了。到近处才看清楚，原来那些浅黄颜色是新生的嫩叶儿。吃荔枝要到六月，我可等不及。感觉遗憾的我从酷似葡萄花穗儿似的圆锥花序里掐下一朵小花儿放进嘴里嚼嚼，淡淡的清香沁人心脾。

半山腰上生长着的高大乔木让人心动，它们那伟岸的树干，北方山地里板栗花一般的花穗儿，一朵一朵宛如猛地炸裂的烟花，一缕缕从枝头倾泻而下，汪洋恣肆的花色给人一股巨大的冲击力。你想想看，一棵树上开放上千朵花穗儿，一片林子汇集起来多达数万朵，该有多么大的震撼力？

这片高大的红锥树周围长满了数不清的小乔木，还有浓密的灌木丛，它们像篱栏一样阻挡着接近它的人，使我只能远远地仰望它。过去我不认识这种树，听了名字便习惯性地打开"形色"搜索。那一刻，就在周围浓烈的树荫下我知道了它的前世今生。原来这种树是汉朝藩属国向皇帝贡奉的宫廷树种，之后引入中原慢慢发展起来。由于它干形通直，木材硬重，是制作家具、造船、打车的优良木材。加之它的树皮与壳斗富含鞣质，为栲胶原料，果实富含淀粉，深受人们喜爱。

站立树下那一刻我再次想到广东省消灭荒山的事情。上世纪八十年代中后期他们实施的消灭荒山、绿化广东的决策因为受财力限制，以"先绿起来"为目标，有些饥不择食，造下的林子质量低下，不少长成了残次林。这种打了伏笔的安排——等财力好的时候再提高绿化美化的水平的现实状况继任者们一清二楚。当历史的接力棒传到他们手上的时候，便开始了持续不断地提升森林质量和绿化水平。看着眼前这一片葳蕤繁茂的红锥树我想到了森林经营中人的干预，似乎感知到了一代一代务林人一棒一棒接力传承的匆匆脚步声。连老百姓都明白，哪有一口吃出个胖子的？持续不断地经营森林，增加栽植阔叶优质树种，增城的森林才能够更为丰富多彩。

沿着山路走一程，不远处传过来哞——哞——的叫声，我一下子想到老牛，果真是。黄牛坡上遇见黄牛，名实相符。我在路旁又一次见到马尾松，一株树干上挂着木牌，原来这是防治松材线虫的改造点儿。——南方林区被这种松材线虫危害的疫区不少，它又称松枯萎病，是一种发生在松树上的毁灭性虫害，通过松墨天牛等媒介昆虫传播，进入松树体内引发病害。被松材线虫感染后的松树针叶变色，萎蔫下垂，停止分泌松脂，最终腐烂死亡。

　　站在山头往下俯瞰望得见增江。遥望山川，"一览众山小"的感觉油然而生。从毛泽东"极目楚天舒"联想到"人有病，天知否？"的诗句顿生感慨。人会患病，动物、植物也会。给人治病的人我们叫医生，给动物治病的我们称兽医，有没有专门给树木治病的人？当然有。他们正规的称呼是森林病虫害防治人员，艺术范儿的说法叫"森林啄木鸟"。各地的"森林啄木鸟"既监视着森林的疫情，开展病虫害测报，还要组织防疫。当大面积森林发生病虫害的时候甚至动用飞机实施"飞防"作业。

　　我们这个时代是化肥的时代，农药的时代，激素的时代，添加剂的时代，这些东西都与人类的食物有关，有帮助、有干扰，也有危害。人类研究化肥农药本是为了对付病虫害，增加农作物产量，结果这柄双刃剑在杀伤虫害与病毒的同时也大大地伤害人类。随着农药化肥过量和不适当使用，给我们造成的危害日益加剧，罹患各种疾病特别是癌症的人越来越多。除了身体疾患外精神疾患也在持续增加，不知道究竟哪个环节出的问题，该怎样解决，难道我们人类真的走进了一条死胡同？非要把人逼疯不可吗？人有病，天知否？树有病，奈若何？人类中心主义的观念现在牢不可破，短期内难以改变。花草树木不会说话，即使是枣树得了枣疯病，披头散发，长疯了，不结果子，马尾松的枝干溃烂了，控制不了啦，大不济把它们"定点清除"，没有别的好办法。森林病虫害的危害程度被人们称为"无烟火灾"，它往往不声不响，一夜之间成百上千公顷森林死光，或被虫子吃光所有的叶子。科学家多少年的研究表明，人工种植的纯林发生病虫害的概率非常高，而天然林或人工混交林要好得多。为了防控病虫害，黄牛坡现在已经不再种植纯林。这是增城乃至整个广东省顺应森林演替规律和科学经营的自觉选择。人定胜天表明我们人类战胜自然有勃勃雄心，但雄心毕竟是雄心，成效是否买账是另外一码事。战胜自然、取胜天地大多时候成了口号，成为空谈。蛮横自大的种种行径一再成为人类自己嘲笑自己的笑柄。

黄牛坡上的林木堪称体现人与自然和谐相处的样本。接近山顶平台的边缘有一条通往更高处的山路，路边栽植了两行红荷树，浓密蓊郁，阴沉沉的树荫里落满树叶和经年未朽的果壳。我以为它们是行道树，原来竟有讲究——它是浓密的防火隔离带。木荷树脂类液汁少，富含水分，枝叶繁茂，是一种理想的防火阻燃树种。它绰号"烧不死的木荷铁"。人们把森林安全托付给树木，见证了人类的聪明才智——用生物防火，用木荷防火，是人类在长期观察中获得的经验，堪称人与自然和谐相处的样板。

今天人们已经懂得消灭荒山重要，绿化国土重要，管控好被称为"无烟火灾"的病虫害和森林大火同样重要。大自然里的故事说不完，森林里的故事说不完。从仰望着苍天的树梢到深埋在地下的根须，从一片树叶的呼吸到一粒种子的繁衍，从森林使用价值到人类精神世界与它的拥抱，多少本厚重的教科书分门别类地记载，但是简化起来其实也简单——就是一棵树、一株草、一朵花、一株菌丝。人类与森林的历史几千年来都是不断索取的历史，只是到了近代，索取过度，透支了资源才开始懂得回馈。广东人消灭荒山绿化国土70年的实践体现的就是这种回馈，对大自然特别是森林的自我救赎。过程漫长，探索艰辛。得与失、经验与教训并存。从三次大的毁林劫难，到初步绿起来，逐步美起来，走得稳，走得远。

周围平地看似一个小停车场，也是"增城绿道"在太子山森林公园的一个终端。林场加挂了森林公园的牌子，自然要考虑旅游问题。

"绿道"是增城林业持续发展路径上一个新的目标，它是珠三角绿道建设的组成部分。富有灵气的增江水系与增城绿道手挽着手走过五百多公里，木棉、樟树、红锥、羊蹄甲等林木遮阳挡雨，连贯起了以瀑布漂流和登山为特色的大封门森林公园、以温塘为主题的高滩森林公园、畲族村与兰溪森林公园等多处森林绿地。在那蜿蜒曲折的林道上有何仙姑故里、农产品售卖摊位和农家乐等服务设施，成了增城和外地旅行者享受森林的一条绿色丝带。行人和自行车爱好者倘徉其间安享休闲，成了提升人们幸福指数的有效载体。流连在水畔林间，我想，像人们穿衣不再单单是为了御寒，还有美化作用一样，当道路不仅仅是为了交通，而成为了人们休憩场所的时候，它的意义与人的幸福生活紧密相连，其功用才有了实质性的改变。

大叶桉正是盛花期，浅黄淡绿，花瓣与山腰的红锥树相仿，像园丁手里的水壶在洒水，只是壶嘴里喷出的不是水，而是一条条美丽的花穗儿。高低错落的灌木林翻江倒海一般，任谁看到都想凑近它摩挲一番。顺着平台边缘的大叶桉枝丫远望，对面山脊分割出的坡面上竟是一片云南哈尼梯田的模样，四周浓绿的树林包围了它，不晓得为什么好端端的山地竟变成了这等模样。不是农田，不是茶园，是什么？询问才知道那是老百姓的山地承包给个体老板后栽种的桉树纯林，现在正在改造中。广东林业大的发展方向是发展生态公益林，逐步提升森林生态质量。大政方针一管多年，而每一条水系的沿岸林，每一条山系的防护林，具体到每一个村寨、每一户农民又都有各自的具体情况，必须实事求是地引导才能与大的方针合拍。兼顾到社会要绿、群众要利的多种诉求，才能保证林业的可持续发展。

贯穿绿水青山的增城绿道延伸进罗浮山北麓，田间小路旁的马占相思树包裹着镜面一般的水田，田间站着好几个猫腰抛秧的人。他们手臂摇动的一刻刚好有两只鸟儿从身后飞过，俯冲到不远处的水田里去了。山道两侧的民居大多黑瓦罩顶，白墙落地，周围是绿生生的菜园、花朵簇簇的树木。山道旁边的兰溪林场最明显的标志是它那鹤立鸡群般的三株南洋杉，与它为伍的还有美丽的异木棉。看得出这里昨夜曾经刮风下雨，粉红的羊蹄甲花儿落了一地，中间还有巴掌大小已经蔫萎的异木棉花儿。林场的朋友为了向我说明异木棉的属性，随手拾起一朵，用手指在花房里轻轻一抽，一缕白生生的棉丝就出来了。哦，那棉絮与棉桃里的棉丝一模一样。诚然，人为花草树木起名原因种种，却绝对与它们的品性和形体有关。异木棉和南洋杉在这块土地上绝对是外来树种，只有林场才有。这个今天只有22名职工的小型林场是新中国成立初期建立的，已经走过70载的奋斗历程。70年差不多是人的一辈子，"人活七十古来稀"嘛！但是作为这一片山地的守护者，70年的历程虽然磕磕碰碰，甚至有过因为"不务正业、觅死觅活"的惨痛教训，他们却咬牙闯了过来。今天，兰溪林场职工绝大多数都是年轻人，保护着近三万亩山林。我和那里的畲族职工聊起林场的困难和挑战，他指点着高高低低的山林一脸喜悦，全没有苦闷的表现。聊到深处我懂了，他们那满面春风的神气来自各级政府对林场的支持，——广东省已经把绝大部分林场定性为公益一类事业单位，吃了"皇粮"的人们不再以砍树为生，也不像从前那样为了稳定职工队伍兴办与林场无关的企业。现在好了，林场人不再为自己的生计犯愁，一心一意地保护森林。身上没有负担心情自然轻松。我仰望那几株五六十米高的南洋杉，思绪如同那些微风吹拂的枝叶一起摇动起来：你只要把山看好政府为你做靠山！在这里我明明白白地看出来，广东省经济发展的成就带给社会公益事业的好处。这种行为无疑具有经济反哺生态的样本意义。

离开林场到畲族村的绿道上驴友明显多了。骑行的人们奔着自己的前程躬身猛蹬，进山灌山泉水的人坐在山道旁一副安闲自在的神态。那一刻我想，人究竟追求什么才算好？喜欢爬山是锻炼身体，喜欢到山林里灌水喝是为了保养身体。各有各的追求，各有各的享受。如果我们的社会能够最大限度地满足人们的不同选择，确保他们合理的追求得以实现，我们的社会无疑会越来越和谐。

奔走在去畲族村的绿道上，去考察那里一片久不示人的原始森林，我的心情无比愉悦。山越来越高，林越来越密，群山环抱的畲族村一片宁静。黛瓦白墙，街道干净，那凤凰与牡丹结合的畲族标志随处可见。眼下晚熟的枇杷挂在枝头，荔枝的花穗芬芳馥郁，杨梅果实虽然青涩却已经透出几许丰收的希望。民族兄弟雷日坤带我参观了民俗馆后又马不停蹄地走进大山深处的旧屋场。他告诉我，那是他们这一支畲族人不会遗忘的精神家园啊。山路弯弯，荆棘丛生，伴着山下淙淙作响的溪流，穿行在密不透风的密林深处，参天的木荷如同壮实的男子汉，柔软的藤萝美女一样依偎在壮汉身上，巨大的海芋叶片上满是圆圆的虫洞，放眼四野，简直就是一座绿色的迷宫。近午的阳光照耀林间，道道光束投射在绿植、山菌和碧绿的地衣上，活生生地再现出"蝉噪林愈静，鸟鸣山更幽"的情景。要不是蠓虫扑脸让我不能久留的话，我会一直走进去。

恰恰是我要"打道回府"的当口，在披纷的野草下面我发现了已经隐藏了70年的旧屋场的墙垛。看着它们，雷日坤忆起了从父辈那里流传下来的故事：增城这一支畲族人曾经在这里居住过380年。他的祖先用石头垒墙，用芒草和树皮盖屋顶，终年辛勤劳作却常年不得温饱，靠到正果的集镇上摆卖木炭和制作木勺、棕屐维持生计。1949年新中国成立后国家为他们开辟新居时仅有80余人走出深山，投入到了现代社会的怀抱。70年了，畲族先民们如果知道他们的后代过上了今天这样的幸福生活该有多么欣慰！还有，他们要是知道正是他们那种有节制地对待自然才保留下这一片难得的原始森林，为今天的人们珍藏一颗绿色明珠的话，一定会高兴得手舞足蹈吧！畲族村旧屋场的这片原始森林为增城和广州所独有，意义远非一片森林。

从光线暗淡的旧屋场原始森林深处走出来，仰望着明媚的阳光，我的思绪也像天光一样打开：增城乃至整个广东消灭荒山的行动走过了70年的奋斗历程，过去那种"晴天张牙舞爪，雨天头破血流"的历史已经远去。我相信，它的明天一定会像这里的原始森林一样繁茂和茁壮！

初识大老岭

于 卓

来之前，还真不知大老岭长啥样儿。

年过半百，不讲阅历深浅，单说过去几十年间，东西南北云游行走，有姿色的山、有灵气的山、有险峰的山、有高度的山、有地质特色的山、有传说的山、有神秘古刹和历史典故的山倒是没少造访，所得其感，至今仍可回味。

都说山不在高，有仙则灵。山如人，各有各长相和特点，宜昌三峡大老岭拿人眼光的地方，不在高度上，不在奇秀上，也不在险峻上，而是呈现在动植物多样性和地理生态作用上。大老岭距离三峡大坝50余公里，独特的地理位置，让大老岭成了长江三峡库区不可替代的生态屏障。

大老岭位于大巴山脉，西陵峡北岸，最高海拔2000余米，总面积近10万亩，森林覆盖率98%，林木蓄积量48万立方米，山林间保存着亚热带北部山地特有的多种珍稀植物群落，是我国中亚热带北缘山地森林生态系统及其物种基因保存最完整的区域之一，我国中部候鸟迁徙的千年古道。2017年7月，宜昌三峡大老岭获批国家级自然保护区，掀开了新的生态保护篇章。

天下山路，弯弯曲曲，曲曲弯弯，大同小异，甭管车子大小，往山上爬的时候，都是仰头的架势，坡度大了，还得哼哧。

那天爬山路上，精神头还算不错，没有晕车也没有昏昏欲睡的感觉。车身一侧是植被茂密的山体，各种灌木划着视线闪过，遇上胳膊肘急弯，视线被划的感觉，立马就转换成了慢镜头拉扯，失衡的身子摇晃倾斜，颠簸会让晕车的人吃不消。偶尔闪出一角天空，不等你伸去目光，唰一下就被山林掩藏了。

而在车身的另一侧，景致就与靠山那边完全不同了，不说紧挨着万丈深渊，起码也是贴到了深谷的边儿，空旷感哗啦一下就让你视野大开，浮云，远峰，薄雾，鸟影飘忽不定，变幻莫测，山涧沟壑给人的感觉，这时候就不仅仅是刺激了，而是让人手心里捏把汗，尤其是一眼难寻到底的山谷，雾气蒙蒙，每一片苍绿或是枯黄，都像是从童话世界飘来的，还有那些裸露出来的奇形怪状的岩石，一时间也失去了坚硬的质感，好似刚刚被水墨浸染。

尽管心一直往嗓子眼提，然而此时你若能看见山岩上有枝条摇曳，或是一小片在晚秋里落寞的野花，那么你飘忽不定的心绪，或许就会安稳下来，松弛一下紧绷绷的身子，貌似眨眼工夫，就从某种历险游戏里脱身了。

秋天的山林，但凡带有色彩基因的植物，都会呈现出其色彩的极度饱和，时间把那些植物积攒下来的能量，定格到了植物的筋骨上，所以说那些即将告别晚秋的色彩是固执的，富有力度的，浓缩了雾雨风霜的精华。

拐来绕去的山路，倒也没让车轱辘花费太多的时间，我们就到达了目的地——宜昌三峡大老岭自然保护区管理局。此时脚下踩着的，其实就是半山腰上一块难得的平地，分办公与住宿两个区域，活动空间不容人放开手脚撒欢，可谓寸土寸金。

吃午饭时，聊起上山这段路，管理局领导不无感慨地说，这一截山路，现在车跑下来不算什么，可要是在过去，就没那么容易了，不通车，只能靠两条腿挪动，没三两天怕是爬不上来。

过去的艰苦与无奈，创业与奉献，我这个60年代出生的作家，多少还是可以感知的。

午休后参加了一个小型座谈会，被邀请来的几位老人，都是当年大老岭的垦荒者，在那个不计个人得失的年代，他们把青春也种在了大老岭，人生的价值融入到了一段可歌可泣的岁月里，完成了一场特殊的记忆绿化。如今这些创业者都是一把年纪的人了，最大的赵运钊已经80岁出头，最小的曾文富也有71岁了。

大老岭林场始建于1956年，那时叫宜昌专署大老岭林场。其后为了满足林场开发建设的需要，1963至1964年，林场分两次从宜昌市招工，百余名男女响应知识青年上山下乡，支援农、林、渔三场建设的号召，从城市走进了森林，当时这批青年人中年龄最小的只有14岁，就是前面提到的曾文富老人。他们在大老岭上经历了春耕大生产、大炼钢铁烧山毁林，以及人为乱砍滥伐等疯狂岁月，直到植树造林消灭荒山成为一代林业人的主要使命，大老岭才从历史性的危机中挣脱出来，脚踏实地走出了新生的节奏，开始实施天然林保护工程，停止了木材加工和销售，关闭了石材厂，确保后期项目顺利进展。待到时机成熟，大老岭开始进行高山乡土树种繁殖栽培试验，保存了大片的原生态珙桐、银鹊树等珍稀本地树种，同时引进了欧洲云杉、花旗松、日本冷杉等百余树种，逐步建成了大老岭植物园引种基地。如今过去了60多个年头，昔日的垦荒青年，被岁月定格成了赋闲老人，其中一些已经离开了人世。

大老岭的夜晚是寂静的，空旷的，黑洞洞的山谷里没有风，没有光，没有野兽嘶鸣，没有涧水喧哗，像是这里压根儿就没有过人迹，一切仍处于原始状态，这很让我纳闷，过去接触过的山，似乎没有这么安静的。气温比山下低，穿着羽绒服也觉不出暖意。

来到大老岭，不能不看日出，这也就是说得去大老岭海拔最高的地方了。凌晨5点15分起床，5点30分出发直奔山顶。这时的大老岭，还裹在夜幕里。笔直的车灯光，被崎岖的山路扭弯了拉直，路旁的山石树木没有轮廓，黑黢黢一团，或是黑乎乎一条。昔日那个14岁的垦荒青年曾文富也在车上，他要陪我们看日出，拍一些他熟悉得不能再熟悉的风景。退休后的曾文富,爱上了摄影,闲暇中拍了大量的大老岭风光片。当问及他怎么14岁就出来了,曾文富说那个年代生活穷,家里兄妹多,为了省下一口粮食,改善一下生活状况,多给家里人留出一条活路,他就壮着胆子奔大老岭来了。

那时曾文富这些年轻人的青春,并没有被大老岭的荒凉释放出来,残酷的现实,闭塞的环境,单调的生活,这都不是年轻人幻想与梦想的土壤。生存的出路就是挑战自我,挑战大老岭,挑战你不改变就不会改变的现实。他们穿着草鞋,背起树苗,扛上锄头,以一种近乎原始的方式劳作,在大老岭上搭建窝棚、垦荒种粮、拓荒修路,忍饥挨饿,在一个个贫瘠的山头上种下树苗,种下未来。

曾文富说,那时的生活和工作条件都极差,没有公路,没有电灯,没有娱乐,就说我们的口粮吧,都得按计划徒步从20多公里外的邓村背回来。可笑的是,当时没有盛米的口袋,我们就脱下裤子,扎紧裤口,将米装进去。山路陡峭,路途坎坷,有时稍不留神,连人带米一下子滚落下去,受点皮肉伤还好,严重了后果不敢想象。至于伙食标准,能吃饱了就行,一年四季土豆、白菜、南瓜、懒豆腐。

对曾文富他们来说,精神上的折磨,要比生活上的艰苦更让人难熬,一天累下来,身子上几乎就没什么劲儿了,填饱肚子,就觉得睡觉做梦是一件开心的事。有时在山上,实在憋闷得没辙了,大家就因地制宜找乐和,寻刺激,甚至是玩命。比如说面对陡峭的山坡,有人就会突发奇想,嚷嚷着谁敢从这里滚下去,我就给他五斤粮票。那时的供给都是分配制,大家每个月的口粮都是定额的,五斤粮票对当时的人来说,不能不是一种诱惑,值得一试,于是就有人应声站出来冒险。那一刻,打赌的、冒险的、起哄的、看热闹的,都在瞬间激情起来,像是马上就会看到一场大戏,直到冒险人动了真格的,抱头往山下滚时,大家才目瞪口呆,或是惊慌失措,提心吊胆地盯着滚下去的人。现实生活中,当冒险可以作为娱乐游戏进行的时候,人们被孤独与寂寞压抑出来的情绪,也就只能交给刺激去释放了。

听得我起了一身鸡皮疙瘩，我问曾文富，你们这么玩，就没出过事吗？

曾文富道，倒是没死过人，磕磕碰碰的擦伤，就免不了啦。

我松口气。

曾文富又道，还有比这更惊险刺激的活动。

车上的人再次竖起耳朵。

然而这时的曾文富，像是顾及到了什么，犹豫起来。

见他吞吞吐吐，我们的好奇心就越发膨胀了，你一言我一句，鼓励曾文富说说，讲讲，聊聊。

听下来，感觉那确实是玩命的游戏，一般人是不敢去游戏的，也说明了敢游戏的人，是在用生命拆解人生的寂寞。

把绳子套在脖子上吊起来，究竟是一种什么滋味？这对曾文富这些没有多少人生阅历的年轻人来讲，有着不可思议的引诱空间，用青春去互动死亡，这刺激也太震撼人心了吧！于是便有愣头青首先表白，打算体验一下上吊的滋味。找到合适的地方，那人把脖子套进绳圈，叮嘱周围的人，讲他只要一说停，就把他放下来。约定到位，游戏开始，体验者吊了起来，双脚离地。围观的人都屏住呼吸，盯着被吊起来的人察言观色。时间一分一秒地过去了，体验者还没喊停，似乎还愿意把这个上吊的游戏玩下去。这时有人沉不住气了，胆战心惊地说，看他脸都紫了，他是不是没气了？刚才还能扭动几下，现在怎么一动不动了？一句话惊醒梦中人，大家赶紧上去松开绳子，放下体验者。虽说是虚惊一场，但缓过气的体验者，憋着大红脸指责周围的人，为什么不早点把他放下来，还真想吊死他呀？四周的人觉得委屈，纷纷说也没听到你喊停呀？体验者上气不接下气地说，我倒是想喊停，可我能喊出来吗？上吊真他妈不是好玩的，老子差一点送了小命！

听曾文富讲话，其实是很劳神的，尽管他的地方口音不重，但他那哑闷的嗓音，时常能让人听溜号了，不得不往回捣话头，让他再复述一下。曾文富曾有过大难不死的经历，他曾遭遇过车祸，做过切喉手术，从此就失去了清脆的原声。

不知不觉间，我们到达了山顶。此时天还没有放亮，四周一片漆黑，曾文富提醒我们注意安全。此地依旧无风，气温要比下榻的地方低，高度毕竟接近 2000 米的海拔了，阴冷湿润的感觉明显。畏寒的人，下车转一圈就又回到了车上。我没有上车，打开手机手电筒，摸黑熟悉一下地形。这块平地不大，停不了几辆车。一个石头垒起来的观日台，裸露在手电光里，约摸有几人高，台顶现出正方形，围有半人高的护栏，可以站上两个人拉开架势拍照。

车上有人招呼我上车，说日头还得时间出来呢。而此时的我，已经被冻得缩手缩脚了，心里哆嗦的时候，上下牙偶尔磕碰，于是我钻进车子保暖。

等到天色朦胧的时候，经验丰富的曾文富说，瞅这天气，今天怕是见不到像样的日出了。听了这番话，我们多少有点泄气，毕竟是起了个大早呀，看不到像样的多遗憾。东方渐渐泛出铅灰色，四周的地形也像是揭去了盖头，显现出来。我再次下车，往山崖边走去。原来崖边是一个观景长廊，并排可以容纳十几个人。

远处的一层晕黄，一点点把天边的铅灰色挤出视野。还真给曾文富说准了，由于雾障的缘故，今天的日出不饱满，不清透，给人一种晕晕乎乎醉意蒙眬的感觉。而山谷里也不清透，游荡着雾气，难见成片的树林和耸立的岩石。

凑合着拍几张吧，人生哪能总是被好运气围着。

一直耗到将近 8 点钟，我们这些观日出的人才算死了心。或许是为了补偿一下我们的失望心情，曾文富指着不远处的山石说，你们看那些石头像什么？

顺着他手指的方向望去，几块烟丝色岩石，竖在峭壁上，周围的灌木植被稀稀落落，看着没什么特殊的地方。

就在我纳闷的时候，曾文富道，突出的那两块竖石，像不像面对面的两个人？

我调整一下视角，仔细打量，觉得有些靠谱。

这两块竖石，叫吻别石。曾文富说，是大老岭上的一个景点。

恍然大悟，感觉到了吻别的细节，人间的烟火气息被造物主注入到了岩石上，令人不由得感叹！

没看到像样的日出，感受了一下自然界的岩石吻别，虽说意味有几许苍凉，但也算是此行山顶的收获。

回去的路上，我们由吻别石，谈到昔日那些宜昌青年人在大老岭上的爱情故事。现在讲起来是故事，可在那个特殊年代里，爱情是碰不得的事情，爱情对想拥有它的青年人来说，是闯入禁区里踩雷，伸手进火盆取炭，碰了就会演绎出人生的心酸悲剧。曾有一对青年偷偷恋上了，等到被组织上发现后，将二人隔离，分头做思想工作，劝告他们认清形势，不能回避思想作风问题，要与资产阶级划清界线，警训"一床被子盖着两个阶级"，征服了偷吃禁果的青年，让他们把青春的痛，伴随着眼泪洒在了大老岭。

岁月匆匆，当初那一代人留在大老岭上的苦涩青春，已经融入到了大老岭的历史里、硕果中。如今大老岭作为一个正走在健康发展路上的国家级自然保护区，明确了项目振兴林区、资源提升林区、科技支撑林区、旅游舞动林区、和谐共建林区的基本思路，以生态保护、生态恢复、生态科普、生态科研、生态文化、生态康养、生态安全等可持续理念，提高大老岭的知名度与生态平衡能力，造福子孙后代。

离开大老岭前，在相关人员的陪同下，我们进入了保护区的原始森林，感受一下原生态的大自然。

天色晴好，我们踏着厚厚的落叶行进。许是从生态角度考虑吧，进去的路，修得很简易，最大限度减少对原生态环境的破坏。

落叶种类杂，颜色也杂，踩上去软绵绵的。陪同人员说，原始林的特点就是树种杂，分布自然，遵循适者生存的自然理念，在抵御病虫害和突发山火上，要比人工林明显占有优势。

由于季节的原因，置身苍茫的原始林中，并没有湿闷的感觉，清新的空气怡人精神。抬头望去，粗粗细细形状各异的树木，依山势走向而错落有致，灌木丛褪色的绿与树枝上泄劲的黄叶，扯开了人们寻觅的视线。可触摸到的断枝残根上，都覆盖着厚厚的苔藓。没有见到野生动物，倒是有鸟儿穿梭在林间。曾听曾文富讲，过去这深山老林里，常见野猪、野狼、狍子、猿猴等大型哺乳动物，有关他们年轻时与野猪野狼遭遇的故事，留在以后再讲吧。

刹那间感觉到了一种融通远古的气息，轻盈地环绕在周围，便情不自禁地呼吸了几大口。

恍惚中，隐隐听到了山涧溪水的流动声⋯⋯清澈一词，悠悠滑过大脑。绿色的生态梦，不是睡出来的，而是需要勤劳的手和智慧的脑去编织的。大老岭自然保护区的风光可赏，昔日大老岭的垦荒者与今日的守护者可赞！

秋赏洪湖

于 卓

久居城市，在长相差别不大的水泥森林中穿行，呼吸着难为肺叶的空气，忙碌在杂七杂八的琐事中，焦躁感蚕食着人们的耐性，影响人们的生活质量，就算锁足蜗居，远离尘嚣，到头来也很难躲闪孤独带来的抑郁。

现代都市方便了人们的生活，但也限制了一些人亲近大自然的脚步。若是找个有山有水的地方透透气，散散心，缓解一下紧绷绷的神经，你会往哪里迈步呢？

毫无疑问，湖北洪湖，可以是旅行休闲者的打卡地！

在中国，大大小小的淡水湖泊加起来究竟有多少个？一般人怕是很难一张嘴就给出个具体数字来，就更不用讲一个个淡水湖泊的地貌环境、水生动植物种类、生态功能、独有特色之类的了。

洪湖是我国第七大淡水湖泊，水域面积约为348平方千米。洪湖位于江汉平原四湖流域的最下游，是华中地区著名的"中南之肾"和"物种基因库"，其生态系统的调解功能不言而喻。域内地形平坦，自西北略向东倾斜，形似碟状，汇水面积广阔，又与长江相连，四湖相通，水资源丰富，为湿地植物生长繁衍提供了良好条件，现有水生高等植物近600种，浮游植物280余种，水生高等植物随着水位由浅到深的梯次变化，从湖滨到湖心，依次分布着湿生植物、挺水植物、浮水植物，以及沉水植物等生态类型。

洪湖名气不小，除了得天独厚的地理位置、生态多样性等自然因素，洪湖的口碑还得益于它的红色基因里，积淀了过去洪湖人民向往自由的元素，历史风云曾在湖上翻转，昔日一曲《洪湖水浪打浪》，让国人铭记住了电影《洪湖赤卫队》。

秋风将过，秋景将散，此时游赏洪湖，从时间上来讲，虽不是最佳档口，却也得湖面落日养眼，踏水野鸭撩情。其实，湖内旺盛后静置在这最后一抹秋意里的残荷，已褪去嫩绿、油绿、老绿，一片片干苍的卷叶，更能诱发人们对四季轮转的唏嘘。

那日从武汉驱车直奔洪湖，在洪湖国家级自然保护区管理局副局长吴阳等人陪同下，采风团一行人坐着快艇，赶往洪湖蓝田生态园，在湖边观看了电影《洪湖赤卫队》里"这一仗打得真漂亮"情景再现演出，参观了彭家大院。午饭后，探访了瞿家湾老街，增补一些历史知识，再由蓝田码头出发，到洪湖自然保护区核心地带。

悠闲在湖面上的白云，变幻着移动着。快艇启动，置身洪湖，已不是梦境的感觉。

快艇轰响的马达声，惊扰了湖面上的水鸟，扑棱棱跃出湖面，盘旋在空中。此时快艇已经远离湖岸，在宽阔的湖面上颠簸前行。扭头放眼艇尾，被艇身冲击力豁开的湖水，在艇后翻卷着，拖出两道白色的浪花。

边欣赏湖景，边听管理局领导介绍湖内的动植物。较之国内其他淡水湖而言，洪湖湖底，呈浅平状，适宜水草生长，天然饵料丰富，是鱼类繁殖、栖息和生长的天然场所。湖内现有淡水鱼60余种，胭脂鱼和鳗鲡，属国家重点保护鱼类。早已名声在外的洪湖四大家鱼——青鱼、草鱼、鲢鱼及鳙鱼，不仅是经济型鱼类，还有着优于其他鱼类的生态作用，通过食物链优化湖泊的鱼类结构，延缓湖泊沼泽化进程。洪湖是富饶的、开放的，这里是水鸟重要的繁殖地、栖息地与越冬地，湖内现有水鸟60余种，主要包括游禽和涉禽等。

湖面渐渐拓宽了赏湖人的视野，近景清晰，远景朦胧。快艇四周一团团，一簇簇，一蓬蓬，一坨坨浮水植物，随着湖水的推涌，毫无规律地起伏移动，逼着快艇迂回改道前进，还要提防湖下的沉水植物和杂物纠缠快艇马达。尽管驾艇的师傅常年巡湖，熟悉湖中水情，可也有防不胜防的时候，就在我靠在艇窗上，专心拍短视频的工夫，快艇发动机突然哑火。

驾艇师傅离开座位，猫腰来到艇后。

失去动力的快艇，漂浮在湖面上。我离开座位，随着吴副局长去了艇尾。

吴副局长说，可能是被废弃的渔网或围网缠上了。全面整治洪湖生态时，一些人把渔网和围网直接丢到了湖里，至今都是航行隐患。

说话间，就见驾艇师傅俯下身子，正用一把镰刀，从湖水里挑出一团废弃的围网，换着方向切割。

快艇不停地晃动，吴副局长扶住艇栏，指着一片浮游植物说，这个叫凤眼莲，就是人们常说的水葫芦，是外来入侵物种，繁殖能力很强，对湖水危害极大，每年都要花费巨资请人打捞，洪湖环境治理与生态平衡，可不是嘴上说说的事儿，不动手什么也实现不了。

麻烦解决了，快艇重新启动。

接下来我们要去的地方是洪湖湿地自然保护区阳柴湖示范区水上监测站，独自长期坚守那里的巡护协管员人称老张，据说是个故事缠身的人物。

快艇离开主航道，渐渐慢下来，在各种水生植物的缝隙间穿行。监测站不远了，浮生植物多起来，一堆堆一丛丛，快艇小心翼翼，绕着拐着躲着靠近监测站。

终于看见了传说中的老张，他站在既是监测站又是他居所的水泥船上冲我们招手。

快艇靠住了水泥船，师傅拴好缆绳，我们上了监测站，脚底下有些晃悠。

老张叫张圣元，个子不高，眼睛不大，笑眯眯的，年龄估摸在60

岁上下，皮肤黝黑，一看就是风吹日晒的那种。

老张不是个拘泥的人，搭上话，就能跟你合上拍，显然是个见过世面的渔民，且肚子里不缺墨水，他曾在这湖上教过小学，作为洪湖兴衰的见证者，老张与洪湖的一些故事，还上过电视和报纸。

张圣元感慨道，眼前的洪湖生态，实属来之不易，洪湖水域已由新中国成立前的760平方千米，锐减到现在的348平方千米，湿地湖泊面积萎缩了45%，上世纪50年代至2004年，洪湖自然生态受到严重破坏，其后果是直接造成鱼类和鸟类资源缩减，尤其是天然鱼类品种急剧下降，由先前的114种减少到57种。鸟类的种群规模和数量也是下滑严重，由过去的167种减少到133种，而水鸟的减少量就更令人堪忧了，从70多种跌至40余种，越冬候鸟由原来的数十万只锐减到不足2000只，数字令人触目惊心。

上世纪80年代初，资源丰富的洪湖遭到无节制掠夺，变成一些人眼中的利益湖、发财湖，围网养殖迅速扩张，一时间洪湖承受着生态上的重创之痛，昔日里的生态美景不再重现，取而代之的是令人眼花缭乱的水上长城。据统计到2004年年底，洪湖围网面积高达251平方千米，占整个洪湖水域面积达72%，上亿根支撑围网的竹竿扎入湖中，大大小小的围网把湖面切割得支离破碎，造成湖水流动不畅，水质严重污染。而在围网之外，渔民们受利益引诱，也都纷纷放弃传统捕捞方式，使用电打鱼、地笼、迷魂阵、毒杀水禽等野蛮捕猎方法，最终暴力捕猎使得洪湖生态急剧恶化，野生鱼类资源日益枯竭。

洪湖人自酿的苦酒，到这时还没有喝完，无鱼可捕的时候，一些以湖为生的渔民，由于缺乏生存技能，不得不再次动起了歪脑子，目光离开湖里的鱼，盯住了湖面上的水鸟，开始非法猎鸟。生存是残酷的，手段是极端的，弃鱼猎鸟的渔民们用猎枪、网套、钩子、投毒等方法诱捕水鸟。那时的老张，虽说没有静观别人发财，但他已经有了一些忧虑感，心里不是滋味，觉得这样搞下去，洪湖里的鱼和鸟，迟早要绝迹，到那时渔民们就只能去喝西北风了，洪湖将会毁在洪湖人手里。洪湖是慷慨的，养育了他们几代人，湖水流过他的童年，雁鸭水鸟嬉戏过他的少年，湖上的人生喜悦与苦恼磨砺过他的青年，生态失控折磨过他的中年，传统的水上捕猎生活，已经无形中把他的命运拴在了洪湖上。感伤之中，老张不是没想过改变生活方式，换一种人湖两安的生活。然而想归想，改变的路并不在老张的脚下，置身在这样一种极其现实的生存环境里，填饱肚子的欲望胜过一切理性思索，老张的那点忧伤感，最终在生存的逼迫下，也仅仅是让他在利益面前停顿了一下，叹息了几口而已，并没有让他就此收住打鸟的手。担心、害怕、刺激的非法捕鸟生活就这样开始了，洪湖的灾难，由此也就演变成了水天联动的立体式灾难。在捕鸟的人群里，老张可谓资深，毕竟是湖生湖长，熟知水鸟的觅食习性和繁殖时间，自然也就掌握了多种诱捕水鸟的手段，不说能掐会算吧，也是胸有成竹，每次捕猎都不会空手而归，经验与收获让人羡慕，久而久之老张就与众不同了，被周围人恭为"捕鸟大王"。

攀谈期间，一直想问问老张，那些年里，他这个捕鸟大王究竟打了多少水鸟，但话几次都在嘴边收住了，这是因为老张在叙述中，流露出了太多的忏悔。

非法捕猎，终究要被清算。老张靠打鸟生财这条路，在 2002 年的某一天走到了尽头。那天老张与其他人一样，拿着 20 余只排铳，就是那种杀伤力巨大的并排火药枪，在选好的地点准备打鸟时，撞上了保护区巡逻队员，被一番耐心教育后，还罚了款。

老张回忆道，走到这一步，我人生的转折点出现了，我彻底清醒了，意识到洪湖要是毁掉了，不仅我们这些渔民无家可归，洪湖周边的气候生态也将遭受破坏，对不住国家和子孙后代。认识上去了，老张从沉重的纠结中解脱出来，他将要用新的行动，回馈洪湖对他的养育之恩。

保护区领导认为老张熟悉洪湖情况，家庭生活也确实有困难，如果思想能彻底转变过来，他会成为一名保护洪湖的好帮手，于是经研究决定吸收老张为洪湖保护区协管员，昔日的"捕鸟大王"在此华丽转身，变成了日后的"鸟保姆"。

由打鸟到护鸟，老张有了新的人生角色，开始了新的生活，他独自一人，把家搬到了洪湖湿地自然保护区阳柴湖水上监测站。家就是监测站，监测站就是家，说来说去就一条固定在湖里的两层高的水泥船，每天的活动范围可想而知。这期间，除了偶尔应邀外出开会，参与一些社会公益活动，老张几乎没有离开过湖面，吃的是湖里生长的藕带、菱角、杂鱼等，生活日用品则由保护区工作人员按时送过来。

监测工作是冷清和枯燥的，湖上的冬天和夏天，虽说各有各的景，但是值守的日子不好熬，经常是从日出到日落，偌大的湖面上看不见人影，再美妙的自然风光，也会把老张搞得审美疲劳。

考虑到实际困难对人造成的压力，以及工作效率的可持续性，管理局领导商议后决定再往监测站补充人，试图把一个枯燥的工作环境活跃出气氛来。人倒是不难招，就是留不住，最终老张还是孤身一人值守在监测站。老张的手头上有巡护日志，记录着他每天的工作内容和监测信息。老张还有一个习惯，那就是每当下过雨刮过风，他都要划着小船，靠近安扎在芦苇丛中或是水草叶面上的鸟窝，看看它们是否出现了问题，也就说正在抱窝的鸟蛋有没有滑落，幼鸟受伤没有。在候鸟的繁殖期里，操心的老张每天早早起来，步行到观鸟长廊，悄悄拨开芦苇，进入观鸟屋，认真清点水鸟的种类与数量，做好观察记录。接下来，老张会驾船巡逻，先顺着湖边走上一圈，若没发现什么意外情况，就深入湖中，四处转悠，搜索是否有可疑的偷猎者。

那时洪湖上的养殖围网还没有拆除，湖内环境复杂，到处插着竹竿篙竿，支挑着围网，漂浮的杂物随处可见，不便航行。到了冬季，时常有鸟儿误入迷魂阵，困在里面挣扎。这时节湖水浅，老张的小船进不去，眼睁睁看着待解救的鸟儿，心里就是一个急。每每遇到这种情况，老张就会脱去衣服，踩着湖底淤泥，蹚水过去，小心翼翼把困鸟从围网中解救出来。一番检查后，如果确定鸟儿没有受伤，他当时就放飞，对那些受伤的鸟儿，老张带回去精心呵护，待完全康复了再放生。人有情感，鸟儿也有恋情，有时受伤的鸟儿被老张照顾久了，对老张就产生了依恋，老张走哪儿，鸟儿就会跟到哪儿，人鸟同行的情景，倒也不失为洪湖上的一道风景。有一回，老张放飞一只养好伤的小鸟，哪知小鸟腾飞后，绕着他的小船飞了几圈，就落到了离他小船不远的地方望着他，这让老张心里顿时打翻了五味瓶，一种远离土地的孤独感油然而生……人鸟对视，不知过了多久，咫尺外那只属于野生世界的小鸟飞走了，老张长叹了一口气，目送小鸟消失在水天一色的地方。

拯救洪湖，已经不是纸上谈兵的事了，必须重新认知洪湖，定位洪湖，修复洪湖，尊重洪湖。2005年7月，保护区组建了新的管理机构——荆州市洪湖湿地自然保护区管理局，全面负责洪湖湿地生态保护与科学利用工作，承担管理辖区内的湿地保护、渔业渔政、船检港监、旅游航运等相关管理职能。与此同时，湖北省政府投资近7000万人民币，在洪湖上开展了一场声势浩大的洪湖生态保卫战，协调各职能部门，动员一切可以动员的力量，有方案有步骤地拆除了洪湖水面上所有养殖围网，不留任何死角，然后在清理出来的湖面上，统一规划生态养殖，天然捕捞，生态旅游等，对相关渔民进行了安置。

洪湖是慈悲的，她把阵痛融化到了她的宽容里！

综合治理收到了成效，生态恶化现象得到了扼制，如今洪湖水质、水草覆盖率、鱼类种数、鸟类种数、越冬候鸟数量等，都在向更好的状态推进。

采访结束，离开监测站时，一轮柔和的落日，正在静静地贴向湖面，一群野鸭子，也可能是什么雁，突然闯进视线。此时的洪湖水，被晚霞映照出了丝绸般的质感，一片片、一朵朵水生植物像是那丝绸上的润滑图案，水的细腻承载，让人有种莫名的感动！

张圣元依依不舍地与我们挥手告别，他那瘦小的身躯，已经完全融入到了洪湖里。

从洪湖回来，感叹眼下各地生态保护与经济发展的冲突，尤其是那些旅游商业短时间内强力开发的地方，收入无疑可以立竿见影，配套拉动地区经济增长，缓解财政上的压力。然而从生态平衡、资源保护，以及可持续供给角度说，人类对自然资源的开发利用放慢一步两步，甚至是几步，就可以给后人认识自然、解读生态，留出金钱所不能买到的空间。

不论做什么，过度开发，易伤元气，且难修复。金钱能让城市繁荣，能让居民的生活多出一些内容，但地域原生态自然景观，却能留住地域文化与地域历史。

人，不论从哪来，最终都要消失在自然中，人与自然相融，这该是一种悟道的境界！

洪湖是历史的，现实的，生态的，可持续展望的！

水天一色暨森林物语

张　力

来到武汉的那一天，第七届世界军人运动会刚刚结束，武汉城内还洋溢着浓烈的喜庆气氛。唐朝诗人李白曾在此写下"黄鹤楼中吹玉笛，江城五月落梅花"，我们虽然不是在春天来到武汉江城，但却如沐春风，时时感受到武汉人的真诚和热情。

洪湖水呀，浪呀么浪打浪啊

第二天一早，踏着朝阳出发，我们奔向生态文化采风活动的第一站——洪湖。

知晓洪湖这个地方，我还在上初中，那时观看刚刚解禁的歌剧电影《洪湖赤卫队》，那些唱段至今还耳熟能详，经典唱段当时不仅会唱，还参加过演出，尤其那句"砍头只当风吹帽"，韩英那种革命大无畏的精神气概，曾让年轻人意气风发斗志昂扬。今天能来到这片红色基因发祥地，更让我们充满了向往。

到了洪湖国家自然保护区，在管理局领导的安排下，我们分别乘上两艘快艇，在湖面上逐波踏浪，大家兴高采烈，兴奋异常。

随着快艇机械的轰鸣声，搅动起一线的水浪，我将目光投向一望无际的湖面，除了偶尔惊起的飞鸟，却没有泛起什么样的波澜，本应有乘风破浪之感却没有得到满足，不免有些诧异，我问："洪湖水，不是浪呀么浪打浪，我咋没看到？"

我的话让艇上人忍俊不禁，同行的著名作家于卓戏谑道："无风不起浪，这你还不知道？"

吴阳局长笑着说："之所以湖面平静，主要是没有了打鱼人，更没有围网。"

看到我们都是一头雾水地望着他，他介绍说："过去我们这里可不是这种景象，53万亩的水域，多半被养殖场围网占满，这种无限制的捕捞，污染了洪湖水质，破坏了生态环境。洪湖是浅水型湖泊，植被很容易沼泽化，水也臭了，鱼也没了，鸟也飞了，这样的恶性循环，加之自然灾害，让渔民再也没有了过去的丰收富裕。"

在我的心目中，洪湖是鱼米水乡，独特的生态环境，丰产的渔业资源，得天独厚的自然条件，湿生植被、水生生物、鸟类等生物异常丰富，哪里能有枯竭的时候？吴局长的叙述却为我们展现了生态遭到破坏的另一类惨况。

与此同时，快艇也有意地制造了一种悲情，下面的螺旋桨忽然被缠住了，不得前行，并发出呜咽之声，最后只好停了下来。吴局长与驾驶员忙着去处理事故，半晌他们才进来，驾驶员重新启动快艇，吴局长愤愤地说："这就是当年拆除围网还没有打捞处理完的挂网。"

正是因为这里距生态旅游景区岸边很近，才会出现这种状况。很快我们上了岸，两个摄影家冯晓光和耿大鹏老师，忙着打开设备，放飞无人机，去捕捉洪湖美景。而我却对一艘停泊在岸边的渔船和几只站在横杆上捕鱼的鸟（叫不出名字）感兴趣，在与守船人交谈后，才知人家并不简单。这个昔日的打鱼人，他用捕鱼鸟打鱼还是非物质文化遗产的传承人，我们兴致勃勃上船下船照相合影，待我们说到收费时，没想到人家自称革命老区人来为游客服务尽义务的。

这是洪湖自然保护区里唯一一个生态旅游景区，是由原有的渔场改造成的一个景区，也是为安置那些禁捕上岸渔民的一个就业途径。

随后，吴局长接上了前面在快艇上间断的话题，就是洪湖环境治理的情况。

洪湖作为长江保护的一部分，进行抢救性保护，提出"洪湖突围"战略，特别是从2017年开始，禁止任何形式上的渔业围网养殖，拆除全部围网，禁止渔业捕捞。实行全封闭管理，视频监控、专人巡查，绝不允许任何人触碰生态红线。

吴局长自豪地说："现在生态保护好了，湿地也修复了，良好的自然资源，各种鱼类品种正在逐渐形成，洪湖的水源，满足了鸟类生存、栖息、迁徙规律，昔日远离洪湖的珍稀、濒危鸟儿又飞回来了，现已发现有好多种鸟类在此栖息。"

他的介绍，引发我们一行人由衷的赞叹。

我们分别在两个区域观看歌剧《洪湖赤卫队》，这种原汁原味的现场演出，在我内心不断荡起波浪，红色剧已经教育了几代人，还将会继续影响后辈人砥砺前行。快艇还载着我们去了瞿家湾湘鄂西革命根据地参观，这里彰显着厚重鲜明的红色文化基因，让我们缅怀一段不可磨灭的历史，体验那时期壮阔雄奇的岁月。

在湖北洪湖的核心区阳柴湖，我们采访到了这片水域环境的守护者张圣元，从昔日的"捕鸟大王"到现在的护鸟人，他已经在这里整整度过了15个春秋，让我不禁想起了海明威笔下《老人与海》的主人公，我准备另写一篇小说，小说的主人公原型就是这个执着的守护人。

当乘快艇返回时，已是渔歌唱晚，与夕阳做伴，我已不是来时那种懵懂，随着洪湖的波澜壮阔，一种豪迈感陡然袭上心头。伴随快艇的是铺天盖地的鸟儿上下翻飞，随风摆动的芦苇起伏如潮，余晖映衬下的洪湖水波光粼粼，宛自天设地造的人间仙境。

在这秀美的大自然风光里，我想到了宋代诗人徐元杰的"花开红树乱莺啼，草长平湖白鹭飞。风日晴和人意好，夕阳箫鼓几船归"，更有"人人都说天堂美，怎比我洪湖鱼米香"歌声犹在耳边回荡，我才醒悟，"洪湖水浪打浪"不只是歌中的自然景观，也是洪湖弄潮人拨动的心弦。

麋鹿回家，悠然徜徉大自然

第二站我们来到石首麋鹿国家级自然保护区。

在保护区先导车引领下，穿过几片芦苇地，随着向纵深挺进，视野渐渐开阔起来，一幅大美山水画卷在晨曦中缓缓展开，偌大个草场显得幽深秀丽，宁静安详，宽阔雄浑。我们远远可以望见成群结队的麋鹿，车驶入到安全距离处停了下来。

两位摄影家的优势便显现出来，他们忙不迭地背着设备，奔向麋鹿群的侧翼。这是他们大显身手的机会，两人两路分兵共照，贪婪地摄取所需。

保护区的李主任不无担忧，说两人应该合在一处，这种动物十分精灵，也许是遗传原因，怕它们会认为这是捕猎采用的两面合击办法，恐惊扰到鹿群。因距离太远，无法高声提醒，只能无可奈何地任由两人忙碌。

我从保护区提供的资料中得知，麋鹿能够从国外引进回国是一个古老而又伤痛的记忆，揭示着西方列强掠夺的屈辱历史。

从出土的野生麋鹿化石得知，我国麋鹿的起源可以追溯到史前的200万年以前。根据科学家考证，距今天10000年到3000年间，中国的麋鹿最为昌盛，数量可达上亿头，它们一直成为先人狩猎的对象。到了明代，野生麋鹿已经基本无存，人们只能在皇家苑囿中欣赏到它的身姿，它们后来成了清代帝王南苑行猎的主要动物，而在1900年八国联军攻入北京前后，西方列强明抢暗夺，南苑麋鹿被洗劫一空，从此这个生长在中国的稀有物种在它的原生地灭绝了。

20世纪中叶，在中国和英国政府的共同努力下，先后有79头麋鹿终于回到了原产地自己的家。上世纪90年代初，成立了石首天鹅洲湿地麋鹿自然保护区，分三批引进麋鹿，让麋鹿在这里安家落户，并划出占地1567公顷专有的国家级自然保护区，野生放归，自然繁衍。由于保护得力，在不到20年的时间里，麋鹿数量已达到1000头左右，成为中国第一大麋鹿种群。

保护区领导还自豪地讲起，习近平总书记视察长江流域，在船上竟然看到岸边的麋鹿，他听到随行领导的介绍，说这是那场特大洪水灾害而导致几头从石首保护区"突围"出来的麋鹿，流落在外不久，便适应当地环境，自然形成了另外一个野生种群。习总书记不断点头称赞，并夸麋鹿长得膘肥体壮。

这片土地凝聚着中华文明气息，养育万物精灵，让与人类相关的生物链上每一个动物得以生存和发展。

看到天色已晚，两个摄影家不无遗憾地返回，还不停地埋怨天色和空气，并与李主任约定好第二天一早再来拍摄。

回到住宿地，尚未到晚饭时间，保护区和市林业局领导带着我们参观了保护区的办公环境，最让我们感兴趣的是一块辟出的空地，圈养了一头母麋鹿，它看到我们，兴奋地跑了过来，我们就近找来草本食物来喂它，它一点也不惧怕我们。

经介绍得知，它是弃子，是保护区人员抢救回来，才养在这里。近距离接触，清楚地看到它的形象，有人说它像马又像鹿，李主任说到它的俗名就叫"四不像"，这时我的脑洞大开，言之凿凿地说："《三国》中所讲的赵高指鹿为马的鹿一定就是这种动物。"言毕，我遭到大家的揶揄，还引发了热烈的讨论，我不服气地宣称："应该部分地为赵高平反，最起码麋鹿有四分之一像马吧。"大家讥笑我这个作家想象力太强。

我的焦点还未完全集中，便被另一作家于卓抢去了风头，他一边给那只麋鹿喂食，一边与其交流，他非常认真地安慰说："你已成年了，也该搞对象，你在这里多孤单啊，我跟这里的领导说说，帮你找个男友，让你成双配对，繁衍子孙。"

有人拿我们两人做了个比较："你看看于作家，不去讨论历史，而是为孤独母鹿组建家庭操心，真不愧是个暖男啊。"

之所以说到仅比我大一岁的作家于卓为暖男，是因为这两天他的所作所为太让我们敬佩，才会为他冠上了这一标签。单说他知道我的手是"鼠标手"夹菜不方便，他便自动承担起为我服务的角色，再有他无论在哪里见到垃圾，都会捡起来，扔入垃圾桶，更不用说那些帮助大家的点滴小事了，他都会主动作为，叫他暖男一点也不为过。

这一夜我们住在保护区里的培训中心，这一夜是出发以来难得的好睡眠，清早在服务人员叫醒我时，才发现天已大亮。我们不约而同地来到餐厅，看到两位摄影家还未到场，我们知道他们起早又去了保护区，我们正聊着，两位摄影家走了进来，他们一改温文尔雅之态，吵吵嚷嚷，兴奋得像打了鸡血一般。

这说明收获满满，耿老师说："我们的车就停到了与鹿群不到十米的地方，它们一点也不惊恐，对我们十分友好。我与冯老师不停地交流拍摄心得，让李主任很紧张，提示我们不要说话。"耿老师说着望向站在不远处的李主任，带有顽皮的孩子气说："不让我说话，我故意咳嗽，看看它们是不是惧怕我们，可它们却无视我们的存在，依然我行我素。"

我戏谑道："那是人家认识李主任，与你咳不咳嗽毫无关系。"

耿老师认真思考了一下，点了点头，开始让我欣赏他拍摄到的麋鹿那些精美画面，这些精灵自由自在地嬉戏打闹，自然快乐，体现出它们回归了自己原生地家园的种种幸福。

四季更替，绿色永驻长江岸

从麋鹿保护区出发，顺着长江一路前行，我们来到了荆州地界。

荆州在历史上，一直是兵家必争之地，长江天堑也具有战略意义，我也只是从文学和历史里了解这里，再有就是我多次在荆州主办的《中华传奇》杂志上发小说，故对荆州充满着好奇。

一座大桥由江陵县向南跨越长江连接公安县，这便是荆州长江公铁两用大桥，铁路是从浩勒报吉至吉安，即原蒙西至华中地区铁路行至荆州市。就在我们到来的一个月前，这座标志"一路一桥一互通"的公路铁路大桥才全面正式通车，使历史上的天堑变通途，从而让长江中游综合交通枢纽城市的愿景变为现实。

沿江而行，我们到达了荆州市下属的江陵县，首入我们眼帘的是荆江水牛，古代是为了抑制洪水的实用目的而铸造的，被称为"镇水兽"，人们把江水为害的原因归之于"水精"为虐，以为只要对水中的精怪进行威慑镇服，即可抑制洪水的发生，这只不过是一种神话传说，可偏巧在1998年那场特大洪灾中，肆虐的洪水高度就那么神奇地停在了这座铁制的水牛脚下，让人匪夷所思，其实也不过是偶然之中的巧合罢了。

唐代诗人李白《早发白帝城》诗中的"朝辞白帝彩云间，千里江陵一日还"，并没有描绘出江陵美景美貌，如今成片的长江护堤林是江陵值得炫耀的地方，更主要的是这里还生长着一个古老的树种——林杉，林杉树种年代久远，有着"活化石"之美誉，江陵人一直为之骄傲，与之结缘，并把它定为"县树"，与之融为一体。紧邻长江林杉护堤林的龙渊湖湿地公园，因清康熙十五年以后的三次荆江大堤溃口冲击而成，与铁牛矶公园对角相望，共18.3公顷，是人们茶余饭后的一片休闲之地，让人感受回归自然的美好。

从研究汉水文化的王雄先生文章里知道，汉江是长江的最大支流。长江沿途，一路景色尽收眼底，此时虽已入冬，而我们却如沐春风，极目远眺，两岸到处生长着茂密的植物，浩如烟海，绿意盎然，宽阔而湍急的江水，与之遥相呼应，相互穿插，相互点缀，浑然一体，充满着文人粗犷豪放诗意，描绘出写意般的山水景境。

驻足长江岸边，经荆州市林业局领导介绍，才知道昔日的长江两岸，并非今天这副模样，当时岸边林立的企业工厂建筑，充满着商业经济气息，由此带来的环境污染，特别是水质的污染，到处散发着各种腐臭的气味，让人无法忍受，致使水中的鱼类资源枯竭，与大熊猫同样视为国宝级保护动物的江豚到了濒于灭绝的地步。

习总书记"绿水青山就是金山银山"的一声号令，长江两岸开始环境大整治，并得到了根本的转变，如今的长江两岸已经彻底改变了模样，再也看不到一簇企业建筑的影子。

微风拂面，傍晚已悄然沁入天色，落日映衬着枝条婆娑多姿，江面上几艘货船驶过，恰似游龙戏水，怡人江水景色，恰如老子《道德经》第七十八章中所言之"天下莫柔弱于水，而攻坚强者莫之能胜，以其无以易之。柔之胜刚，弱之胜强，天下莫不知，而莫能行"，正是长江之水的气质所在，亦是中华血脉之精髓。

站在云顶，把豪迈尽情抒发

翌日吃过早饭，我们随即出发，整个一上午都是沿着长江三峡的路线行进，我们的目的地是大老岭国家级自然保护区。

这个保护区位于长江三峡工程坝头库首北岸。

三峡工程坝，就是三峡水电站，处在流经湖北省宜昌市的长江干流上。一路上我们沿着长江三峡边公路行驶，因为时间的关系，并没有在秀美的景点停歇，两个摄影家一直盘算着回来的摄影要求，我理解他们焦虑的心情，他们也只能无奈地在车上过足了"眼瘾"，饱览了长江三峡旖旎的风光。

历时3个多小时，经过一段山峰蜿蜒盘旋的公路，我们到达三峡大老岭。匆忙地吃过午饭和安排住宿后，便去办公楼参观山内野生动物标本，然后参加了一场"七十载林业草原故事"生态文化为主题的座谈会，请来的都是林场建设初期第一批从社会招来的知识青年，当年最小的只有十四岁，而今他们均是古稀老人，他们叙说当年艰苦奋斗的经历，他们的事迹深深地打动和感染了我们，这就是我们在写作中"不忘初心，牢记使命"的精神动力。直到天色暗淡下来，我与于卓意犹未尽，希望能够更深地挖掘素材，两位介意光线的摄影家回来时，我们还不忍心离开会场。

晚饭后，两位摄影家与大家约定第二天一早去海拔 2008 米最高峰的云顶去看日出，这主要是为了满足摄影家的需要，但却得到了大家的一致响应，而我与于卓都有些犹豫，我们作家的作息时间与他们不同，能贪黑但不愿起早，可在杨玉芳处长的督促下，我们只能含糊地表示，一定争取起来。

不知是不是几天的采风经历一直处于兴奋之中的原因，躺下准备睡觉后，辗转反侧怎么也睡不着，都到了下半夜 1 点多钟了，还是大睁着眼睛。我索性起来打开电视看一会儿电视剧，果然有了奇效，索然无味的故事情节使我困顿起来，很快便昏睡了过去。

我是被楼上的响动惊醒了，拿过手表一看，时间才刚过 3 点，其实楼上的声音并不大，我只是对声音太敏感。我们住宿的这个楼是为解决职工困难盖的住宅楼，后因产权一类的问题，改成了如今用途的宿舍。在我楼上住的是摄影家冯晓光老师，我估计他面对大老岭的美景，一定兴奋得"孤枕难眠"，所以这么早地起来准备设备。

我被冯老师的敬业精神所感动，已再无睡意，拿过大老岭保护区领导赠送给我们的资料和以这里创业者为原型的小说《十四的森林》阅读了起来，一直到了凌晨 5 点，听到冯老师悄悄出门，我才放下图书资料，穿着整齐，出了房门，下楼发现于卓老师的房间门庭洞开，房间的灯光照亮上下楼梯，我进屋询问才知，他如我一样，为了能够观赏日出，几乎整夜未眠。

到了楼下，却独独缺了昨天还在发号施令的杨处长，我们看到她的房间漆黑一团，有些不忍心惊扰她，杨主任却执意电话打过去，杨处长用慵懒的声音告诉他还没起床，若起来梳洗打扮，恐会耽误我们观赏日出的最佳时间，无奈之下，我们只好乘着夜色，向云顶方向出发。

到了云顶，天色暗如锅灰，只能苦苦等待，这一等竟等了近一个小时，杨主任自我埋怨，后悔没有坚持叫起杨处长，一再为杨处长没能观赏到日出而惋惜。看到天已渐白，两位摄影家选择了不同角度的位置，守候着太阳出现那一刻的到来。

天幕渐渐拉开，开始放亮，红日便从山峦之间一点点地爬升上来，它并没有想象中的那么伟大恢弘，只如鹅蛋黄一般，但这丝毫没有影响到我们高涨的情绪，红日在我们欢呼雀跃中升上了天空，第一缕阳光为重峦叠嶂的群山峻岭洒下一片金黄。

站在高高的云顶瞭望塔极目远眺，我才意识到，其美景并不在于旭日，而是在它普照下的山川河流和草木葱茏，在晨曦缓缓展开，犹如一幅大美的山林画卷。

当阳光把大地照亮，摄影家耿大鹏老师仍意犹未尽，继续寻找新的亮点，他很快找到了云顶峰下的吻别石进行拍照。我们虽然已经看到这个方向的标牌上所写的吻别石，并没有看出有什么特别，可经摄影家的拍摄后，便非同一般了。他兴奋地指着拍摄下的画面，为我们解释画面中所呈现出的故事，他不仅看到了两人吻在一起的唇触处，还看到了男性搂过女性腰部的那只手，更不可思议的是他看到站在一边第三者愤怒的眼神。

他的讲解趣味十足，想象堪比《西游记》，让我们两个作家望尘莫及，羞愧难当。特别是当我们收起行囊，下山路经情人湖，又被情人湖边的情人树的故事所打动，这里的故事确如耿老师所描述的那样一脉相承，真就出现了与两棵情人树遥遥相对的山上的第三者，而导致了另一棵情人树的死去，多么凄美动人的爱情故事，自然界所赋予的写作素材，是我们作家取之不尽用之不竭的源泉。

回去吃早饭时，我们刻意炫耀了取得和发现的战果，这让杨玉芳处长艳羡不已。随后，我们去了原始森林，走山路、穿密林、迈沟坎，这里的自然景色没有被搅扰，常年的植被葱郁，泉清林密，还都保持着原生态，可惜是没有看到保护区领导所说的动物来"打招呼"。

从原始森林出来，又去观赏大老岭的五指山，这与以歌曲所闻名的海南那个五指山有所不同，它更别具特色，它的五指呈白色，并有鲜明的轮廓，五指之间清晰可辨，似灵活地摆动，似"引无数英雄竞折腰"，它让我们放飞出想象空间，大自然的魅力在这里得到了真实的体现。

于卓这位以时政小说为主创的"文学大咖"，在告别离开大老岭时，仍旧有些恋恋不舍，强烈要求再次过来体验生活，绝不是像这样浮光掠影，他坚信自己一定会写出一篇经得起时间和历史考验的林业人的优秀作品。

青山绿水，我们走在大路上

我们的车辆驶离大老岭，并没有按原路返回，两位摄影家难免有些失望，因为他们错过了长江三峡的拍摄，可这丝毫没有影响到他们的热情。我们在返回武汉的途中，大家兴趣盎然，一路的欢声笑语。此次采风即将结束，但采风故事异彩纷呈，彼此之间已结下深厚的友谊。

湖北省采风的几处具有原生态特色的自然风光，突显出地域性的人文景观，撩人心魄，让我们挥之不去，流连忘返。我终于明白林业人此行安排的用心良苦。这次采风的一路出行，有山有水有江河，有植物有动物，更主要的是有人物。虽以点带面，却有着"窥一斑而知全豹"的生态环境全覆盖之效果。

"绿水青山就是金山银山"将赐予我们大自然的魅力，让天更蓝、山更绿、水更清、空气更清新，让我们一起来精心呵护天地之间的色彩之美、自然之美、生态之美、发展之美。

青海湖畔羚羊跃

张华北

寒露过后，青海的秋意已与初冬景致相接。一场小雪，已覆盖了山林、路旁、水畔，排排杨树上杏黄叶片依恋着树枝那一点温馨。黄刺蓬蓬有些暗红，遮蔽了山间不该裸露的地方。偶见山林一片桦树，也在雪地的背景里现一坡灿烂的黄。湟水由大山里流出，带着山林的洁净，带着大山的情怀。

月亮湖旁的小山，并不以它的低矮为之自卑。半山已被植被笼罩，矮小的伸开细枝的旱柳、依然有着绿意的黄花棘豆、蓬松的沙蒿占据着各自的领地。最出色的俨然是沙棘，小叶尚绿，小果已熟，红的、黄的，密密地一团团拥挤在枝干上，如珍珠之圆润，也有玛瑙的奇彩。雪在草棵下积成一块一片。小山顶被薄雪铺满，有先行的鸟儿留下足迹。沙丘上风将沙面雕琢成均匀弯形的波浪纹。下望，湖水蓝盈盈，深棕色的湿岸与湖水配合成绝美的色调。羊群在湖畔草地上散开，草地萎黄里尚有依稀的绿。青海湖边，还未去太阳湖、芦苇湖，已被宏阔的青海湖吸引。湖水湛湛，湖水潺潺，延绵的祁连山已被第一场雪温馨地封住，逆光把湖水摇出碎银、沙金，蓝天、雪山、碧水组成一幅高原湖山绝美图。远远地，可见海鸥群在飞舞，赤麻鸭群、鸬鹚群在浩瀚的水面很难辨认，如蚁群点点，在水面慵懒地任其漂浮。

青海湖，世界第二大咸水湖，中国最大高原内陆湖，面积4500

平方公里，上百年来湖水在生态的变迁和保护中下落与上升，保持着高原明珠的荣耀。如从空中俯瞰，大湖又犹如一尾张口的大鱼。湖中是有鳇鱼的，那鱼在高寒的水域里缓慢地生长，珍贵得成为高原湖中神圣的精灵。

每年盛夏之时，是青海湖最美的季节。湖水周边150万亩草场一派碧绿，油菜花为大湖镶嵌上金黄花环。牛羊悠闲地在花草中或行或卧，骏马在湖边或随人漫步，或载人缓行。晨曦里，普氏羚羊悄悄潜入草场，低头吃着颤动着露珠绿草的尖梢，吃草的速度越来越快，那些绿色的黑色的围栏在四周监视着它们。太阳把东方天际照得越来越亮，慢慢在山头露出木讷的面孔时，大队的羊群已在不远处匆匆而来，马背上的女子跟在后面，还有一条威猛的黄狗。普氏羚羊的头羊向湖边快步走去，羚羊群蜂拥而去。赶紧离开这片已属于人类的草场，普氏羚羊是在艰难中生存着。

其实青海湖畔自古就是羚羊的家园，它们曾经在甘肃、宁夏、内蒙古、新疆、青海的草原上奔跑不息。在上世纪中叶，人类的家园不断扩展，人类对大自然的索取加大，普氏羚羊的家园越来越狭窄，新生的羚羊越来越少。广袤的草原上很难见到它们的踪迹，唯有这一片湖水周边的北部、东部和远离湖水的西部，还有它们在人类活动的缝隙里苟延残喘。

远在1875年，俄罗斯的普尔热瓦尔斯基带领一支考察队闯进了中国的大西北，这个广阔神秘的天地令这个探险家欣喜若狂。粗暴的枪弹猎杀了大批珍稀动物，"黄羊"与众多的标本成为他的研究对象。祁连山、青海湖的羚羊被冠以普氏的名号。普氏原羚，它们的天地是宏大的，但是它们的领地又是狭窄的，渐渐重叠在牧民的家园。上世纪80年代，牧民将承包的草原画地为牢，用铁丝网圈起了围墙，把草场分为牛羊群的夏季和冬季草场，根本没有普氏羚羊的份额。羚羊艰难地在围栏里吃一口草，要回避人类的排斥，提防狼群和狐狸的追杀。羚羊本是草原上奔跑的精灵，围栏却成为它们难以逾越的屏障。

当它们飞越屏障时，体弱者腾飞的高度稍低，被无情的铁丝挂刺挂住了它们的毛皮，可怜地倒挂在刺丝上，挣脱往往是徒劳的，直到耗尽一丝气力，闭上一双美丽的眼睛。生性残忍的狼露出獠牙追逐羚羊，围栏里每小时80公里的疾驰并不能逃脱狼锋利的血爪，原羚疾驰不会超过10分钟，口中出血也是致命的伤害。普氏原羚在被命名时有50万只，命名后的100年间被人类贪婪地扑杀，种群不足150只，普氏羚羊岌岌可危。

保护普氏原羚的责任责无旁贷落在保护区救助中心身上，吴永林这个土生土长的转业军人走进了青海湖畔，这一住就是19年。2003年8月，也是吴永林和同事最高兴的日子，世界第一头人工饲养的原羚"玲玲"产下了小原羚"陶陶"，从此这一濒临灭绝的原羚有了重生的希望。救护中心里，他一边学习知识，一边当起了兽医，原羚伤病残的治疗、驯养繁殖，渐渐，艰辛的工作把他逼成了一个专家。

踏着午后泥地上的积雪，向南一公里外是救助中心的草场。雪地上融化的水在土路上流淌，路上的草在雪中伸出枯黄草叶，不多时鞋与裤腿已被打湿。一个圈成的小围栏里，3只原羚在雪地里游走。见到人来并不躲闪远遁，两只羊跑到围栏边望着来人，期盼人们像吴永林一样手里有带来的食物。一副副期待的目光，绿色的围栏隔离了它们与人们亲近的距离。那只一岁成年羊在稍远处望过来，不久前在跳跃围栏时一只腿挂在了铁丝网上，挣扎中生生扭断了脚。是吴永林接到牧民的电话，赶到那里，把这只羊伤脚包扎带回救助中心。那只羊包着纱布站立起来，像平时一样向前奔跑了几十步，歪斜的身子使它沮丧地卧在草丛，惊恐地望着救助它的人。如今它的伤已经愈合，已能靠断脚支撑行走。一只原羚当时刚刚出生两天，被牧民救起抱回家中，用奶粉饲养了三个月，被救助中心接回；另一只被救助如今已一岁半。路边一间蓝色小木房被雪围住，屋里一张小床，地上一个加热的电热器，床上放着记录册，留下每日观察的详细记载。

救助原羚，刻不容缓，上世纪80年代，保护野生动物的法规为原羚加上一张护身符。保护原羚，任务艰难，2008年至2012年，生存艰难的原羚每年死在围栏旁达到60至70只，令吴永林心疼万分。原羚跳跃围栏也只在1.3米以下，狼与狐狸追捕原羚频频得手。吴永林等动员牧民降低围栏，从1.5米降低到原羚能够腾跃的高度，去除带刺的围栏。协管员尖木措带头拆除围栏，每日早早将自家羊群赶回家，给原羚让出草原。许多牧民像他一样加入到保护原羚的队伍。吴永林和同事们走进牧民社区，走进小学校、走进牧民的家，一个个动员会、培训会，一份份宣传品、乡土教材发到牧民、学生手中。

对原羚来说，毕竟鸟岛的生存环境太艰辛了，青海湖加大保护，生态环境得到改善，水位由1961年的3192米上升到2016年的3196米，水体扩展了170多平方公里。这4米多的水位缩小了鸟岛原羚的栖息地。于是救助中心成立后，展开了一场围捕原羚的行动，39只原羚一只只被送到救助中心，给它们一个安全的家。这里原是废弃的农场，放眼看去，房屋遗迹、高低不平的土地、高大茂密的芨芨草和野草成了它们自由的天地。原羚看见了走来的人们，群起向西奔跑，稍作停顿又跑向东，再向北，站立在稍高处向这里张望。这里是原羚最佳的繁殖地，2018年繁殖了12只，2019年又有12只小原羚出生。2015年以来，已有30余只小原羚诞生在救护中心。

原羚是十分漂亮的动物，雄性有角，雌性无角。雄性黑色的角上有年轮般一道道突节，角向上仰起，两角尖弯曲优雅地内合相对，散发出油亮的光泽。体毛浅棕或土黄，肚腹、四肢内侧又都是白色。短黑尾两侧的臀部是一个心形的白臀，当它们受惊奔跑时，白臀张开，俨然白色盾牌。

每年11月深秋，是原羚们恋爱的时期，雄羚要获得雌羚的青睐是需要搏斗的。草原上，两只雄羚凶猛地顶仗，犄角在空中扬起，前冲猛烈地碰撞。斗败的原羚落荒而走，胜利者还要继续新一轮的决斗。最后的胜出者才能获得对一群母羚的交配权。

7月和8月，是母羚临产的季节。吴永林在草场上搭起了小小的帐篷，日夜守候着这群原羚。母羊生产，也是母羊最脆弱的日子，要防止狼和狐狸的偷袭。白天，吴永林在草地中巡查，夜晚帐篷里亮起手电，写下巡查的记录。

在中午温暖的阳光下，一只母羊躲进深深茂密的草丛里，它在安详又警觉中将小羊生出来了，母亲舔干净小羊身上的衣胞，舔干净草上的痕迹，不给狼狐留下一点羊的遗味。阳光晒干小羊的脊背，小羊颤颤巍巍站立起来，纤细的四只腿向四面撑开。嘴在母亲身下寻找着那个鼓胀的奶头。当第一口奶流进它的喉咙，它从母亲那里焕然间得到了力量。它慢慢站稳了，向四周看去，开始认识这个充满勃勃生机也危机四伏的世界。十四个原羚活动区域，有了定位监测点，像编织起一个巨大的保护网，每日监测着原羚的活动。

原羚的生存根本是草场和水源，冬季的青海湖，零下三十摄氏度的坚冰把湖水封成了铁甲，干渴的原羚无法把湖冰融化成水。保护区人拿起冰镐凿出一个个冰窟，用黄土撒出一条条防滑的小路，爱原羚，就应胜过自家的羊群。盛夏，游客蜂拥而至，许多垃圾被丢弃在践踏的草原，塑料和一些垃圾发现在死去的原羚肚腹中，饥饿的原羚无力辨认死亡的威胁。保护区人义务捡拾垃圾，还草原一个洁净的世界，成了人们的共识。每年，吴永林和他的团队都要围湖调查，在那365日的轮回里，那365公里的遥远草地，常常是他们一步步丈量过来。在暴风、暴雨、冰雹里奔走，在雪花纷飞的草地上疾行。

其实大自然有着自我修复的能力，草原上动物的食物链无比精致和脆弱，狐狼、原羚、鼠兔、鹰隼，遵循着自然的规律。人类的力量中断它们的食物链，自会引起动物的危机。

雪地路上，吴永林不时蹲下身来，在雪地上画出简要的图形，解释着原羚的群体和特性。这里的原羚如同是自家的家畜，他可以走进它们的群里，亲切地抚摸着它们。原羚也会依偎在他的身边。身边高大的小王，2011年走出校门便走进了青海湖，作为吴永林的助手，他是荣幸和自豪的。吴永林说：小王来了，保护原羚的事业，我也有了接班人。2016年，吴永林获得中国斯巴鲁生态保护奖，这是对野生动物保护者最高的荣誉。

午后的青海湖更加深蓝，白云依旧稀疏地散漫开来，湖对岸的雪山白雪皑皑，在湖水上方如一条云带。湛蓝的海水、棕黄的沿岸、错落的绿树、洁白的雪原。栈桥上，游人与云集在水面的海鸥互动，海鸥将人们扔出的面包屑瞬间灵巧接住，或干脆从人们指尖上飞快地啄走。海鸥此起彼伏，在水中稍稍歇息，倒映出扬翅的飞姿。时而又腾起与人们嬉戏，或飞越人们的头顶，伴着尖厉的叫声。近水是清澈透亮的，可见水底被绒绒的水藻包裹的石块，水底的浪涌动着绿色。不远处的小石岛，落满几十只鹭鸶，时有飞起几只，引起一阵躁动。湖水逆光中蓝里亮色，是雪山闪亮了湖水的蓝。岸边浅水洼，几十只疲倦的海鸥站在水中，头一律向西，享受阳光的恩赐。20多只斑头雁，或趴或立，在乌黑的泥地上投下身影。斑头雁是最顽强坚韧的大雁，它们每年迁徙季节，都要大批飞临青海湖，然后向南再向南，勇敢地飞越喜马拉雅山。虽然以大批的死亡为代价，却矢志不渝南行北顾，生生不息。每年黑颈鹤会飞临这个巨大的湿地，这里也是它们的家园；入冬，浩浩荡荡1500多只大天鹅溅落在湖中，为这个高原圣湖增添了生机。

向北，水岸弯转着向湖中伸出一条土岸，如一把利剑刺进湛蓝，这是二郎剑名称的由来。游船划开深蓝的水面驶向二郎剑的二码头。站立在那岸上北望，不见遥远的山峦，湖水在风中涌动起浪花，如一片巨幅的蓝绸。湖岸沙滩上，大群的鹭鸶站立在雪白的浪花前。湖水蓝得炫目，白云低垂，让湖蓝的地平线清晰地划在天际尽头。岸边，秋草萎黄，甘青铁线莲花的绒团挂满草梗，不愿被风随意领去遥远的地方，它们留恋着这一片土地。

青海湖这个高原的聚宝盆向天承接着甘霖，汇聚着山峦流下的清泉，滋养着8种鱼类，滋养着周边289种鸟儿、49种兽类和两栖动物，还有445种植物。此前8月的一天，吴永林与同事走进了大湖北岸，坐在一尺多高的草丛里，倾听着鸟儿的鸣唱，上千只原羚在他们周边跑过，那是原羚们在繁殖地上快乐的时光。

青海湖人有着美好的心愿，建成一个国家公园的梦想正在规划中。

青海湖人在设计着青海湖的未来，这里不再有围栏挂住飞跃的原羚，这里的原羚徜徉在鲜花盛开的原野，这里的原羚在草丛里奔跳着为天南海北的游人炫舞，在百鸟的喧鸣里把美丽的弯角露出草尖。

原羚在人类的呵护下，已开始加大了种群的数量。每年以300多只的数量增长着，2016年原羚突破2000只，2019年升至3000只。原羚比珍稀的藏羚羊还要珍稀，比珍贵的大熊猫还要珍贵。如果说，鳇鱼是青海湖水中的精灵，那么普氏原羚则是青海湖畔不可或缺的陆上精灵。

夕阳西下的速度在雪山上放慢，迟迟地不肯下滑。也许，原羚是太阳疼爱的子民，愿意它们在草原上扒开雪地多吃一会草，在夜晚来临之前多一阵的奔跑。

回首救护中心那片5000亩偌大的草场，仿佛再现着一个个场景：吴永林身穿迷彩服，怀抱着的小原羚，急急地吸吮吴永林手中的奶瓶嘴，奶液滴在他的蓝色工作裤上；草场上吴永林一手一个奶瓶，两只小原羚分别喝着奶汁，脖子向前伸得直直；两只小羔羊安详地躺在吴永林和同事怀中，窗户上挂着的药瓶悬下的输液管插在了小羊身上；那青青草原上，母羊回身伸出舌头舔着小羊脊背，小羊舒适地望着前方，吴永林正在举起相机拍下母子情深的一瞬。

美丽的青海湖，中国最大的内陆湖，明天你又会迎来一个美好的清晨。

火烧沟的火烧云

叶宏奇

起

谢静万万没有想到，自己的人生会被几座山一片林牵绊，最终牢牢地锁定在火烧沟的荒山野岭，动弹不得！

她曾反复想象自己，还有父辈祖辈跟火烧沟的关系，脑袋想炸了，也没理出头绪——那里曾经是宗喀巴大师的牧场，曾经是一片森林茂密百鸟云集的祥和之地，曾经有过暮鼓晨钟绕梁的寺院和鼎盛的香火。可这些，跟她有什么关系呢？当赤红的火光将高原的夜空燃烧成滚烫的炼炉，刚打了个盹的值班天神慌忙命令正在青海湖修行的神龟前往灭火，结果，因火势过猛，加之神龟道行尚浅，却又自视过高，被活活烧死，化成了一座山，就是如今的神龟山！这是谢静唯一能跟火烧沟关联起来的过往，还是儿时听奶奶讲的故事。

难道就因为听了一个传说中的故事，就需要用一生的时间去改造去守候去牵挂吗？在没有走进火烧沟之前，火烧沟在什么方向，距离西宁城区有多远，谢静都不知道。

她生在这座城市，但她不属于这座城市。

谢静很小的时候，就跟着奶奶在外地长大，之后一直在北京、成都开工厂，做贸易，成就了一番事业，赢得了许多赞誉，并琢磨回报桑梓，把生意做回西宁。

自汉武帝设置西宁亭之后，西宁一直是唐蕃古道、丝绸之路的必经之地，是世界上海拔最高的城市之一，更是青藏高原最大的城市。穿城而过的浩浩湟水，南北山繁星一样的花草，蔽日的林荫，极目可见的雪山，构成了城市旖旎的风光，也滋养和庇护了城市生生不息的历史，素有"夏都"美誉。然而，由于天灾人祸，南北山荒芜了，花草树木消失了，本就稀薄的土壤随着雨水流进了湟水，湟水成了"黄水"；沙尘暴经常肆无忌惮地光顾城市的街道和楼宇，人们的呼吸变得粗糙而压抑；年平均降雨量日渐稀少，干裂的土地让生命的光泽黯然失色……面对日益恶化的生态形势，1989年，青海省成立了西宁市南北山绿化指挥部，以省直市直机关分片包干的形式，开始了声势浩大的绿化造林工程。一些离退休老干部，甚至卷着铺盖住进北山，誓言要用余生的温度，焐热嶙峋的怪石和脆弱的山体，让它们重新披上绿装，焕发生机。像已经长眠在北山的原副省长尕布龙，把孙子从上海召回来接替他种树的原国税局副巡视员李成基，他们的名字和在北山抒写的传奇，已随着长势旺盛的树木，镌刻在了悬崖峭壁之上，成为人们追慕和景仰的永恒星座。

　　虽然叫南北山绿化指挥部，但跟打仗一样，兵力就那么多，弹药就那么点儿，只能重点突破，一个据点一个据点地攻克。因此，在快速占领北山的同时，南山的进攻速度相对比较迟缓。加之资金短缺，再巧的媳妇也做不出无米之炊啊！

　　于是，引入社会资本，鼓励民间力量参与到植树造林中来，成为绿化南山的一种不错选择。

　　谢静就在此时出现在故乡的大街上。刚刚三十出头的她，皮肤白皙，身穿黑色套裙，一头飘逸的长发自由自在地披散在肩上，自信的目光在高跟鞋有节奏的韵律中，审视着脚下的城市。在她看来，城市不单是用来工作和居住的，还是用来阅读欣赏和思考的。西宁，应该是一座值得思考的城市。

　　仿佛是一种宿命，又仿佛是一种偶然，这次归来，已注定成为她生命的拐点，将她彻底融进了故乡的土地，再也不能分割！

承

在朋友的推荐下，2000 年，谢静大大咧咧不假思索地签下了位于西宁城西区南山 5000 亩山坡的绿化承包合同，为期 50 年，并且承诺，一年就让光秃秃的荒山绿起来。

一万年太久，只争朝夕。

其实，对于 50 年这个概念，在谢静心里，是一缕模糊得几乎无法触摸的光，但她愿意有这样一缕影影绰绰的光，摇曳在生命通道的暗处，让所有走向遥远的脚步，感受到光的永恒。

从来就顺风顺水的谢静，完全没有想到，自己接过来的，根本就不是一座荒山，而是一片无边无际的苦海！

当她驱车来到南山脚下，还没到承包地，路就没了。她只得徒步朝里走。然而，从城里运来的垃圾不但已经把沟谷填平，还把唯一的一条羊肠小径也埋没了，几个放学回村的孩子正一手捂着鼻子，一手轰赶着飞舞的苍蝇，吃力地翻越垃圾山。谢静停下来，怔怔地望着孩子们瘦小的身影渐渐消失在夕阳的余晖中，一种无法言说的情绪从心里泛起，眼睛不由自主地潮湿起来。她咬牙呼吸着弥漫在空气中的腐烂气味，努力压制着肠胃的翻江倒海，沿着孩子们走过的路，来到山下，第一次真真切切地看到了属于自己的荒山——不看不知道，一看吓一跳，她倒吸了一口凉气：这就是传说中的火烧沟？传说中的宗喀巴牧场？漫山遍野的白色塑料袋，在已经昏暗的阳光下泛着灼眼的白光，山风吹过，塑料袋像海浪一样汹涌起来，在空中翻卷冲撞盘旋，有的落下山谷，有的飘向更高的山峰。

如果不是亲眼目睹，一定会把它跟远处的雪山混为一谈！

直到这时，谢静都还没有意识到正一步步向自己逼近的挑战。

当挖掘机轰轰隆隆开进火烧沟，准备将堆积了多年的垃圾山清理填埋，为进山修筑一条公路时，有个村民突然横在道上，索要买路钱！谢静很长时间没有反应过来，既没占他家的地，也没损他家的房，修路不光为了植树，也是为了方便沟里的村民进出啊。难道垃圾山散发的熏天恶臭还不够肮脏？难道孩子们稚嫩的心肺承受的熏烤还不够严重？难道平坦宽阔的公路，还不如雨天一身泥晴天一身灰的山间小道走起来畅快？

谢静匆匆赶到现场，好话人情话说了几大筐，挡道的村民就是寸步不让，还骂出了一连串的脏话，当场就把她气得晕头转向了。在城里长大、从小养尊处优的谢静，哪里见过这样的招数啊？她有点发蒙。

但跟后面发生的事情比起来，这不过是一点小麻烦，相当于被蚂蚁咬了一口。

为了践行"让南山一年绿起来"的诺言，她风风火火跑到宁夏，订购了一批国槐和白蜡，都在一米五以上，只要成活，南山当年不就是一片恣意汪洋的绿色海洋了吗？

毫无植树经验的谢静过高地估计了自己，过高地估计了南山贫瘠干涸的土地，过高地估计了树苗的生存能力。价值四百多万的苗木运抵火烧沟时，她连种树的工人都没有找到。眼看翠绿的枝叶在炙热的太阳烘烤下，正渐渐失去健旺的绿意，谢静心急如焚，跟热锅里的蚂蚁一样团团乱转。

谢天谢地，驻西宁的武警部队得知消息后，及时伸出援手，火速驰援火烧沟。谢静终于喘了口气！

部队离开的头一天晚上，谢静一夜未睡。她效仿小时候在电影上看到的群众送别亲人解放军的情景，在山下临时搭建的铁皮房子里架起大铁锅，一锅一锅地煮鸡蛋，然后5个1袋，一共装了500袋！第二天一早，她早早地来到路边，等待战士们启程，将还散发着热气的鸡蛋，一袋袋塞进那一双双粗糙的大手！

送别的过程，谢静一会儿在笑着，又一会儿在哭着。献上亲手煮熟的鸡蛋，是姐姐唯一能够表达心愿的方式。对那些羞涩的士兵兄弟，谢静不断地重复着这句话！

战士们的背影消失在她的视线里，挖坑搬运树苗浇水的场面，却永远留在了她的心中。近 20 年过去了，至今回忆起来，还历历在目，宛如昨日。

<h1 style="text-align:center">转</h1>

谢静的承诺没有变成现实，种下的树死了个精光，一棵不剩！

望着满山枯干的树苗，她欲哭无泪，万念俱灰，当初签合同时的勃勃雄心荡然无存。

谢静第一次尝到了失败的滋味，第一次明白了命运对她并不都是眷顾，第一次感受到了高原天气的变幻莫测。那一缕摇曳在生命通道暗处的光，几近熄灭。她跌进了冰窟窿，彻骨的寒冷让心脏就要停止了跳动，血液就要停止了流淌，她感觉自己很快就会窒息而亡。

白天，她把自己关在家里，拒绝朋友的看望，拒绝亲戚的安慰；晚上，才衣衫不整地走出家门，到湟水边，到火烧沟下，坐在冰冷的石头上，呆呆地看月亮从东边走到西边，看星星由亮到暗，直至隐去。有几次，她跌跌撞撞地爬上坡，扶着一棵棵枯死的国槐，把脸贴在上面，脑子里萌生了也将自己的生命枯萎在坡上的念头。

一个多月时间，她几乎不能睡觉，一闭上眼睛，脑海中就会出现漫山遍野已经死了，却还站立在那里的树苗。它们依旧在风中沙沙作响，依旧在雪中傲然挺拔，依旧在烈日中遮挡出一片阴凉，不同的是，已经没有了生命的驿动。

一个多月对人生太短，对谢静却实在太长。这一个月，她经历了折磨，经历了自省，经历了意志和身体的对抗，直至浴火重生。这一个月，她明白了在南山植树，需要先挖壕沟再挖坑，坑的深度不能低

190

于一米。壕沟用来蓄水，树苗下种前，要在坑里先填近一尺厚的土。要乔灌结合，灌木防止水土流失能力强大，还要随时浇水……

谢静又想起了小时候听过的火烧沟的故事。她不能做那只道行尚浅的神龟，她要站起来，走出去，去履行自己签下的合同。那上面的每一个字，不光是对甲方的承诺，对南山的承诺，更是对自己的承诺！

修路、建蓄水池、铺设管道，谢静简单地盘算了一下，需要一笔不菲的经费。

她毫不犹豫地卖掉了在北京朝阳的门面，卖掉了在西宁的住房，谁阻止都没用。朋友们问她是不是疯了，她回答是，也不是。

倒霉的运气没有因为她重振信心而放过她。

因为急于用钱，在西宁的住房售价比市场价低了几十万，条件是给她几个月找房的时间。但合同一签，买方就背信弃义，逼她赶紧搬家。谢静不相信是真的，但她没有争辩，收拾了一些日常用品，跟平常出差一样，拉着行李箱，毅然决然地走出了已经属于别人的家门，成了一个无家可归的流浪汉！

她拉着行李箱在小区里踽踽独行，尽量把帽子往下拉，挡住自己的眼睛，挡住自己的鼻子，不要让那些熟悉的阿姨和孩子认出自己。尽管这样，还是被一个眼尖的孩子看见，拦住她，问她又要去哪里出差？什么时候回来？回来一定要跟他一起捉迷藏。无数酸楚在谢静心里交汇，不争气的泪珠在眼眶里不停地打转。她强忍着，给孩子送去一脸微笑，热情地亲了一下他飘散着乳香味的额头，犹疑地点了点头。

夜里，谢静躺在租来的一间半地下室的窗户前，皎洁的月光从半边窗玻璃上照进来，将空荡荡的屋子挤得满满当当，仿佛要把她托起来。身边那只孤零零的拉杆箱，就像一条忠实的老狗，守护着她，告诉她，现在，它就是家，它在哪里，家就在哪里。联想起自己在短短一年多时间里，从人生巅峰跌落到低谷的过程，她百感交集，眼泪终于忍不住夺眶而出，索性放开哭起来。这一放不打紧，长期压抑的委屈失败郁闷伤痛竞相喷涌，像决堤的湖水，倾泻而下。

时隔十几年，谢静讲起这段往事，还禁不住哽咽抽泣。

的确，能像她这样不被击垮，击垮了也不认输的人不多。

第二天，西宁刮起了入春以来的第一场风沙，车辆打开了防雾灯，站在公交站牌下的行人纷纷戴上口罩，双手使劲摁住被风撩起的衣服，躲避着不时吹来的塑料瓶香烟纸和饮料盒。谢静带着公司人员来到南山，像一棵棵刚扎下根的树苗，被吹得摇来晃去，吃力地朝山顶攀爬，开始了紧锣密鼓的新的规划设计。

她坚信，南山一定会接纳她，喜欢她，赐福于她。她也会还南山一片森林，一片美丽，一片故事中那场大火以前的苍翠葱茏。

合

雨是从半夜开始下的，淅淅沥沥持续到第二天下午，让人混淆了是在高原还是置身江南。西宁人说，这样的天气过去是罕见的，但现在越来越寻常了。西宁的年平均降雨量在最近几年差不多翻了一番，也许跟南北山绿化成功有关吧，谁知道呢，老天的事？但南北山不仅被葱郁苍劲的树木覆盖了，还被奇花异草点缀了，一度消失的飞鸟和走兽，重新回到了曾经荒芜的家园。城里人也有了感受和欣赏季节轮回的去处！

正值深秋，谢静的南山已是层林叠染，秋意正浓。云杉、油松、青杨、沙棘、柠条、柽柳和开得正旺的金雀花、野葱花铺天盖地包裹着连绵起伏的崇山峻岭，让人根本无法回到十九年前的场景。

雨过初霁的阳光从云缝里奔涌出来，十分铺张地洒在沟壑纵横的山坡，把黄绿相间的树叶映照得熠熠生辉；地面升腾的水雾，在低洼处汇聚成一个个白色的雾团，互相拥挤着，推搡着，冲撞着，像一群顽皮的羔羊在嬉闹。

沿着蜿蜒曲折的盘山公路走走停停，谢静滔滔不绝地介绍着那些已被她"点化",赋予了浓重文化气息的山岭:神龟山、蝙蝠山、鸳鸯谷、元宝山、喜鹊台、九龙山……就像介绍自己的孩子,身上有几颗痦子,哪里有不小心磕了绊了留下的疤痕,一清二楚。如今的谢静,已经不再是当年那个鲁莽和容易冲动的年轻女子了,但她感谢那时的鲁莽和冲动,否则,或许就不会有今天的南山!

山风吹来,清爽入脾,树叶的哗啦啦声像泉水一样从坡上流过,摇曳多姿的金雀花开得正盛,无数蜜蜂在花丛中翩跹起舞。谢静站在观景台上,皮肤黑了,头发枯黄了,还长出了些许银丝。岁月的风霜在她脸上刻下的道道划痕,就像裸露的树纹,记录着年轮的流转和沧桑。身上半新的运动装,早已没有了往昔的纤细,但她更沉稳,更睿智了。她拢了拢被吹乱的头发,用慈母般的目光打量着脚下的南山,打量着火烧沟,话语间充满了爱怜,充满了自信。

这一生,做成这件事,知足了。谢静这样评价自己。

一群鸟雀被行人的说话声和脚步声惊起,飞向乌云升腾的天空,留下一片杂乱的呼啸。

在谢静沉入人生谷底,毫无边际地挣扎彷徨的时候,青海省和西宁市两级政府,以及社会各界,先后向她伸出了援助之手,每一次,都是雪中送炭,都是爱的传递和积蓄,让她感受到了流遍全身的温暖,感受到了僵硬的关节被渐渐融化的舒畅。她,没有被爱抛弃,始终被爱围绕着。

"马穿山径菊初黄,信马悠悠野兴长。万壑有声含晚籁,数峰无语立斜阳。棠梨叶落胭脂色,荞麦花开白雪香。何事吟余忽惆怅,村桥原树似吾乡。"

这是宋代王禹偁的《村行》,当然不是写西宁写南山,但放在此情此景的火烧沟,倒也有些异曲同工的妙趣。

乌云在翻卷一阵后最终没有形成雨雪,蜕变成了傍晚斑斓的火烧云,铺陈在秋色盎然的南山北坡。从远处眺望火烧沟,谢静和她的山林笼罩在透明的五彩霞光中,如梦似幻!

杂多，你不知道的地方

叶宏奇

杂多的地理

杂多在哪里，你不知道，我也不知道。要说三江源，说中华水塔，就都会恍然大悟，哦，青藏高原，但仍然不知道杂多的具体方位。

在我国 2851 个县级行政区划中，杂多既像一个稳重的老大哥，又像一个活泼可爱的小弟弟，默默地站在自己应该站立的地方，偶尔搞点顽皮的小动作，制造一点惊乍。

从地图上看，杂多地处青海省南部，位于唐古拉山北麓，与西藏昌都那曲接壤，隶属玉树藏族自治州。从资料检索上看，杂多地势西高东低，平均海拔 4200 米以上，年平均气温为 0.5 摄氏度，面积 3.5 万平方公里，人口 3.4 万人，以藏族为主，占 99%，是纯牧业县，主要放牧牦牛、绵羊和马。从现实中看，杂多以高山和谷地为主，许多大山终年积雪不化，不适宜农作物生产，粮食、蔬菜、水果基本靠外地运输。工业为食品加工，牧民收入来源主要依靠牧业和每年一季的虫草采挖，不算富裕，但百姓幸福指数高。

藏语里，杂多意为河流密集的地方，是中国虫草第一县，所产的冬虫夏草以"体大质优"享誉海内外。

当然，这些都不是你能够记住杂多的主要原因！

你应该记住的是，杂多，是澜沧江源头。

澜沧江发源于杂多县唐古拉山脉北麓的贡则木杂雪山，境内称扎曲河，自西北向东南横穿全县，到西藏昌都纳昂曲后，始称澜沧江。进入云南德钦拐个弯，向南流出国境，就是著名的国际河流——湄公河。

你还应该记住的有：杂多，是三江源国家自然保护区的重点区域，境内有罕见的昂赛高山原始森林，有堪比美国科罗拉多大峡谷的昂赛大峡谷和比熊猫还稀少的雪豹，是雪豹之乡。

当然还有很多很多，说了你也记不住。

从玉树到杂多，我们一路走走停停。刚下过雪，绵延不断的雪山，在晶莹剔透的阳光下闪烁着耀眼的光芒。山下星罗棋布的溪流，把草场切割成无数形状迥异的草甸。虽然已是深秋，牧草已经枯黄，但浓郁的草香和迟开的格桑花，依旧让高山牧场别有一番沧桑的风韵。偶尔有成群的牦牛在草场悠闲地吃草，甚至跑上公路，像一个需要搭便车的旅人，不慌不忙地等待司机的同意。遇到这种情况，藏族师傅一般不会摁喇叭，而是耐心地等待，等到牦牛觉得无趣，自己晃晃悠悠若无其事地离开为止。走走停停的另一个原因是，沿途风光太壮美，太诱人：碧水蓝天，雪山草场，牛羊满坡，炊烟袅袅……大家渴望把它记录下来，留存在图库里，作为永久的记忆。当然也要发发朋友圈，让那些常年被雾霾和污浊空气困扰的朋友羡慕得眼睛冒血。

一只鹰在空中盘旋，一圈两圈三圈，显得很有耐心。突然一个俯冲，从草丛里叼起一只旱獭，绝尘而去，干净利落，毫不拖泥带水。当地司机告诉我们，鹰是草场的保护神，所以，藏族百姓都叫它神鹰。破坏草场的野兔旱獭沙鼠，都是神鹰的食物，有它们飞过的地方，野兔旱獭沙鼠就只能老老实实龟缩在洞穴里，饿慌了才敢冒着生命危险，把头从洞口探出来，东张西望，在确定没有神鹰后，小心翼翼地偷猎一点食物。凡是有神鹰守护的地方，牧草就生长得格外茂盛！

牧草是牧民的生命，就像庄稼是农民的生命，也像我们即将要去的三江源，是人类共同的生命一样。

迎面走来一队佛教信众，是徒步去拉萨朝觐的。他们带着简单的行李，将一直沿着脚下一千多公里的路，翻山越岭，餐风宿露，一步一步走向心中那个最圣洁的地方，叩拜他们心中至尊至善的神。

才旦书记下棋

才旦周，土生土长的玉树人，典型的康巴汉子，是杂多县委书记，玉树州委常委，曾任可可西里自然保护区管理局局长，对那里生态遭到破坏后造成的严重后果有切肤之痛。2013 年就任杂多县长，后改任县委书记，提出了"留住青山绿水，守住壮美河山"的治县理念！

县政府食堂的饭菜很简单，很快就吃完了，剩下的时间就是聊天，听才旦书记讲杂多的故事。

杂多曾经一度被垃圾占领，百姓环保意识淡薄，环保处理设施严重不足。县城沦陷，雪山沦陷——县城的大街小巷角角落落，稍不留神就会踩上一摊污水，一片烂菜叶；进山采挖虫草的百姓，随手将矿泉水瓶、食品袋乱扔，天长日久，雪山之上，山沟之中，遍地垃圾，满目疮痍。

如果继续这样下去，杂多不可能为下游提供优质的水源，也不可能让国际社会相信"中国是负责任的大国"的承诺——红灯闪起来了。

才旦书记奔走在杂多的山山岭岭，走遍了每一个牧委会。当那台丰田越野汽车实在无法承受马不停蹄的穿越，趴下不动时，他基本厘清了杂多的雪山，杂多的牧场，杂多的河流，杂多的百姓最真实的追求和向往。

阴阳平衡，天人合一，是老祖宗留下的思想，也是人类顺乎自然、管理自然的最高智慧。

杂多也必须走天人合一、和谐发展之路。而且，这个理念与藏民族跟大自然相处的理念一脉相承。

杂多最大的优势在生态，最大的潜力在生态，最大的品牌也在生态。

这是才旦书记经过反复思考研究的结论。要验证这个结论，他走了四步棋，每一步，都见血封喉，立竿见影。

关掉了扎曲河边11个采沙场，使本已捉襟见肘的财政收入又降了一截，当然，河水的泥沙含量也下降了几分。

在学校开设环保课程，以孩子带家长的方式开展环保普及和接力，实行垃圾分类和集中处理。牧区的垃圾也由乡政府集中转运到县上处理。

每年五六月间虫草采挖季，百姓不单不再随手乱扔垃圾，还主动捡拾，将搜集来的塑料纸饮料罐玻璃瓶，分类装在编织袋里，等下山时一起带回家，交给乡里转运。

采挖季节结束的时候，一头头牦牛的背上，驮着的不光是收获的虫草，还有跟小山一样移动的垃圾。他们在茫茫雪域中，像一叶扁舟，摇荡着缓缓而行，为身后留下了越来越洁净的神山雪地。

牧草平衡。在三江源国家公园澜沧江园区管委会成立之初，有人提出了移民禁牧的想法，才旦书记认为不可取。当初美国建设黄石国家公园，将印第安人全部迁出，后来的事实证明，是一个严重违背自然规律的决定，成为美国人至今尚未痊愈的痛。

牧场需要牲口，跟牲口需要牧场一样，没有了牲口，草场就会丧失生机和活力，就会退化。适度放牧，对高山草场不仅没有危害，反而会促进它保持旺盛的生命力。在藏文化传统中，百姓对大自然始终充满了敬畏，对生活和财富的索取非常克制，因此，按牧场的承载量放牧，没有遭遇牧民的任何阻碍。

保护野生动植物。各乡设生态管护站，牧委会设管护分站，牧民组设管护队，每户设一名管护员。职责是对环境区内的山、水、树、草、湖和动物进行巡护记录，定期集中分析，集中解决发现的问题。

建立"人兽冲突基金"，每头牦牛每年交3元钱保险，如果被野兽咬死或吃掉，可以获得2000元左右的赔偿，减轻了牧民牲畜被伤害造成的经济损失。

四步棋走下来，杂多变了。

天还是那片天，山还是那座山，水还是那条水，牧场还是那些牧场，但天更蓝了，山更绿了，水更清了，牧场更丰沛了，藏羚羊、野牦牛、雪豹、白唇鹿、盘羊、棕熊、黑颈鹤、金雕等珍稀野生动物的种群和数量更丰富了，来投资和观光旅游的人更多了，在老挝、缅甸、泰国、柬埔寨、越南等流经国的声誉越来越好了——每年暑期，都有来自东南亚国家的学生前来参观考察，拜谒他们生命的源头。

在我们到达杂多的时候，英国BBC广播公司就在昂赛大峡谷跟踪拍摄雪豹等野生动物的生栖活动情况。世界，正在更多地了解和熟悉杂多。

俄索的郁闷

沿着扎曲河边蜿蜒曲折的公路，我们朝昂赛乡政府所在地进发。头上是怪石嶙峋的高山，脚下是水流湍急的扎曲河，公路十分狭窄，仅能容纳一辆小车通过，如果遇到会车，必须提前在一个地形相对宽阔的地方等待。有的地方还有垮塌的路面，给人有随时坠江的感觉。

这条路至今都是才旦周书记的心病。没钱是一个方面，主要是没政策，不敢修，就一直这么将就着，勉强维护着。前年雪灾，救灾物资进不去，生病受伤人员出不来，他只能把机关干部派下去，靠人背肩扛，一段一段地转移接应。

走了不到半小时，领队的干部停下来指着脚下告诉我们，一个月前，这里发生过一起严重堵车事件。大家觉得新奇，愿闻其详。虽然公路窄，但人少车少，堵车实在有点夸张。

原来，是一只棕熊从山上下来，不懂交规，在公路上玩耍，见了车也不避让，直至觉得无聊了，才漫不经心地爬上山。两边的车堵了好长一串。

走到一处漫山遍野长满藏圆柏的坡下，领队干部又把车停下来，说前天晚上巴登家的一只牦牛又被雪豹吃了。我们想象着那惊心动魄的一幕，想象着巴登痛苦的样子，然而，领队干部指着巴登的家，一脸若无其事，仿佛吃掉的不是一只几百斤的牛，而是一只虫子。他解释说，这种情况经常发生，大家都见怪不怪了。

然后，他在几棵圆柏围成的树丛旁站住，给我们讲述了一桩发生在2016年元月的故事。

6日一早，土登和巴丁骑着摩托车准备去县城置买一些生活用品，走到这片林地，他们同时听到了一阵粗重的喘息和痛苦的哀鸣。两人停下来，循着声音的方向察看，以为是谁家的牦牛晚上没有归圈，被野兽咬伤了。由于树木遮挡，他们决定走过去弄个明白。巴丁首先看见了在地上挣扎的动物，并拉着土登迅速后退。他紧张地小声告诉土登，像是雪豹。两人躲在一棵树后，镇静了一下被惊吓的魂魄，发现动物并没有蹿起来攻击他们的意思，才又慢慢地靠拢过去。

的确是一只雪豹，看样子伤得不轻：身上有几处被划破的口子，还在汩汩往外流血，当他们出现在它的身边，并用木棍小心地拨弄它时，雪豹也没有做出抵抗的反应，只是艰难地睁了下眼，继续大口大口地喘气。两人判断，雪豹是在翻越牧场铁丝围栏被划伤后，从岩壁上掉下来摔成这样的。

两人用手机拍下受伤的雪豹，然后小心翼翼地走过去，蹲下来，再次确认雪豹的确丧失了攻击能力后，伸手去抚摸它的皮毛，察看它的伤情，把它抱起来，用衣服包裹好，马不停蹄地送到乡政府。

乡里立即请来兽医给雪豹量体温，清洗伤口，进行消炎止痛处理，并连线了北京的野生动物研究专家，请求技术支援。为了让雪豹平安度过危险期，乡政府把它安排给责任心强、有饲养经验的牧民俄索。

根据专家的建议,俄索把雪豹养伤期间的生活安排得井井有条:一开始,雪豹伤情重,俄索就给它喂牦牛奶,把牛肉切成碎片,像喂养婴儿似的塞进它嘴里,每日两餐。等到它能站起来走动了,咀嚼功能恢复了,才改用大块牛肉。

雪豹在俄索的精心调理下,伤势日渐好转,体力得到了恢复,已经不喜欢被圈在一个狭小的空间,开始嚎叫,开始抓扒,企图回归大自然,回归能让它自由奔跑飞跃的雪山森林了。在与专家商量后,乡政府决定将它放归山野。

元月 28 日上午,乡政府在昂赛森林边举行了放归仪式,附近牧民纷纷赶来看热闹,跟雪豹合影留念。当俄索打开笼子,雪豹迟疑了一下,像是一种依恋,然后冲出去,飞身而起,越下一条浅沟,转眼消失在了茂密的丛林中。

短短 22 天时间,雪豹吃掉了俄索家一头牛。当然这不重要,重要的是俄索在后来的很长时间里变得有点神不守舍,经常独自来到当初放归的地方,希望能再次见它一面,看看它是不是长强壮了,是不是长高长大些了。然而,每次,俄索都满怀期望而来,郁郁寡欢地走。

他再也没有见过那只雪豹,但他坚信,总有一天会见到的,或者,它会回来看他的。

才旺的微笑

过了乡政府,水泥路变成了泥巴路,坑坑洼洼不说,还十分狭窄,颠簸得十分厉害。有的路段还要直接从溪流中穿过,危险中带着刺激。好在一路风光无限:秋日温暖的阳光照在河对岸的山上,以山腰为界,山顶是银光四射的积雪,下面则是黄中浸着绿,绿中染着红的草坡,以及像绒花般飘落的星星点点的圆柏。素有雪山之舟美誉的牦牛，三五成群，在陡峭的坡上如履平地。而公路这一侧，一边是荆棘丛生的悬崖，一边是虽已枯黄，却依然能感受到茂盛肥绿的草坡。赤橙黄绿青蓝紫的野花，还在零星地开着，雪鸡藏狐兔鼠在自己的领地里悠闲自在地觅食晒太阳。

我们在一个河湾的凹凸处停下来。从这里俯瞰，扎曲河在连续拐弯中把岩壁的石头冲出了无数千奇百怪的形态，水流激荡的声音也跟别处不同：压抑、浑厚、粗重。如果把它比作一台钢琴，这里就是它的低音区。

才旺就在这时骑着摩托车来到我们跟前。他把车靠在路边，主动热情地跟我们打招呼。他家在不远处山坳的定居点，离这里差不多有五公里，现在是去牧委会开会，除了放牧，他也是乡里的生态管护员。

才旺脸色红润，乐呵呵的一直有说有笑，没有一点久居大山的木讷。他对外面的世界一点不陌生，一来两个孩子分别在省城和州里上学，寒暑假回来，会喋喋不休地给他们讲外面的变化；二来他喜欢交往，经常跟进山科考观光拍摄的客人聊天，获取天下的信息；三是他爱看电视，每天看，新闻纪录片电视剧，足不出户，尽知世界风云。

他的家庭跟内地的大多数家庭没有什么两样，孩子们不在身边，平常就他和老婆，也是空巢家庭。他快乐地说，一点失落幽怨都没有。他养着50来头牦牛，每年自己宰杀两头，让雪豹吃掉三四头，卖四五头，新增牛犊七八头十来头不等，总的数量基本不变。牛肉那么贵，问他为什么不扩大养殖规模，才旺笑着反问我们要那么多钱干什么？雪山给了我们虫草，草地给了我们牦牛，政府又给了我们生态管护的津贴，给了孩子们助学补助，生活已经很富足了。

这就是藏民族的文化特征，不贪婪，不过多索取，与天地，与自然界的一切事物，无论是否有生命，都和谐相处。

才旺描述了家里牦牛被雪豹吃掉的情况。他是第二天早晨才发现的，牛圈里的血已经干了，结成了一层硬壳，下水牛毛骨架乱七八糟弄了一地。好的肉都被吃了，估计不是一只。才旺笑着说完，脸上没有一点心疼的表情，仿佛故事是听来的，仿佛让雪豹吃掉是天经地义的。

才旺是不多的跟雪豹周旋过的牧民。因为他擅长爬山，每年进入夏季牧场后，他都要把周边的山翻爬几遍，哪片岩石上经常有盘羊，哪些雪沟里有雪鸡出没，都了如指掌。有一天，正在雪山上攀爬时，他发现了雪豹，雪豹也发现了他。他停下来，观察着一旦遭到袭击时如何躲避逃生。雪豹向他走了几步，似乎在盘算获胜的把握。才旺脑门子冒出了汗，以为雪豹要下手了，但它没有，躺了下来，不进攻也不后退，双方就这样僵持着。就在才旺快要坚持不住的时候，一只岩羊出现了，雪豹飞身而去，直取新的猎物。

才旺似乎就是专门来给我们讲故事的，说完这段，他看了下手机上的时间，说该走了，迅速发动摩托车，"嗖"的一下冲下了山沟，然后又从对面的坡上冒出来，一手扶着车把，一手向我们挥动告别。

我们没有继续往前走，所有人都很遗憾，因为最美丽的风景——昂赛大峡谷，峡谷两边的丹霞风光和原始森林，还在道路的前方。

南山北山看林海

张华北

  湟水在南山北山间的河谷里冲刷出一片平地，南川河、北川河与湟水汇合，蜿蜒向东南流淌。西宁，古以"西陲安宁"之意定名的城市就在两岸安了家。西宁，青藏高原由此进出，古代丝绸之路、唐蕃古道绕不过的地方，交通要塞、兵家必争之地。或因地理位置过于重要，用"西海锁钥""海藏咽喉"作称，实不为过。其历史悠久文化厚重，丰饶的自然资源，多彩的民族风情，如一颗明珠在青藏高原熠熠生辉。

  作为青海的省会，即是这南山北山间平滩上的门面城市。昔日南北山莽莽苍苍，延绵起伏，岩石裸露，植物稀疏，年均降雨量仅360多毫米，不足以应对1700多毫米巨大的蒸发量。春天本是春暖花开万物复苏的季节，却是风沙弥漫，遮挡着人们的视线；夏季，应是满山青翠万物繁盛的时候，却是暴雨倾洒，泥石流从山沟而下，势不可挡。荒山秃岭成了这一西部重镇心头之痛。

  新中国诞生，西宁一代代人，为一个绿色的梦，不再停止追寻的步伐。那些绿色西宁蓝图的描绘者、领跑者，坚韧不拔，走过了一个时代的长征路。

尕布龙的夙愿

　　山里一个路口，"尕布龙精神教育基地"，在一块未经雕琢的大石上刻写着，路边一排杨树冲天而起，挂满金黄树叶。一株云杉在杨树、红柳林围护中拔地而起，树后是一片茂密的森林。整齐的杨树列队排开，试图用身姿遮挡住湿漉漉道路上空的雨滴。一排5间红砖平房，左边3间偏房。这就是当初尕布龙在南北山工作生活的地方，也是他组织的植树队的驻地。偏房一米多宽的门厅右角，尕布龙当年摆上一张小桌，和七八个职工围坐在一起。他头戴白帽身穿蓝布衣衫，和大家热气腾腾吃面饼干粮、喝着热水歇息。一张照片是那时真实的记录。

　　昔日的队部，今日的展室也像那时一样地简陋。尕布龙用过的茶杯饭碗曾经盛过热水、盛过稀饭；一把手电曾陪着他走过山上的夜路，一把缺齿的小梳子曾经梳理过他剪短的头发；一个氧气袋曾经陪他度过病床上的日子；那辆小推车也曾经陪他拉过不少土、装过不少石头；一身中山装一顶工作帽子洗得发白，那是尕布龙永久定型的服装。千针纳底的布鞋、腰上的保暖带又伴着他走过多少山路、忍过多少腰部的疼痛。一张简易的单人光板床还在，托起过尕布龙高大魁梧的身躯，让他休息让他酣睡。

　　库房里那些洋镐、镰刀、水桶依旧，那些喷药桶、药瓶犹在，井井有条地等待着尕布龙再来使用。1987年至2011年陪伴他24年的奢侈品就是那台黑白电视机了，如今一块洁净的白罩布遮挡着灰尘。一间屋子的大炕是给职工们睡的，温暖的炕让职工们安然入睡。屋后的砖路通向一个露天的屋棚，那里砖砌的大锅台上仍然安放着昔日的大锅，昔日尕布龙设置了伙房在这里烙饼、蒸馍、炒菜、熬粥。那辆越野车还停在空场一角，封盖着雨布，它曾经载着尕布龙爬过多少山路，换过多少个轮胎。院落里苍苍槐树有知，那时它们像满山栽下的树苗一样地弱小，如今已高大地挺起了身躯，蔚然成林。

一个牧民的儿子，参军走上了革命队伍，走进了西北革命大学学习。由县基层走上领导岗位，带着人民的重托走上副省长的岗位。身份变了，责任重了，人民的公仆没有变。当他从副省长的职位上退下来后，一个更加艰巨的任务落在他的肩上——担起了西宁南北山绿化指挥部的重担。那时起，他把家搬到了山上。

放羊娃出身的他走到哪里，总把群众的疾苦挂在心上。把自己的平房隔成5间半，5间房成了农牧民来求医食宿之地。25000多农牧民不会忘记，尕布龙为他们资助了多少医疗费，温暖的牧民店那是他的一片深情。每年回到家乡过年，大年初一他要让牧民歇息，他骑在马上赶着牛羊走进草场，牧民的好省长总是和牧民心连着心。

改变西宁南北山面貌，是省市领导多年的夙愿。1993年，走过66年的尕布龙卸掉了省级领导职务，扛起锄头钻进荒山沟。要让两山的规划从纸上一步步变成现实。引水上山、公路绕山、整地育苗，一棵棵小树立起在荒凉的山坡，一桶桶清水浇灌起绿色的希望。尕布龙的脚印遍布在南北山每一寸土地上，每一棵树每一蓬草都融进了他的心血。掀开那大山的记录，18年，尕布龙3500多天在植树造林一线，3000万株树布满了山头，近21万亩林地、79%的覆盖率让山川焕然一新。2001年，尕布龙走进了北京，接过全国首届母亲河奖的奖牌。那流淌着一条河图案的奖牌挂上了这个已75岁老人的胸前，这生态环保最高荣誉他是当之无愧的。雨中，山坡上，尕布龙的坟墓被秋雨濡湿，这里，他离工作生活过的地方最近；这里，他能看到南北山满山遍野的绿色，看得见那奔腾不息的湟水、日新月异的楼宇。

李成基的守望

南北山为尕布龙树立起两座丰碑，"百姓底色""共产党人本色"

激励着千百万人。1997年，一个刚从税务部门退休的老人走上了荒凉山头，他用自己的名字斩钉截铁命名了承包的荒山：成基绿化区。

韵家口，211亩的荒山，如今12万株林木蔚然成林，苍翠的油松、圆柏、云杉，峻拔的青杨、白榆，潇洒的丁香、柽柳，10余种树木，85%的覆盖率让山地不再裸露。山上的蓄水池连接3000多米的水管让树木不再枯萎。

在空中俯瞰，林带和小路围绕着山顶一层层下延，组成一个绿色的三角。山顶中心就是一块碧玉般的水池，与周边的山林构成了风光秀美的北山。而这成基的庄园又是北山最为生动迷人的一段。

李成基修建的管护站也是他植树造林的大本营，如今乳白色的三层小楼在静谧的树林围护里。在一幅对比图片上，20年前的北山板结的黄土混杂着砂石，那石是坚硬的羊脑石，要把这样的荒山裸岭变成青山，多数人都会望而却步。

李成基对植树造林是情有独钟的，西宁市决心将南北山变绿，一部分荒山分解到各个省市单位，省国税局任务曾经由李成基负责。他执着认真，工作作风扎实，应用科学的种植方法，让绿化的成果成为西宁的样板。

南北山就需要李成基这样的执着者。一次，副总指挥尕布龙遇见李成基，问：你退休后干啥？李成基说：我没想好。尕布龙就说：那好，我给你投资，你去上山搞绿化。他拉着李成基到山上转了又转，看了又看。在尕布龙这个昔日副省长鼓励下，李成基退休后义无反顾担起了这片山地绿化的担子，但心里依然有些担心，怕搞不好政府将山地收了回去，刚起步会竹篮子打水一场空。尕布龙笑着说：你啊，你一定能干成！一种无法推辞的责任感终于在李成基心中生了根。

青海的历史上不是如此的荒凉，西宁的山地曾经遍野的森林和草原。在战火的硝烟里、在斧锯的淫威下、在干旱与风沙的肆虐中，山林消失，大山露出赤裸的胸腹。

退休，是李成基新的事业开端。承包山地，加上边边角角实际面积超过 300 亩，6 个山头上，他披星戴月，与民工一起鏖战，常常一身土一身泥，再也没有丝毫副厅级干部的影子。没有足够的资金，没有机械挖土。他们依靠最笨拙的体力劳动，人工挖肩膀抬，一寸寸土地上洒下汗水。植树造林要有充足的资金，家里钱拿出来不够，借钱也要干。终于买的推土机开进了山地，施工如虎添翼。图纸设计要不少钱，那就自己设计省下钱。80 多亩苗圃平展展，200 多亩山坡上第一次整出了能保水的水平沟、鱼鳞坑。一年后，苗圃种出了青青树苗，除自己栽种外，剩余的树苗急需要出售换回资金。李成基给省领导赵乐际写了一封信，他的难处很快得到回应，几天后调树苗的单位人员就站到李成基的苗圃前。资金，山上急需要资金。2004 年至 2005 年，成基的工地遇到了"卡脖旱"。贷款，没有能够抵押的财产，哪个银行也不会做赔本买卖。工地上，每天二三十人，需要工资和各种支付。李成基把自己工资放进来，把老伴工资加进来，甚至把小孙子的压岁钱也加进去，凭着老脸老关系四处借钱 50 万元，咬着牙也要干下去。

种树，要保证成活，起苗、运输、挖坑、栽种、浇水，每一个环节都不能掉以轻心。人挪活，树挪死，成基深知树木离开了母土，就像断了奶的婴儿。到兰州苗圃买树苗，他亲自指挥着让每一棵尽量多带土，用塑料袋包扎好不让土壤松落，不让水分蒸发。押车回到山里已是夜里两三点，立即组织栽树浇水，为树苗安置一个舒适的新家。李成基终于病倒了，两次住进了医院。但在植树的关键季节，植树不能停，他不能不在山上。感觉稍好，就回到山上。老伴心疼他，抱着被子上了山，为了老李，也为了大家，当起了厨师。儿女们感动于父亲对大山的痴情，植树大忙季节，四个儿女一到节假日和空闲，就到山上帮着平整土地、栽种树苗，能为父亲减轻些辛苦的劳作。李成基的困难也是西宁的困难，指挥部支持了 8 万元；树林发生黄斑天牛，指挥部送来农药喷洒；省政府支持进行基础设施的建设。关键时候，是家人、省市政府为李成基这样的承包人作起坚强后盾。10 年里李成基个人投入资金达 150 多万元，李成基对孩子们说，我们把钱存进了绿色银行，银行今后的回报是巨大的。回报，孩子们并不去多想，那是遥遥无期的事情，但他们和父亲一样期盼着大山的绿色。

29 岁的孙子李经潇，大学毕业，像爷爷一样爱上了这片山林。2015 年辞掉上海的工作来到山里，他要把爷爷的这个班接下去。谈起理想，他想起 10 岁时，一到刮风的季节，满街飘飞着垃圾。如今城市干净了，每年降水量增至 500 多毫米，过去荒山秃岭，如今茂密森林，过去绝迹的野鸡、豪猪、狐狸等飞禽野兽也回来了。西宁已荣升为全国卫生城市、森林城市。他的信心十足，让现代的科学技术延续着绿水青山，让绿水青山变作金山银山。

问起李成基最大的收获，他说："看见过去二三十公分的树苗，一年年长大成三四米高，我就有了幸福感、成就感，这也是我的最大收获！"如今种树，成基已走向科学种树、现代化造林。平缓地建立苗圃，陡坡地种红柳，阳坡圆柏，阴坡云杉。大树用吊车，运土用索道、管道。保成率 90% 以上。成基送给老家的 50 多棵云杉、圆柏已长大了，他为家乡增添了一片苍翠。山绿了，树密了，树木占领了山地，树下的花草与树木相伴，这里成了城里人休闲度假的好地方。成基还要种植花观木，用自然的彩色打扮山林，让大山更加美丽。

李成基说：最快乐的时候是周六日，孩子和朋友们来到这里聚会。最多时叔伯侄子们一起来 30 多人，杀一只羊招待，在山林里走走、转转，他们一个个流连忘返。大门旁，李成基栽的一棵油松不负众望，15 年长大成一搂之粗 10 多米高大。蓬勃峻拔，怎不是成基老人精神的象征。

谢静的"任性"

沿鳌林景区大门上山，确实是一种沐浴在美景中的享受。已绿中变红三四米高的柽柳夹道欢迎，在弯曲的山间小公路上环绕前行，如果在空中俯瞰，小路是用弯曲的线条在7座山头上画出了潇洒的图画。绿树遮蔽了所有山头，从山顶至山下，层层叠叠。杨树并不是稠密的，但恰到好处地在山坡、山顶、山脚现出一道道金黄的栅栏。一个观景平台上，谢静指着眼前山坡："这里是神龟山，前面伸出去的是龟头，两边的山是龟的脚，对面的山就是元宝山了。"这是她常年在山里，慢慢发现了这座神龟，欣然给它命名。远远从山脚上望，那座元宝山果然浑圆如宝，两侧是伸翅欲飞的蝙蝠山。绿荫里，山腰处一片树林更加浓郁。谢静讲起那里的一个故事，那里是一对老夫妇的承包地，老妇去世后被葬在了那里。老头就每天背水栽树，渐渐成了一片杨树林。如今那片树林已是郁郁葱葱。

山路下转，一条土路还很潮湿，一座山现出浑圆高凸十分优美的山形，山体赤黄两色相交，这丹霞地貌的山体竟如一个端坐佛陀。左旁的山是大象山，犹如一象搭另一只，一群小象在旁。相传火烧沟燃起大火，佛陀骑大象赶来救火，火灭后佛陀与大象留下来了。山下平地原有一座寺庙，毁于兵火。如今柽树、杂树覆盖了逝去的岁月。谢静说，她的愿望是要把古庙重新建起，再现历史的原貌。为了把这片山林建成景区，谢静找了文史专家查阅地方史料，命名了这些山头，灵性的大山复活了，那些罗汉山、蝙蝠山、玉女峰、福安山、喜鹊台等纷纷跃出了它们的美形。佛陀山下垃圾场堆积有 5 万立方米，谢静安排近日就要清理干净。

年过天命的谢静，依然漂亮、干练。1998 年，这个刚过而立之年在军营里长大的女子，经朋友介绍来到这里的火烧沟。此时她已在商场闯荡多年，是一个被服厂的股东。火烧沟，300 年前这里绿树成荫，战火、天火把它变成了火烧后的惨状。大自然是慷慨的，但也是不容欺侵的，人类破坏了它，你就要几倍十几倍地付出才能恢复。谢静凭着一股改变荒山秃岭的豪情，毅然签订下 5000 亩植树造林的合同，而这一订就是长长的 50 年。5000 亩，实际加上边角、垃圾场竟有上万亩。她的信心十足："植树有什么难的，我一年要建个大森林！"当她签完合同上山时，才被眼前的景象惊呆了。山里没有路，山下的山沟里是城里堆积垃圾的地方，风一刮白晃晃的塑料袋漫天飞舞，挂满了山头如雪山。她开着车与那些村庄上学的孩子们同行，心里好不忍。这个从小由奶奶带大，经常随父母搬家，与军营孩子们疯耍，模仿战争电影片里冲锋陷阵的丫头，一股闯劲支撑着她。

不服输的谢静好任性。第一年，花了近百万元，种了许多黑刺、红柳。荒山环境是恶劣的，没有充足水源，树苗还容不得扎根就干枯了。第二年，她继续任性下去，拿出400多万元，亲自去买来侧柏、黑刺、红柳、新疆杨、白蜡、云杉，大批的大树苗运到山下。无路上山，就雇人将树苗背上山；挖坑栽树，山上没有水，把水拉到山脚，人挑水上山浇树。这么大的山地，这么多树苗何时栽好？树苗不栽上就会干死，这栽树就是战场啊。谢静想到了在北京部队的姑父，"我要到北京调部队去！"她乘上飞机到了北京，部队又哪能随意出动呢。最终，西宁的武警部队了解到谢静的困难，出动500人义务栽树。整整栽了两天，谢静感动得煮了一夜的鸡蛋。部队撤离时，像电影上乡亲们送红军那样每人揣上5个鸡蛋。树栽满了山，但没有及时浇水，一片片树苗慢慢干死，谢静伤心得落泪。盲干是不行的，谢静开始寻求科学植树的方法。植树需要道路，她转遍了山头，自己设计路线，推土机跟在她后面开山修路。山路弯弯，绕过一山又一山。清理垃圾，把一条条肮脏山沟垃圾拉走填埋、一座座山上的塑料袋清理，还大山的洁净和自然。

一条条小平沟绕山，一个个鱼鳞坑连起了林带的家。有了路可拉苗上山，可拉水浇树，可运肥施肥。一棵棵树苗扬起了绿叶，山头慢慢绿了。种树是需要大投入的，面对资金的困难，她没有退缩，廉价卖掉了深圳、北京等地的四处房产。艰难时政府伸出援手，办理项目资金，扶助这个顽强的女子。尕布龙知晓了她的难处，支持她2万棵树苗；植树节，省驻军、武警部队组织战士来山里义务植树。

修路的资金不能缺。在西宁的家是一所300平方米价值280多万的房子，以200万出手。她匆匆搬出到只有70平方米租住房里，简陋、肮脏，夏季蚊虫叮咬难以入睡，冬天被老鼠在身上爬动惊醒。孩子还小，送到一个朋友的书店，上山一去就是一整天，天黑了，当接到孩子回家时，孩子哇的一声哭了。一件黑丝绒衣变成了茶色，俊俏的女子常常10多天不洗脸不梳头，成了不修边幅的村姑。20年转眼间过去，谢静用青春岁月和执着换来了满山的绿。她要打造一座优美的景区，让那些美丽的传说在这里显现，神龟美景、鸳鸯沟、小青海湖，一处处景点让大山变成人们游览的胜地，让山下的百姓们依山而富。谢静说"我不是老板，我就是一个种树人"。谢静不后悔走过的时光，"当满山小鸟飞舞时，满山变绿时，是多少个亿也换不来的。一草一木和微尘都是有心灵的，实现把这里建成大森林的心愿，是造福子孙的好事"。20年，她为了这片荒山，经商的利润上千万元投进了大山。填埋垃圾60万立方米，回填土方30多万立方米；开渠引水，修建泵站、架线通电；几十公里的硬化和砂石路、8座蓄水池、4万多米灌溉管网建在了山上。办公房也在山上，大山也就成了她离不开的家。火烧沟成了西宁最美的山林，5000亩绿化区500余万株树木编织起绿色的林网，林草覆盖率达85%以上。

谢静也是肯于动脑的人，她的绿通公司集种植、养殖、苗圃、绿化、生物饲料、被服等为一体，一个380亩的生态果园在北京创办，昆仑金雀花茶走进了市场，谢静又接过西山万亩生态绿化工程的令旗。一个看似柔弱内心坚毅的女子，把"西宁两山精神"诠释得如此完美。

两山精神在延续

北山上薄雾蒙蒙，几日前小雪将山麓染得斑斑驳驳地白。树木在雪后的寒意里振奋着。苍翠云杉、金叶青杨、暗绿榆树、淡红柽柳，树下野草虽枯黄，却在枯黄中保留着丛丛绿芯。朝阳绿化管护中心建在山顶下方一片平地上，场院被雪铺得洁白，覆盖了草坪的绿，别致的木屋顶也被雪严严封住。花坛里大丽花的花朵和绿叶被雪压得低垂，粉红、鹅黄、乳白，加之花坛边青青藤蔓相伴，依旧有着秋日艳丽的风情。正午过后，阳光灿烂，庭院的雪开始融化，栏杆上雪融滴水涟涟。大丽花脱开了重负，放出一片丽彩。柳枝许是最耐寒的，青绿叶片并无半点畏惧。丁香叶已见黄叶，却不肯离脱母枝。月季遵循着月月开花的习性，但紫红花瓣已把小路撒满。油松翠色枝叶上坠下了冰凌，马尾松针叶簇簇已见褐色尖梢。看山坡，有裸露的陡岩，仍有坚硬的羊脑石露出了土层。

山下的美丽园公园并无一点雪迹。公园坐落在公路边，由台阶拾级而上，湖光山色尽揽眼中。湖水无比宁静，游人不多，水榭亭阁，如一幅江南水色。虽是深秋时节，塘中荷叶多未枯，晨时的雨过，贴水荷叶留有水珠，如珍珠诱人。莲蓬已黄，竟有三五白荷呈含苞待放之势。塘边柳枝垂下，水就摇成曲线。水面树叶不沉，如小船漂移不定。单孔石桥虹跨一处，金菊、月季、碧草尚未凋零。大山雄浑立公园旁，此地原为城边民房区，山上陡壁经常塌方，迁走住民后改建公园，给居民营建一个休闲游览的好去处。

生态环境维系着城市的风貌，也维系着人们的生活。新中国成立伊始，两山的植树造林从不间断，至上世纪 80 年代末，40 年的努力，南北山造林绿化保存面积仅有 1.7 万亩，森林覆盖率仅占 7.2%，把两山变成绿色何其之难。森林被人类誉为大地之肺，绿化两山，提高人居质量，改善城市生态环境，把南北山变成西宁的"绿肺"，是青海人的热切期盼。1989 年，省委、省政府决定成立了西宁南北山绿化指挥部，一场持久的"造肺工程，润肺工程"如同战役在西宁打响。

两山绿化区南山长约 27 公里，北山长约 35 公里，两山山体总面积 28 万亩。决策者们确定了从 1989 年开始的三期工程，一步一个脚印走过。历时 13 年完成造林任务 4.5 万亩，南北两山 5 万亩荒山承包给 148 个省、市行政、企事业单位和个人，划分了 40 个绿化区。

2002—2007 年，历时 5 年完成规划造林 4.9 万亩，承包给西宁地区所有机关、行政、企事业单位，增加了 54 个绿化区。其中，2005年绿化造林加速。市南山绿化指挥部也应运而生，"建设高原花园城市，重塑湟水流域绿色风貌"，大南山绿色屏障的设想逐步变成现实。6 万亩、7.8 万亩、27 万亩，西宁人力度越来越大，2018 年南北山生态绿色屏障工程结束，任务提前了两年完成。

两山的绿，变成人们最舒适的颜色。小公路灰白如带悬在山腰，时而在林中蜿蜒，转行间，道路升至第二层，林木遮掩了路的去向。山地的林带层层，如巨大的天梳梳理过。沟壑已被树木的绿填满，远山淡蓝、近山澄绿，山顶田埂一圈圈转成如发髻。山顶的小湖，画出8 字形、豆荚状、绿水盈盈。湖边的花，红得绚丽，黄得耀眼。时而山岚如烟，山顶下望，城市楼群，淡红、淡黄、灰白、浅蓝，沿南北山下延伸至远。

1989 年起，又 30 年过去，南北山森林生态渐成系统，绿化总面积达到 51.6 万亩。几千万株树木像绿色的卫士守卫着城市，两山的森林覆盖率由 7.2% 提高到 79%；西宁市森林 48 万公顷，覆盖率已达33.5%，人均公园绿地面积达 12 平方米。"国家园林城市""全国绿化模范城市""国家森林城市"的桂冠为西宁增添厚重之美。绿色，是西宁鲜明的符号；绿色，是这座高原城市一张华彩名片。

水源是造林的命脉，60 座水泵站坐落在南北山，630 多个调节池、蓄水池连接 3100 多公里的输水管，节水灌溉管道伸进了每一片林区。盘桓的 480 多公里小公路沟通了 110 多个管护点。完备的设施让绿化区不会再凋零。

绿水青山里涌现出游览观光的景区，湟水森林公园、大墩岭公园、石峡清风、南山公园、鳌林景区，市民在一个个公园景区里徜徉，享受着大自然的美景。城市湿润了，一座黄色的城市华丽转身成绿色城市，沙尘暴已成为历史的记忆。

锲而不舍的精神鼓舞着西宁人，决策者们带领西宁人民奋力拼搏，用聪明和智慧，用勤劳的双手完成两山的巨变。像尕布龙、李成基、谢静，还有魏民劳等无数杰出的种树人，用执着和坚韧擦亮了两山精神的巍巍丰碑。

一个更加宏伟的计划又将实施，要把367万亩湟水流域两岸建设成林区；环城生态公园建设要让西宁山更青水更绿，城市更美。城市是人类文明的结晶，城市之美在于社会生活的和谐、人与自然的和谐。西宁人众志成城，矢志不渝地完成南北山绿化，人类的力量改变着环境，环境为人类献出了温馨。西宁之美怎不让人们感动。

夜晚的西宁，彩灯齐放，点缀着湟水和楼宇、街道、广场、公园的夜色。细雨蒙蒙，翁郁的山林护卫着日新月异的西宁。长眠在花草树木环抱中的尕布龙，如地下有知也会无比欣慰了。

纪实文学

红土地上美长汀

——福建长汀"70 载林业草原故事"采风侧记

张华北

林中的路在一场新雨后十分洁净，两侧树木的树冠倾向幽深的路中，枝干交柯，绿叶叠翠，一路有凉意相伴。走在山林中，那些无患子、枫香、山杜英、樱花，还有深山含笑、木荷、楠木相拥着，各自投来注目礼，愿意把一个个美好的名字让你记在心上。大大小小、光润厚薄的密叶，或粗大笔直、或柔细弯曲的枝干各擅其美，偶有几丛石楠在树下点缀出红叶。成片的芒萁尽情展开叶片，蓬松地占领了林间路边的一处处空间。

山林之美

河田，长汀水土流失最严重之地。这里曾经和长汀大片的荒山一样，雨水携带着山间的红土，划开大地红润的肌肤，由沟壑血水般奔涌汇进小溪、冲进河流。泥沙俱下，淤塞了河床，河床如增高了的床垫，河水高过了两岸的田地。河与田齐，河水的任性改变了地理的环境，一个乡镇的起名也由柳村变成了河田。

治理水土流失，中石油的决策者们看中了这片裸露着肌肤的山地，和农林大学、县林业局的专家们组成了一个强劲的阵营，路边竖起的一块"万亩水保生态示范林"标牌，也是在这片红壤侵蚀区上高

217

扬的一面旗帜。

在这6个村庄、上万亩荒土地上，热情的村民们像专家们一样兴奋，补植大苗、林分修复、树种调整、补植造林，4300多万资金化作了具体的行动，化作水保生态的示范。17种优质的树种汇集而来，组合成浩瀚的阔叶树林，昔日秃山荒岭，今日的锦绣山林，没有辜负宝石花森林公园的美称。

潮湿的山路上行走无比地轻快，路旁的陡坡上，一处红土流泻般垮塌下来，被路边的丛丛柔草拦截。上面有多年厚实的草根和新草密织的草甸，垮坡上裸露的细长草根如肌肤里网状密布的血脉。它们的力量阻止了红土更多的流失。合理的树种，会让多样的生物组合，让森林群落达到稳定。

全社会关注着长汀，像中石油一样，长汀水土治理，十几家著名企业伸出了有力之手；像当年革命老区延续的军民鱼水情，万名部队官兵奔赴山林，3万亩森林组成一道绿色长城。

生态景观林改变了曾经的水土流失的山地，人工干预的决心转化为强盛的动力。在长汀3000平方公里的土地上，还有零星、边远的水土流失的荒山秃岭，像重担压在长汀当家人的肩上。

路口几株杉树笔直向上，油亮的枝叶扩张了它们并不宽大的树冠，小针叶如锋利密排的小刀，伸长的小枝托举出嫩绿的花蕾。这些将来的参天大木、今日的树林已在延续来日的希望。

那片水土流失对比地，是在晨光村一个叫来油坑的山地。稀疏的马尾松矮小地长在小山上，地理科学院和水土保持局在这里设置了观察点，塑料小杆连续地插在山间，还分布一些支起的网兜，塑料水管插入地下。这些看似简易的设置，科技人员会定时来做一些观察记录。走上山坡，脚下的沙砾发出咔吱的声响，大粒的沙砾浮在坡面，脚步变得小心翼翼起来，生怕踩坏了地面，会加剧水土的流失。山顶的松树虽只有镰把粗细，年龄已有一二十年。黝黑的树干上长满菌斑，这些小老树已艰难地长出花蕾。红色的砂岭像人粗糙的皮肤，浑圆无棱，被雨水冲刷出的沟壑分割了这座痛苦的小山。沟壑里瘦弱的小草在风中颤抖，一片片枯死的芒萁丛里又长出新叶，维系着生机。

长汀的山林植被破坏、水土流失严重由来已久，1940 年的长汀山林就是一片荒寂，像一位学者所言："四周山岭尽是一片红色，闪耀着可怕的血光。树木很少看到，偶尔也杂生着几株马尾松或木荷……不闻虫声，不见鼠迹，不投栖息的飞鸟。"长汀山光、水浊、田瘦、人穷。直到改革开放之初的 1985 年，水土流失面积 146 万亩，占长汀面积近三分之一，土壤侵蚀率已达 5000 至上万吨。

来油坑山地 1500 亩，历史上的大肆砍伐加之自然原因，山林砍伐殆尽，水土流失，在仅有不足三分之一植被覆盖率的荒坡上，只有生长不良的马尾松和零星芒萁，成了强度水土流失区。2012 年开始科学治理，采用小沟种植草灌乔植被、种阔叶树和播草，以及封禁的措施，迅速见效。站在小山顶四周望去，山林青青，郁郁葱葱。植被覆盖率已提高到 68%，群落生物多样性已趋于丰富。山地蓄住了雨水，红土已不再随水流去。

邻近的水东坊，昔日荒山灌木寥寥无几，今日树木茂盛，梯田翠色；露湖村石壁下，昔日也是荒山裸露，水冲出的沟壑条条如老人脸上深深褶皱，如今荒山被树木全部覆盖，沟壑被遮掩。几十年艰苦卓绝的治理，长汀人欣喜地看到，水土流失面积已缩小到 30 多万亩，森林覆盖率、植被覆盖率跃升到 79.8%、91% 以上，遍野红装换上绿装。

我国 960 万平方公里的陆地国土，水土流失面积竟占 37%，水力、风力、冻融、滑坡等的侵蚀依然困扰着人们。近半数的侵蚀又是水蚀。危机犹在，治理之路，任重道远。路边一条标语写出了长汀人常抓不懈的心愿：治理水土流失，改善生态环境，建设美丽长汀。

园林之秀

公仆林，已在展示出红土地上人工干预之美。一株香樟树，二三米主干高处分出四五分枝，再向上又分出数十侧枝。10多米高大的扇形树冠上是翠绿的叶片，在草坪后大片葱茏树木前格外醒目。那里有一块立起的方石，刻记了"习近平同志亲植"字样。长汀的水土保持是民生大事，是历届领导人不懈接力的重任。2000年5月，时任福建省省长的习近平，在得知长汀建设河田世纪生态园，托人专程送来1000元，为生态园捐种一棵香樟树。2001年10月来到这里，为捐植的这棵樟树培土、浇水。"水土保持是生态省建设的一项重要内容，认真总结经验，对全省水土保持工作起到典型示范作用。"他的话也是一个省的动员令，各界意志、力量凝结，参与到水土流失的治理中。樟树右侧原本荒凉的山坡，很快成为国家部门、省市县领导捐种的纪念树木，近3800多株香樟、桂花、楠木、深山含笑、红枫、银杏等长满了山地。全国水土流失治理经验座谈会期间，代表们到这里挥锹栽种下的纪念树木，已蔚然成林。一个众手植下的森林公园已装扮得五彩斑斓。

一条石阶路向上延伸，两侧石楠紫红叶染红了单调的小径，相拥着行人。2000年时，这片荒山连着大片的荒岭土地，低矮的灌木稀疏地生长在裸露的红土上。那年4月，露湖村的这坡顶上建起水土保持科教园，这1800多亩山地像长汀荒芜的山地一样，幸运地改变了模样。宣教馆里，有着长汀人水土流失治理的纪实，一幅幅图片上，那坚韧不拔众志成城的精神在闪光。

大路向前通往实验区、品种园，通达警示区、对照区和实践基地。这里是水土流失治理成就的缩影，不仅是长汀，也是全省的。这缩影也与受人爱戴的项南有关。早年他参加共产党，投身抗日，经历过硝烟弥漫的战争年代。当他回到家乡福建，身为省委书记的他，水土流失的治理也就成了最揪心的责任。项南四次奔赴长汀，走进这片土地灾害最严重的山间，带领各级的当家人走在治理的第一线。呕心沥血，十年苦战，终于山川绿遍，万木争荣。1984 年，邓小平到厦门考察听取过项南的汇报。当项南这位改革先锋带着无限的希望与世长辞时，一座座青山也为他树起了丰碑。

清气园里，松柏苍苍，竹林摇翠，红花檵木一片红彩，玉兰银杏玉树临风。项南半身塑像，和蔼期待的目光凝视着汀州大地，苍松翠竹环绕着他，碑座上那元代王冕的诗句确是留给这位领导人的，"不要人夸颜色好，只留清气满乾坤"。如今，项南的心愿已在实现，他应该欣慰了。

杜英满树绿叶里竟有红叶如花，落地铺红；罗汉松窄短叶片放射状伸展，深绿中透着刚劲。一座亭边，项南当年写下的《水土保持三字经》，如今读来，仍是那么亲切和具体。通俗晓畅，切合民生的实际。"责任制，最重要；严封山，要做到。多树种，密植好；搞工程，讲实效。烧煤炭，办沼气；节柴灶，推广好。一座山，一口塘；养肥猪，吃生料。电饭煲，是个宝；小水电，就是好。穷变富，水土保；三字经，永记牢。"封山造林，不能再砍，办沼气兴水电用煤炭，又是解决群众烧柴的途径。今日园中一副对联也是那么生动，"绿化汀州山青水碧千秋美，平衡生态人杰地灵万里春"，描绘出长汀当今的真实写照。长汀，已翻过了几十年前令人难忘的一页。

湿地之润

汀江，长汀的母亲河，由北向南穿越了长汀全境，汀江流域的变迁是水土治理最好的展示。

汀江如一条弯曲的蓝线把十几个村庄像珍珠般串联。高峻的大樟树用绿色封闭了大段河岸。在挂有"励志长廊和兴曾坊"标牌的岸边，樟树倾斜过来的树枝遮住和兴亭翘檐一角。双檐廊亭两侧的楹联十分精致，"和谐驻临汀江水恬静如湖，兴旺绮存绿堤树茂盛成林"。扶亭栏望去，汀江澄净无声，唯有鸟儿在树丛啁啾。蒙蒙的天光下，水色亦如天际的灰蒙，偶有落下的几片树叶缓慢在水上漂过。

河田、三洲、濯田3个乡镇12个村庄，近600公顷的河流、洪泛湿地、库塘和稻田，形成一片河流型湿地。湿地维系着生息的动植物，也维系着人类的生存环境。河上原有11处日夜不停疯狂作业的采砂场，人们贪恋地向河道索取着财富。如今挖砂船、采砂机械已销声匿迹，河滩恢复了原有的幽静，碧水畅流，虹桥跨江。亭中展牌上，相思鸟、蓝鹊、红尾鸲，许多人们喜爱的鸟儿在观望着人们。

小广场上粗壮的苦楝树需要两人才能环抱，路旁崭新的农家房舍大门上依旧留存着春节喜庆的春联，前方大城门就是通往著名的三洲古镇大路。

空中突然有鸟群叫声，那是从对面河岸飞来的30多只白鹭。它们在大樟树梢上往复环转，追逐无人摄影机。像是对这能飞翔的机器新奇，又像是在驱逐，容不得宁静的环境受到人类的破坏。

湿地公园门前，一块巨大的黄色石柱刻写了"绿水青山就是金山银山"的大字。公园里，国家湿地公园的徽章上，是一只展翅飞翔的鸟儿，身下腹弯线象征湿地之水。

那鲜红的一颗杨梅雕塑把杨梅扩大了上百倍的高度。长汀人把杨梅做进了博物馆，那嫣红的早荠密梅、红丹的大火炭梅、硕大的临海早大梅、早色杨梅、紫红的黑炭梅、晶黄的水晶杨梅，虽未到收获季节，但这里的图片展示已让人满口生津。

长汀三洲杨梅，更以东魁杨梅出众，果形特大甜蜜。收获季，满树红丹悬垂，姑娘们会忙碌摘果，恨不能变作千手仙子。杨梅更可贵之处，在于根系能生成根瘤固氮，耐旱耐贫瘠，省工省肥。长汀人把它们作为退耕还林、保护生态的理想树种，杨梅树也为身价倍增而乐于奉献。

长汀昔日，水土流失不仅使土壤质地退化，还导致淤积埋压良田、河床抬高，流水不畅，自净能力减弱。历届当家人面对这"南方的黄土高原"绝不熟视无睹，民国时期，水土保持治理也开展了一些研究，但收效甚微；新中国初，党和政府发动群众植树造林，治理水土流失。"大跃进"年代，大肆砍伐树木，森林毁灭殆尽。20 世纪 80 年代初，"文革"后百废待兴，水土治理步入正轨。

水土流失治理，在高层当家人中接力。1983 年省委书记项南把长汀列为水土流失治理试点；习近平就任省长后两次专程赴长汀，将水土流失治理列入为民办实事的重要项目。2001 年，"再干八年，解决长汀水土流失问题"，在他的批示中率领人民奋战不已的决心跃然字里行间。

长汀，水土流失重灾区，三洲又是长汀的重中之重。2001 年，长汀的大手笔在三洲展开，2 万亩杨梅遍植在荒山上。今日的植被覆盖率 60%—85%，杨梅这一祛暑生津、排毒养颜的佳果不仅深得人喜爱，人们更愿意在高大的树冠、优雅的树姿里徘徊，流连在绿色的怀抱里。

习近平总书记惦记着长汀，2011 年、2012 年，时任国家副主席的习近平两次批示，"进则全胜，不进则退""要总结长汀经验，推动全国水土流失治理工作"；2012 年 7 月，全国林业厅局长会议在长汀召开，一个新时代的进军号角由这里吹响。

国家级湿地公园，也把治理成果和生态保护浓缩在人们面前。

湿地水边，粗大的一株木荷枝繁叶茂，毫无老树的衰落预势。杜鹃花开得艳艳，如一道道红云落在湖边。惊起的一只野鸭猛然从水草游出，向湖的对岸快速扇动翅膀，水波一时凌乱，打破了湖水的静谧。悬垂水上的刺梅白花枝也不甘寂寞地摇动，绿洲上的绒绒水草情不自禁地曼舞。湖岸的园林，那双层草顶的八角竹亭优雅地坐落，全竹竿扎成的精巧结构让人赞叹。小木桥旁，一架水车立在水沟下，旋转中水滴落如珠翠。忽地，又见一对鹏鹇一前一后急急游走，平静水面划出的两道斜向波纹交合在一起。昔日荒芜的山林沟壑下，有着零星的农家耕地，今日已是山环水绕的湿地园林。

林下之富

高峻的马尾松连成大片的山林，几十年前由飞播从天而降的松籽在这片荒凉的红土地上萌发，扎下了根。潮湿的地面满是松软的碎叶，林间土路上车印里残留着水洼。丛丛竹林有意把长竹倾侧在上空，显示它们的茂盛，林间苔藓用片片绿色填补着土地上的空缺。

河田鸡基地在这山麓间松林下安家，三五成群自由组合的鸡群，对来人已司空见惯毫不惊慌。河田鸡，三黄三黑的特点很是明显，一具红冠后部分开成二，黄皮黄嘴黄腿脚，黑颈圈黑翅和上翘的黑尾。几小群分开相安无事，十几只匍匐在树下。也有的警觉转头看人，它们左顾右看，闲适地隐在湿润树荫下。人们或靠得近了，鸡群稍稍躁动，缓缓向竹林游动。平坝上有鸡群拥挤在苍翠欲滴的枇杷树下，几队鸡群在桶形喂食器周围啄食。沙砾的场地，无有泥泞，鸡粪的味道在这里消散。更大的群鸡，在大跨度房脊的鸡舍门前悠闲徘徊，下意识地在地上啄食。人走过，贴着人的裤脚慢慢让过。雨后林间清新的气息萦绕。不远处红砖白缝青瓦的房舍，也是被农家改作了鸡舍，炊烟在屋顶缭绕。几只黄狗在田埂上远远溜达，像是鸡群的护卫队。河田鸡，这一世界著名的优良鸡种，因营养丰富、肉质细嫩、肉味鲜美，很快走进了市场。应运而生的合作社，带动起18家养鸡场，集体林地体制改革，长汀林区为300多万只河田鸡铺开了宽阔的养殖场。

同仁村那神坛背山上，毛竹苍天，杉木挺拔，成千上万盆兰花在林间舒展着绿叶。山弯弧形管搭起的大棚遮掩着直射的阳光，黑塑料布覆盖了黄土，梯田式的斜坡地，一行行花盆布满了地上的空间。水沟潺潺，流水顺坡而下，营造出湿润、遮阴的小环境。几十米长宽上空的遮布，每隔十余米掀起一段条形，露出天光透气。

大棚下方，有兰花展示厅，各种兰花在这里汇聚。大盆小盆，高盆矮盆，陶瓷盆、塑料盆里，那些三亚阳光、彩心秋兰、寒兰、金边四季、大荷素、雪美人、九华，人们把一个个美好的名字给了美艳的兰花。2014年，有着30多年兰花种植经验的廖炎士，创建了元仕花卉专业合作社，建起培育建兰"长汀素"为主的兰花基地。当年，一盆春兰"大唐盛世"在龙岩市第三届农赛会上，戴上了国兰类花王的桂冠。

合作社带动了200多农户、40多贫困户加入兰花种植队伍。260多亩山林、大棚里，80多个品种30多万株兰花苗壮生长。建兰类、四季兰、春兰、洋兰、杂交兰、珍稀兰，汇聚山林，各展其艳。场所、种苗、技术、销售统一在合作社。让农户们在新时代一起走向富裕，是带头人廖炎士的心愿。自古以来，兰花被人们当作高洁、典雅的象征，它与草木为伍，不与群芳争艳，有着凛然刚毅的气质，与梅花、竹、菊花组成人们赞赏的"四君子"。种兰人，也要有兰花的性情，他写下"潇洒典雅碧叶长，翠竹难掩峪中香。超凡脱俗堪为佩，纵银深林亦自芳"，也正如他的胆识和胸怀。

长汀，农民由广阔的森林看到了致富的希望。兰花、石斛、金花茶，茯苓、竹荪、红菇，在大自然的阳光雨露下保持了天然的品质；鸡羊成群，蜂飞蛙鸣。林菌、林药、林花、林茶、林禽、林蛙，还有林下旅游，36家合作社、协会把1.7万农户连起了产业之链。农家富了，走出了贫穷的困境。"长汀哪里苦，河田加策武……三餐番薯头，田瘦人又穷"，昔日长汀的心酸苦楚，也只残留在老人们的记忆里了。

水源之净

汀江之水，源于武夷山南麓，蜿蜒600里汇入韩江。沿中磺保护站两山间的大路行走，突起的浑圆树冠组合成起伏的山形。湖水倒映着山林树木，水中清晰的绿是可以细分的，暗绿、深绿、黄绿、翠绿，山林绿色竟然无比地生动传神。一条笔直水线分开了水上水下，上部淡淡雾霭，下部水色朦胧，灰蒙的天际沉入不可测的幽深。

山茶花在林坡中现出一片片粉红，与新发的绿叶一起让林间色彩不再单调。显齿蛇葡萄的长尖形绿叶在长藤上悬挂，由根到梢渐次缩小，也更嫩绿。藤尖如一只小绿蛇扭几个小弯上仰，试图攀援上几丛灌木树枝。看不出与葡萄有什么相似处，却是虫咬的叶片让人心生怜惜。

湖水中央一棵老树向右倾斜，极力保持优雅姿态。四五枯干树枝伸开臂膀，托举出依旧繁盛枝干的树冠。远望此树像榆树，一副坚韧不屈的形状。路边有石砌的水塘，黝黑的条石已被青苔布满，那是昔日知青时代的水塘。不远青山下，两排白墙青瓦房屋和一栋二层小楼，是大学研究所基地。锅形天线突兀在屋顶，远山已笼罩在云雾里。

汀江源自然保护区，已列入国家级。在这汀江的源头，自1996年起，保护区不断扩展，中礤黑锥林、圭龙山、大悲山相继组合汀江源保护区。10300多公顷、93.1%的森林覆盖率，把常绿阔叶树、特色汀江流域鱼类、川蔓藻产地、大型真菌资源、水源涵养林，以及亿万生生不息的动物、植物拥抱在温暖湿润的怀抱。

如果走进山林，能够窥见斑斓艳丽的白颈长尾雉、尾羽修长的白鹇、相亲相爱的鸳鸯、奔走的水鹿、闪现的穿山甲；林中能采到罕见的天蓝菇、正红菇；能走过峻拔的红豆杉、花若碎银的伞花木、红霞般的山樱花；还有山涧流泉下的珍稀水族、花草林木中的昆虫。汀江的诞生地，也是一个自然生物的伊甸园。

长汀的山水不会忘记，千年祖地八闽故土，客家人文化发祥地。1929年，毛泽东、朱德率领红四军入闽，解放长汀城，中央革命根据地在这里迅速扩展。1932年，在这中央苏区政治经济之都，福建第一次工农兵代表大会召开，福建苏维埃政府在欢呼声里诞生。

长汀人不会忘记，当年红军从这里集结踏上二万五千里长征路，走上中华民族解放事业的征途，长汀六千英雄儿男，用年轻的生命树起了血染的丰碑。那苏维埃旧址一所小院内，那苍老的石榴花依然红艳，当年瞿秋白大义凛然从这里走出，《国际歌》伴着他的脚步为真理赴死。那千年的双柏高入云霄，伟岸肃穆，怎不是千百年来坚韧不拔奋进不息长汀人的象征！

夜晚，汀江两岸灯火闪烁一并映照在河水上，在急湍的江流里描绘出长汀的美景。河边的古树倾斜向水，三孔拱桥在水上水下组合成对称的两道彩虹。千年古城，已融在了辉煌的夜色里。

梅花山里绿如海

——福建龙岩"70载林业草原故事"采风侧记

张华北

龙岩的春日是绿的世界，绿树的浓荫占据了湖畔，也把湖水染成了碧绿。由绿色掩映的楼宇间望去，远山的轮廓现出一抹抹蓝绿，深过了天际的蓝。

沿一路的葱郁走进古田镇。深灰瓦白墙徽式房屋隐现在绿树丛里。古田会议旧址古朴的脊角上翘的房院散放出昔日的凝重。社下山高大俊秀的长苞铁杉、香樟树林前展开"古田会议永放光芒"红色大字。小院右侧新植的柏树挺起墨绿的树冠，门前是一片淡红、灰白、浅黄石块镶嵌的平坝。油菜地长荚青青，顶花仍黄。游人由长满小红花的田埂走进地里，在高过胸肩的油菜棵里留影，撒一地的欢笑。古田人说，夏季这里又会是一田荷花。一队朝气蓬勃的年轻人穿戴着当年红军的服装、头戴红五星帽，在一柄军旗的引领下走来，在广场边庄严地合影。

当年毛泽东、朱德、陈毅和第四军指挥员们由刻有"北部清风"门楣的灰石大门进院，在这座万源祠里召开了第九次代表大会。思想建党、政治建军，"星星之火可以燎原"，一支新型的人民军队由此走向成功的征途。简陋的会堂里，领袖们坐过的凳子尚在，写过粉笔大字的黑板尚在，四根红柱上张贴的标语犹存，领袖们铿锵有力的声音仿佛仍在木梁间回响。院外，一片古柏森森，半月水塘青青，游鱼悠悠。幽深的一眼龙井，倒映着天光的明媚。毛泽东曾经踱着方步在这里看过午时莲，遥望那逶迤叠翠的群山。

阅兵场上，穿着崭新警服的30多人的武警队伍整齐站立，昂首挺胸，前面4人展开了一面党旗，一人领念入党誓词。一面绣着镰刀斧头的党旗在队伍中飘扬着鲜红。

"红旗跃过汀江，直下龙岩上杭。收拾金瓯一片，分田分地真忙。"沿毛泽东塑像旁走过，毛竹万竿，苍松凛然。多像当年闽西的十万子弟兵，跟随领袖的足迹义无反顾，从这里走向浴血的湘江、皑皑的雪山、凶险的草地，走向圣地延河边。

巍峨的武夷山由闽西北起伏百里南来，在玳瑁山主体上绵延了一道秀美的梅花山。依山而建的国家级自然保护区把上杭、连城、新罗三地连在一起。70多座千米以上的山峰耸立，闽江、汀江、九龙江那微细的源头隐藏在崇山峻岭里，隐藏在闽西最绿的世界里。那狗子脑峰骄傲地跃起了1800多米的头颅，雄踞在闽西之巅。

一株巨型红豆杉树桩雕塑斜立在山下，爬山虎攀援而上，用茂密翠叶遮掩了大树桩上部的断面。爬满的爬山虎下露出"红豆杉生态园"6个遒劲的红字。向山上仰望，古树苍天，苍翠浓密，一棵棵看似亲密地拥挤在一起，深厚情谊中有种神秘的氛围。以它们巨大的树冠隐蔽了山峦的高度，沿山环揽成一个弧形，再向两侧起伏延伸至远山。

沿石阶上山，路旁标牌大字写有"森林防火常记，青山绿水长存"，十分必要。红豆杉是这片森林的主体，遮天蔽日的树叶营造出一个幽深澄绿的环境。大树顶天立地，俨然如树中的巨人，雄奇高峻，挺拔魁梧。250多万年前，这些树中之王曾经高居于浩瀚树海中。第四纪冰川无情地让无数普通的、卑微的、自负的植物，庞大的、弱小的动物消失在大自然。红豆杉中最刚毅、坚韧和自信者闯过劫难，成为天然的活化石。树丛中，红豆杉以峻拔天穹的身躯得众树、众卉敬仰。

那株过山枫，斜生向上，树干骨节状，着实苍老得如枯槁的象腿，皮上几多楞突，青苔亲昵地覆盖着丑陋的肤色，但遒劲的藤干粗壮有力缘树升空。树丛中兀地闪现出一株山茶树，黑亮的长圆叶里秀出浅绿新叶，叶丛中一簇簇红果夺目，如串串红珠把树打扮得如此奢侈。

俊美的、粗鄙的各色树种坦然面对人类挑剔的目光。林中有灰皮粗糙的糙叶树，有挺秀而起菌斑点点的华南桂，也有浑圆树干被粗藤纠缠的猴欢喜，还有一人臂可揽的纵纹贯树的甜槠。细看绿樟的肤色有些棕红，却被灰绿、乳白的菌斑污染得肮脏；木兰淡红的尖形嫩叶提升了一树俊美魅力；百年的润楠厚实的苔藓上生出的细枝放出淡黄鲜叶。更聪明的是那枝寄生在一株树上的小石楠，将树冠与大树枝干纵横交错，像是你中有我我中有你、相依相生。它对大树的回报，是那一丛丛火红的叶片，为大树点缀出绚丽。

红豆杉在各种大树小树的簇拥下挺立在栈道旁。一株树干笔直清爽已经历了 1300 年的沧桑；并排的一株被苔藓围满，像画笔在树身横斜勾描出绿意，虽树龄 1100 年，反而显得比那株更古老。

路边的红豆杉树展开了叶片，那叶片上又是油亮的小叶，如排列着一柄柄小刀。五六厘米长的尖叶又如片片略弯的眉毛，亮彩闪闪，簇簇摇动。红豆杉是雌雄异株的，不结果时难以分辨。棵棵劲拔苍劲，又都是树中伟男。红豆杉作为珍稀树种，断不能锯开树干查看年轮。专家们却可在倒伏死去的大树根部查看，再依胸径推算出古树的年龄。

行走的木栈道旁，就是那株被命名为"树王"的南方红豆杉了。主干直上云霄，两米处斜伸一枝干虽已干枯，却如铁似钢。伸开手臂围抱，巨大的主干需有三个男子汉方可揽过。上望则有 35 米之高，木材可有 16 立方米之多。一道裂纹顺干而下，手敲击坚硬的树干铮铮作响。树根鼓出地面，根楞起如人之肋骨。背阴处绿苔密布，如人刻意随树皮的横纹描抹装饰而成。一棵有女子小臂粗细的满是青苔的大藤紧贴大树扶摇而上，至中部又横过侧枝攀援到旁边的大树，大有趋炎附势之嫌。

这株有着 1700 多年生命的红豆杉，既是树中的巨人，又是树中的寿星。俯瞰着山下唐代以后的变迁，欢欣地看着一个个顽童在树下玩耍，追逐着小松鼠；淡漠地看着一两个长须的老汉在低垂树枝上摘拾着红豆，交谈着要回去泡酒；厌恶地看着几只黝黑的野猪拱开了竹叶覆盖下的红土，弯曲上仰的獠牙下大嘴啃食鲜嫩的竹笋；愤怒地俯视那在山林转来转去的一个壮汉，见他挥起大斧砍树，一棵樟树飞起的木屑落满林下。

踏着木栈道行走，脚下感觉了轻松。"唧唧——啾啾，唧唧——啾啾"，林间的鸟儿不失时机地把欢愉传送给游人。红豆杉是珍贵的、稀有的树种，其树皮、树叶能够提炼紫杉醇，紫杉醇是昂贵的抗癌活性物质，其一克的价格相当于 180 克黄金，令人咋舌。药用和观赏价值抬高了红豆杉的身价。但千百年来当地质朴的老百姓并不以为然，古来因树木巨大难以砍伐，山林崎岖远离道路难以运输，木质坚硬又难以加工，人们感觉这些大树无有用处，任其自生自灭。仅有每年去树枝上树下摘拾一些红豆，或是刨些树根皮泡在酒里，喝了防病强身健体。这大片的杉林得以保存下来，躲过风霜雨雪、雷电劈裂，也躲过兵燹火焚、斧锯之灾，延续了千年的生命，实属万幸。

1985 年，当专家们走进这 220 多亩大片红豆杉林中时，仰望着宏伟壮观的巨树，由惊呆无比变作欣喜若狂。此山近千株红豆杉，竟有半数是直径 5 公分以上的成树，优良的小气候让它们得以生存。在神州大地上，这样大面积的红豆杉天然林已屈指可数，又岌岌可危。

向山下看去，周边集体土地的毛竹林已经砍伐，刨出竹笋留下一个个土窝。30 多户村民的山林地已由政府出资收购，一块块空地上栽种下的红豆杉小树迎着阳光。不久，竹林空出的土地将由茂盛的杉林呼应着千年的大树。

梅花山，一座北回归线上绿色翡翠般的山岭，高达 95% 以上的森林覆盖率，山林中隐藏着多少动植物资源，多少中亚热带常绿阔叶林在此蓬勃生长，多少珍稀濒危野生动物在此得以繁衍。考察所示，维管束植物 1869 种、陆栖野生动物 362 种，还有鱼类、浮游生物、昆虫、菌类。亿万生物，都在这里实践着适者生存的自然法则。

未见华南虎，已听见了一声低沉雄浑的虎叫。登上观望台，对面大山下斜伸的山坡由铁丝笼分隔开来，上部走廊式的长笼行走着饲养员。大笼给华南虎营造出一个个相对自由的空间，内中稀疏的几株树木无力地斜立，绿草艰难地修补着被虎践踏过的坡地。那大虎若无其事地走下来，一身黄棕色的皮毛上黑色横纹格外醒目，横纹两两靠在一起。长尾长拖，黑尾尖向上有力地弯起，头上王字形黑纹下多出一横，额上显出一片肃杀的白斑。在沉闷中走动，一副稳健轻松的步伐里，透着威武、雄壮，透着一股凛然不可侵犯的气质。

半坡上石垒的虎洞露着幽深的黑暗，两段圆木在草地上随意摆放。邻近的虎笼半坡岩石，青苔附绿。浅浅沟壑一片杂树与笼外树林相连。几株已露着枯枝、裸出树根，瑟瑟与虎相伴。右边虎笼，有二虎在最上方下望，另一虎在半坡一浑圆石块上方，修长的身躯抱石而卧，侧头静观人行。后山山脊高耸，林木密布，对身居笼中的虎族却是一种不小的诱惑。

突然，一只野猪被饲养员从坡上一个小笼门外赶进来，那黝黑的猪体型中等，敏捷地顺着山坡懵懂地下跑。下方的两只虎警觉的耳朵猛然竖立，这不速之客撩动起它们的陡然高涨的情绪。它们像箭一般飞出，直射这只另类之物。野猪猛地停下脚步，瞬间弄清已深陷险境时，不足一秒的时间，已闻见了两只虎的鼻息。它掉转头向山坡奔跑，无奈浑身的肥肉拖拽着它奔跑的意志。野猪惊慌地从两块巨石间跑过，向上坡仓皇奔突。大虎由石后快步疾行，前方另一只大虎拦路，野猪转身，大虎已近在咫尺。野猪尾巴紧紧夹在后腿间，身上有些棕黑的刚毛奓起，已感觉无路可逃。两只虎中一只咬住了它的喉咙，野猪已被虎口 450 公斤的力量死死咬住，难以动弹丝毫。只有任死神的召唤。大虎猛扑上去，咬住猪的头部。猪在无力的挣扎中拼命地嘶叫。另一只两个利爪狠狠刺入它的后身。瞬间野猪已绝望地倒在地上，号叫着呼喊着同伴们的援手，但已无猪相呼应。它的声音越来越小，渐渐无声地躺倒在地。那只虎仍然没有松口的意思，慢慢闭上眼睛，享受在捕获猎物后的快感中。很快，虎咬开了野猪颈部皮肤，一口口用牙拔着猪身上的刚毛。转眼间已大开杀戒，大口品尝鲜红的肉。

华南虎繁育研究所建在梅花山麓的此地，1500亩的山林是繁育、野化训练的最佳基地。46只幼仔曾在这里出生，成活率70%之多。幼虎需要乳汁，母虎奶汁不足，养虎人将虎乳在实验室分析，按其成分配制出人工乳，代替了幼虎的母亲。梅花山保护区展开33万多亩的山林，为常绿阔叶林和珍稀濒危野生动物创建了一个宽阔富饶的家园。

自古，这闽西梅花山就是华南虎的故乡，掀开1938年的《上杭县志》，可见"杭呈多山，故时虎患""近二十年三元岭时有虎聚，常出入食人"；《连城县志》亦称"乾隆三十五年秋大白昼七虎扰乡村""五十一年三月虎入城""五十八年秋至冬患甚""雍正三年自夏至冬虎患甚"。更有甚者，长汀在雍正时，有虎登入了府署大堂之上。1956年，连城中田村窜入二虎吃掉6人。

猛虎的侵扰和凶残，百姓遭殃，令人惶惶不可终日。新中国建立后，消除虎患如清匪反霸，党和政府要给人们一个安宁的环境。上世纪50年代，530只华南虎倒在猎人的枪下、毙命在陷阱里。仅1953年至1963年，10年，专业打虎队深入闽粤赣山区，一举杀灭老虎130只。胜过武松的打虎英雄应运而生，猎户上官齐钦一人扑杀老虎30只，其中一只300斤大虎被捕获，得省县大力嘉奖。

人们由生存惧怕的大肆灭虎，到华南虎成为濒危动物，警觉为时已晚。威猛的华南虎不及人类的凶猛，躲进人迹罕至的深山苟延残喘。保护区建立后的调查，终于又见虎迹。科勒夫妇，一对虔诚的外国科研专家，不辞辛苦，不惧凶险，钻入山林考察。证实华南虎依然存在，梅花山就是华南虎最理想的栖息地。

山地上，两只虎仍在撕吃野猪肉，左侧的围笼里一只大虎仰面躺在草地上，任由阳光温暖地照射，慵懒地睡得甚香。另一只高居坡上方，匍匐在地，俯瞰着两只吃肉的虎。

小广场上方，网笼里，一群黑底花条的十几只小野猪呼啸着向坡上奔跑，一只母猪居高临下面无表情地望着它的孩子们。这里是二三代野猪饲养场，半年后这些活蹦乱跳的野猪或许成为虎口的食粮。不远处几声虎啸贴地传来，野猪们并没有躁动，在那些听惯的声音里已感觉了麻痹。

广场边华南虎科普牌也像虎笼吸引着人们，1998年，龙岩启动"关爱国宝华南虎"拯救华南虎工程，两年后开园繁育华南虎。20多家科研院校联手交织起华南虎的保护网，生态、行为、繁育、饲料和营养、疾病防控、放归野外，一系列的研究，把华南虎生命延续推进科学的掌控中。2001年，3只小虎仔在此出生，它们惊愕地望着这个陌生又温馨的"华南虎的故乡"。世界老虎日，孩子们走进基地，与老虎们隔笼相望，在长长的宣传牌上签上自己的名字。华南虎的生存始终在共和国领袖心中牵挂，2000年，时任福建省省长的习近平，来到基地视察，基地的土地上留下他的足迹；2014年，习近平在20公里外的古田再次问起华南虎保护情况。保护华南虎，已不仅仅是一个物种的保护，而是联系着我国和世界生态环境的大事。

小山脚下的幼虎园，两只小虎环绕着桂花树追逐玩耍。时而在草地上翻滚，时而张开大嘴露出凶相，有时漫步在水池边。忽地飞奔进花草丛，隐身在那里从花叶里露出一双虎眼，虽虎视眈眈，却并无震慑力量。一会儿，一只横躺在捆绑着草绳的桂树下假寐，另一只翘尾奔走不停。院里的石块码成一处高低的台阶，石下的草花散开一朵朵艳红。胶轮拉车陷在沙土里，木棍装钉的长条车厢应是它们每日玩耍的跷跷板。钢链下拴住的横木是它们的秋千。离得远了，树下的小虎猛地起身向另一只走去，它们又相聚在山茶花树荫下。

世界上8种虎中3种已经绝迹，我国仍生存有华南虎、东北虎、孟加拉虎、印支虎4种，生存环境与繁殖力已令人担忧。或许哪一天，最后一只虎留恋地看一眼林间的天空闭上眼睛，躺在血泊里。2010年毕业于东北林大的小兰，像其他饲养员一样每日坚守在这个岗位上，他说世界上还有华南虎100多只，我们怎能看着它们灭绝。

华南虎繁育研究所浅灰的三层办公楼建在马鞍形小山前。山坡上，几株山茶树挂满淡红花朵，如一树群聚的彩蝶，许是被梅花山的绿海吸引。路边石楠熟红的叶染出一路春色，鲜红的杜鹃花打扮着小山坡的裙角，人过自会带走一身芳香。

武平林改逐梦来

——福建武平"70载林业草原故事"采风侧记

张华北

踏上浅山的石阶，密布的树林滤过了鸟儿鸣唱的清音，不时飘落的红叶悠然叠加在树下的积叶上，春日新叶清新的气息萦满林间的路。由碧水公园山顶看去，晨光里的小城已经醒来。远山逶迤，温情地环揽着鳞次栉比的楼宇、清幽穿行的河流、纵横蓊郁的树行。

碧湖如明澈的眼睛深情地与天宇对视，山里的鸟儿可知，武平那崇山峻岭里，潺湲的溪水携带着山林的一片片树叶、一阵阵花香流向四面八方，在梅江、汀江、赣江里快意地畅流。

青云山的松林、石径岭的山岩记得，当年朱德的南昌起义军的枪声穿破晨曦；当年毛泽东、朱德站立在南门坝的检阅台上，工农赤卫队整齐地列队走过他们的前方。共和国记得，当年武平苏维埃政府诞生在这里，成千上万的武平儿男跟着红军把热血洒在滔滔湘江，洒在漫漫长征路上。上将刘亚楼身骑骏马的塑像屹立在广场，他的身下曾经是烈士血沃的武平。

东望上杭北倚长汀，西接江西赣州，南连广东梅州。巍巍武夷山由西北向东南来，展开了低山丘陵和富庶的闽西大地。武平，古之七闽之地，唐"以其地坦彝、人尚武"而得名，宋代置县。将闽西、粤东、赣南三地连接，交通枢纽、物资集散，是闽西"金三角"桂冠名副其实之地。

闽西大地走过数千年的岁月，森林如绿色的海涛漫卷着悠久的土地。那些战火硝烟弥漫过的土地，70年前天翻地覆，大地得以新生。闽西人民由贫穷走向了小康，百万亩森林迎来一次次嬗变。

当21世纪掀开帷幕时，作为武平经济支撑的林业就处于困难的境地。

武平，土地广阔，但"八山一水一分田"，自古以来是靠山吃山的林业大县。破解集体林权制度也迫在眉睫。捷文村书记李永兴，像那些最基层的村干部一样遇见了难题。改革开放后，林地虽有了发展，但全村除自留山外，大部分林权是集体的，一两份集体林权证锁在村委会的档案柜里。"乱砍滥伐难制止、林火扑救难动员、造林育林难投入、林业产业难发展、望着青山难收益"，这"五难"困惑着这村里的带头人。那时，农村的土地承包责任制已实行20年，让守着山林的农村人看到了新的改革希望。

李永兴走上村支书的岗位最初并不是情愿，这个上世纪50年代初出生，从民办教师、大队长、林业员岗位一路走来的汉子，1998年在木材采购站下岗了。当他回到村里，群众推举他当村支书，村子确实需要一个好的当家人。村庄的贫穷，永兴看在眼里，在上级领导支持下，1999年毅然挑起这副担子。但他要求上级，自己只干一年就交出去。那时村里好穷，负债28万元，办公用品、会议费用都要自己掏钱垫付。一年下来，他勤奋、公正、廉洁，村子许多疑难问题得以解决，也赢得了群众的信任。这个已有30年党龄的实干家仍然推不掉支书的责任。

2001年，武平的当家人开始了大胆的探路和拓路，一场集体林权的改革在选定的试点村悄然展开，万安乡成为换发新林权证试点。李永兴是从林业部门下岗的，自然对林业的感情很深。集体林权要改制，也牵动了他的心。一天，他到万安林业站想了解换发新证和怎样分山问题，一头遇见试点组聂国勤、钟少华、彭伟林等林业技术人员。永兴问："你们来这里干啥啊？"答："在卜镇村搞换发新证试点，一个多月了还没有眉目。"永兴敏锐地感到，换发新林权证、分山到户是大好事，要走就走在前头，他果断地说："上镇村搞不下去，你们就到我村来搞！"这掷地有声的一句话让几个人眼前一亮，对永兴的能力他们是了解的，在这卡壳面前有这样的闯将来冲锋，也正是他们需要的。很快向市县林业局请示，局领导当即拍板同意把试点转到捷文村。永兴回到村子径直进了村主任的家，两人一拍即合。第二天，林业局长刚刚上班，永兴二人已来到了局长面前。换发林权新证、分山到户，是块硬骨头，局长爽快但也留有余地：你们回去先试吧，先搞个方案。事不宜迟，永兴和村主任随即回来召开了三次会议——这决定全村林业命运大事的会议。而此时，上面还没有具体政策，一切需要自己来探索。

全村两委会上，80%的委员同意分林到户，其他委员顾虑重重，认为分林到户不好；随后的党员、村民代表会又是80%的举手赞成；林权，关系到每一个村民，那就要让每个村民都能关心自己的利益，都要表态。村干部分成5组分别到5个自然村召开村民会。70%的村民是赞成的，已占到了村民的大多数，一些村民仍处于模棱两可的观望中。捷文村的良好开端，为沉闷的集体林权试点工作打开了一扇窗户。6月，由聂国勤、钟少华、彭伟林、赖华传等组成的工作队驻进了捷文村。村民小组会、村民代表大会、党员、老干部、村民代表座谈会，每一场会议都是那么热烈。"山要平均分""山要群众自己分"，群众的心声和呼声很快达成共识，分林到户的方案深入到了家家户户。山林里，万分之一地形图展开在队员手里，以1981年分户管理的责任山为参考，一处处标注出每一户林地。全村160多户群众紧紧跟随，一双双眼睛关注着每一寸林地、每一棵树木的归宿。规定山林实行家庭承包，每年每亩上缴林地使用费 5 角至 2 元，一定就是半个世纪的 50 年，平均每户达到 46 亩之多。一场集体林地的产权变革如春雷在捷文村山林上空隆隆滚动。

集体林权改革操作并非易事，每一个具体问题都要考虑周全。相邻农户山林原有纠纷的即时调解，一时调解不清者暂时搁置，随后多方核定解决。三个月里，村干部和工作队员走在山头，一块块落实、一处处勾画。当年 10 月,《捷文村深化林地、林木产权改革实施方案》终于实施。

在村委会的办公桌上，家家户户的户主拿起了那支极有分量的笔，在集体林地使用权"转让合同"上郑重地签下了自己的名字。在印台上用力按上红印泥，重重地在名字旁摁下粗糙又清晰的手印。

最初的群众会议上，有的人曾提出集体林地招标。林地招标，对于村干部来说很省事，还能增加村里财务收入。但那样也会吸引村外资金充裕的人员来参与竞争，村民长远利益无疑会受影响。以往，武平有的地方实行过招标，结果引起乱砍滥伐。如今，集体林地林木产权的确立，村民自己有了管理权、经营权，和自己的利益密切相关。集体的山林，转变成了村民自己的山林，除了砍伐必须按照计划审批，一切都可以自己做主了。

已古稀之年的李桂林看起来格外年轻，花白的平头，一副灿烂的笑脸。那还是 2001 年，当他在支书家里接过林权证时无比地高兴，证上把他承包的山林缩小在一张小小的地形图上。翻开第一页，武林证字（2001）第 1 号的编号那么耀眼，没想到这竟是全国第一本农民手里的新版林权证。

此时的武平，集体林权改制上级还没有授权、法律上也无更多依据，在全国还是首创。压力像一座泰山向武平的当家人压来。

但这项改革，集体林业产权明晰了，经营权放活了，处置权落实了，收益权有了保障。得民心顺民意，也是武平的当家人心里踏实之处。关键时刻，时任福建省省长的习近平走进了武平的山林和村庄，指示"集体林权制度改革要像家庭承包责任制那样从山下转向山上"。这历史性的一句话，为武平、为全省的林业改革敲响一记定音之锤。随后武平"四权"林改模式被吸纳进福建、中央、国务院文件。解放农村生产力、激活林农积极性、建设美丽生态中国，一条林业的希望之路铺开。从武平出发，全国林改第一县的经验如震波迅速波及了全国的森林和草原。

捷文村的试点，在武平开了先河。武平的集体林权制度改革意见迅速出台，改革在全县全面铺开，村民欢欣鼓舞。2003 年，福建省林权制度改革全省施行，树立起全国林权改革的一支标杆。2008 年中央、国务院出台林权制度改革的意见，第二年中央首次林业工作会议召开，面向全国部署集体林权制度改革。

农民增收的途径与林地息息相关，家家户户做起了林下经济的文章。毛竹，每年每亩可砍 30 根、竹笋可挖 20 条约 15 公斤；养蜂、养鸡鸭，种草珊瑚、种灵芝，一个个致富项目给农民带来了实实在在的收益。留在人们记忆里的是昔日砍伐后光秃秃的荒山，或是大树倒地遍山的灌丛荒草。农民分到了林地，在自己的山上种下杉木、毛竹、果树，葱郁的山林不负阳光雨露，不负勤劳村民洒下的汗水，展现出前所未有的生机。生态旅游方兴未艾，一座秀美的水库里，清澈的湖水映照出蓝天白云、绿林芳草，水鸟游弋，山雀唱和。山之美水之秀，吸引来城里人、外地游客。人均纯收入逐年增加。李永兴既是林权改革的先锋战士，也是改革的受益者。带头办起了永兴林场，林下养鸡五千多，种下草珊瑚百余亩。

不砍树也能致富吗？山林又如何变成金山银山？林改后的武平人仍未停下思考。新的难点横亘在林业发展的大路上，"评估、担保、收储、流转、贷款"，"五难"问题突出在林业产权的交易制度上。武平人被逼出了三个率先，林权抵押贷款、商品林赎买、兴林扶贫；也逼出了三个应对，用"有钱投、变身为绿色不动产、不砍树也致富"促进林业的发展。应运而生的林权服务中心诞生在一条普通小街上，管理信息系统集中了现代管理手段。清晰的荧屏上，展示出地形影像图、行政界、权属界、林权登记位置、宗地矢量图，每一份山林的流转状况可随时查对。大厅的办事柜台：流转交易、林权登记、抵押收储、资源评估、金融服务，方便群众，一站式办理。一张"惠林卡"的金融产品，林权也转身变成绿色信用卡。

2009 年，捷文村所属的山林间建起了水库，这涉及全县城区人民的饮用水源地牵系了村民的心。车到山前必有路，武平的当家人以租赁的方式从村民手中赎买商品林，将这 3.7 万亩森林转为县级生态林。浩瀚的森林，如一个个绿色的士兵组成的军团，肩负起保护水源的重任。一泓美丽的银湖也成为生态旅游的最美风景。

捷文村率先进行林权改革，也率先得到了丰厚的回报。林权改革让"山有其主，主有其权，权有其责，责有其利"，村民各显其能，依山而富，林下经济带来前所未有的实惠。2001 年，人均纯收入仅仅1600 元，林业收入不足 1/4；18 年过去，人均纯收入一跃为 17300 多元，10 倍的增长，林业收入占到近 5 成。村民爱山爱林，植树造林，保护着那一山的苍翠、一山的繁茂。森林覆盖率由 78% 增至 84.2%，林木蓄积量增长 9 万立方米。

时光荏苒，捷文村已是生态旅游风景区，木栈道旁溪水畅流，花香四溢，村民的幢幢房舍在绿林中闪现。回忆 18 年前的场景，李桂林仍然十分激动，在村委会大门前，把第一本新版林权证捧在胸前，留下一个崭新的倩影。

武平林改后，林下经济如雨后春笋在座座山峦中破土而出。

雨后的山林缭绕着飘带般的云雾，富贵籽种植基地灰色大棚里塑料膜透出天光，宽大明亮。黑色的帐布卷起绑扎在铁架上，放眼望去是一片花的海洋。花卉营养钵分区、分年整齐摆放种植。100 多亩的大棚里，几万盆花由小营养钵到大盆移栽，现代化的培养和管理让它们苗壮生长。在一对金黄的鲤鱼盆内，富贵籽花株一层层展开长椭圆形油亮的叶片，叶下茎秆上悬生一串串密集籽粒。那籽粒，粒粒鲜红放彩，如珍珠，似玛瑙，富贵吉祥之气油然而生。三年生的大富贵苗，已有五六十公分高大，顶尖新发的嫩叶红中黄绿，湿润的地面青苔浅浅，覆盖了熟黄的土地。这些花苗即将出售到各地，美化庭院、家庭。

山里的草木大多是可以入药的，富贵籽，即朱砂根，李时珍考究道："朱砂根生深山中，苗高尺许，叶似冬青，叶背尽赤。夏日长茂，根大如筋，赤色，此与百两金仿佛。"朱砂药性可清热解毒、活血化瘀。时代变迁，改革开放后，我国人民丰衣足食走向小康社会，美化生活环境自然成为人们的时尚，花卉种植业也迅猛发展。每一种花卉，都是源于自然的山林天地，经人们驯化种植，按照人们的喜好选育，成为与人类生活环境相伴的花卉，又把人类世界打扮得五彩斑斓。

2008 年，老村支书思考着如何让群众勤劳致富的门路——山里的朱砂根花开得正艳，把它培养成花卉一定能行。于是，他将朱砂根挖下了山，开始了驯化培育。这花不负书记的期望，带着大山的灵气和嘱托，成功地走向了市场。老书记将它命名为富贵籽，而这一个命名竟使它扬名天下。

何益平，清秀的脸庞上有着自信的神态，他拿起一盆富贵籽花，介绍着它从一粒种子到出苗、从小钵到分盆、从一年到三年的成长。他的身旁，一个黄圆盆，一株一米多高的富贵籽密叶正盛，主枝上小茎向四面交叉伸出，枝枝串串的红籽惹人喜爱，不忍摸，也不忍碰。小货车停在了棚内的小路上，塑料筐被一个个种有小苗的小营养钵挤满，这些钵准备排放种植。

年轻的何益平以极大的魄力发展这一乡土名花，培育出红色、黄红、粉红的多色富贵籽花。2016年东留镇，在何益平的花卉富贵籽产业基地上，诞生一个崭新的专业合作社。他投入巨资，以基地＋合作社＋农户的模式，带动全镇15个村庄、580多户农民种植富贵籽1万多亩，年产商品苗800多万株。以独具的优势占领全国90%市场，远销越南、东南亚等地，年产值2亿元。农民大幅度增收，20多户贫困户脱贫，走向小康。福建农林大学、省林科院专家走进了东留镇产业基地，用他们的智慧助力何益平选育、开发出一个个新的品种。富贵籽花卉市场不断闪现出新的面孔。

每年8月，各地花卉商络绎而来，在大棚里挑选产品，签订下一张张合同。年底，一盆盆三年生的富贵籽花装上火车、装上汽车，带着"海西红""年年红""武平富贵籽"的美名，带着高贵、典雅、喜庆的祝福运送到天南地北。富贵籽还有一个富贵的名字"黄金万两"，富贵籽之美，在于它籽粒由淡绿到红，悬于叶下经久不落，红得璨璨，红得艳艳。将花盆连成一排，红珠串串，红红火火。一种喜庆吉祥、热烈美好的场景扑面而来。如果说，在观果花卉里，金橘以其悬黄挂金、富丽堂皇之态夺得人们青睐；而富贵籽则以大红大紫、荣华富贵之美独占鳌头。小雨霏霏，群山上云雾忽聚忽散，山峰在缥缈中时而清晰时而朦胧。山坳间弓形的大棚连成排、连成片。这里孕育着闽西最美艳的芬芳。

梁野仙蜜养蜂合作社院落里，排开十几间平房，屋檐下五六层崭新的蜂箱堆成了金字塔形。院落背倚青山，绿荫环绕。大门旁的小屋前，两个老人聚精会神盯着蜂箱，这些蜂箱不久又要分散到森林里，给蜜蜂们建立起一个个新的家。院落右侧即是一个养蜂基地，一条走廊被藤萝笼罩，两侧的草地上摆布着几排蜂箱。木棍支撑着蜂箱离开了地面，蜂箱上的白板盖会为蜜蜂遮挡雨滴。在走廊行走并不会单调，两旁随处可见的圆形、椭圆形小牌上，活泼的字体写上了蜜蜂的科普知识，连门外汉和孩子们也能在这里学习蜜蜂的知识。你会看到"全世界已知蜜蜂约 1.5 万种，中国已知约 1000 种""蜂王产的卵未受精的发育成雄蜂，蜂王的寿命一般是四至五年"。一群蜂又有多少小蜜蜂呢，原来群体中只有一只蜂王，1 万到 15 万只工蜂、500 到 1500 只雄蜂。当古人把勤劳的蜜蜂引进了蜂箱，为人类支撑起一个甜蜜的事业时，人们就为小小的它们所感动。人们赞扬蜜蜂，迎着朝霞出，披着余晖归，既敬业又精业，博采百花之糖，酿蜜奉献人类。早在唐代，诗人罗隐就感叹不已："无论平地与山尖，无限风光尽被占。采得百花成蜜后，为谁辛苦为谁甜。"

被誉为"梁野蜂王""八闽蜂王"的钟亮生走在了走廊里，身着深灰夹克、蓝裤，留一个掺白的平头，脸上坚毅的神色看不出他已年过半百。这个在部队里立过功的好班长，1998 年转业走进了林业采购站，下岗后凭着厚道热情的性格，创业开办起火爆的火锅店。2006年，钟亮生从年迈的父亲手里接过 20 多箱蜜蜂，走进了森林。武平集体林业体制改革后，村民的积极性空前高涨，森林繁茂，生态越来越好，蜜源众多，养蜂是个有前景的行业，林下经济的兴盛让他看到了养蜂业的蓬勃生机。

钟亮生把蜂箱和采蜜方法都做了改进，他的蜜蜂养殖渐渐有了一定规模。两年后，钟亮生的蜂场蜜蜂增加到200多箱，蜂蜜产量大增。但天有不测风云，第二年一场突如其来的大雪从天而降，弱小的蜜蜂在没有保暖措施下几乎全军覆灭。在妻子的哭声中，钟亮生没有气馁，用扫帚扫去一片片死去的蜜蜂，希望之火又重新在心中点燃。

养蜂并不是简单的劳动。他从书店里买回一本本养蜂的技术书，打开电脑搜寻着专业知识和他人的经验。走进农林大学蜂学学院的殿堂向教授们请教，远行赣州、漳州、梅州的养蜂基地虚心向师傅们请教。如饥似渴地学习，在实践中获得养殖的真知。

农村的残疾人是一个贫困的弱势群体，但他们许多是能够从事养蜂劳动的。一个共产党员的责任，让钟亮生首先想到了要帮助他们走向富裕，养蜂就是一个很好的致富门路。2010年，他组建起养蜂专业合作社，以残疾人为基本成员，联系残联支持，订立起"三三制"养蜂协议，协议的关键点是"残联扶持、钟亮生赊销、残疾人各三分之一出资比例"。钟亮生提供技术保障、保价回收蜂蜜。养殖技术、产品销售是残疾人最大的难点，钟亮生把定心丸给了合作社的残疾人。孔厦村右手残疾的吴香财，联合了40多名残疾人加盟钟亮生的合作社，自己的蜜蜂由20箱很快增加到100多箱。稳定的收益，让这些原来自感低人一头的残疾人挺立起有尊严的身躯。桃溪镇刘成生，因车祸失去了左手，由钟亮生帮助他走进养蜂队伍。山林里有他100多箱蜜蜂，较丰厚的收入使他盖了新房，勤劳致富带动了周边的群众，自己的养蜂合作社也挂上了标牌。

2015年，钟亮生把精准扶贫列入了自己的责任中，"合作社＋公司＋基地＋农户"模式，把困难群众凝聚在一起。送蜂种、送技术、包销售，让精准扶贫落实到每一个困难户。钟亮生的合作社涵盖了17个乡镇、260多人、150多位残疾人、86个贫困户加入养蜂行列，120多个养殖基地，12000多箱蜜蜂放养在山林，蜂产品年产值近1200多万元。贫困的残疾人大部分开上了自己的新车、住进了新房，甩掉了贫困的帽子。

在钟亮生的蜜蜂文化馆里，陈列着琳琅满目的十几个系列的产品。"梁野仙蜜""石燎阁"品牌产品，曾在香港、北京、上海等地国际食品博览会上获得荣誉。又入选"闽西八大鲜"品牌产品，走向全国、走向世界。钟亮生停不下他的思考，把武平的绿茶和蜂蜜结合，开发成"蜂蜜绿茶"；把废弃的空蜂巢提炼出蜂蜡，把蜂蜡加工成化妆品，美化着女子的美妆世界。蜂蜜酒、蜂蜜金橘、蜂蜜姜茶，一个个与蜂蜜结缘的产品摆上了市场的货架。展室里，《蜜蜂科普与中蜂养殖》手册凝聚了他的心血，他编写的技术资料、科普技术书籍不断送到了养蜂人手里。

在走廊边，戴上蜂帽、手套的钟亮生轻轻挪开了蜂箱盖瓦，打开蜂箱，紧握巢框两端的框耳，慢慢提起密布着蜜蜂的巢脾。这简单的展示却有着养蜂人多年的经验和规范的操作细节。

武平，山林如绿海碧涛，100多万亩阔叶林、500多种野生植物营造了森林的财富。山乌桕、乌桕、野桂花、鹅掌柴等更是最好的蜜源树。还有那大片耕地上的粮油作物、绿肥作物、果树、经济作物引得蜜蜂往来不息。蜜蜂的可贵是不知疲倦地劳作，要知道一只蜂的体毛上能粘上5万到75万粒花粉，但蜜蜂要酿出500克蜜，工蜂竟要来回飞行37000次。它们用8字形的舞蹈告诉着同伴花儿的地点，用"特儿——特儿"的声音交谈着花儿的远近。它们也用这炫舞和歌声感恩着大自然。

钟亮生，全国社会扶贫先进个人、农村青年致富带头人、福建省劳动模范、人大代表，他的合作社竖立起"国家级合作社示范社"的一块丰碑。钟亮生与蜜蜂结缘，也如蜜蜂一样不知疲倦、勤恳地奉献着。

武平集体林改后，像何益平、钟亮生这样的带头人不断涌现，他们背负着村民勤劳致富的期望，背负着带领村民脱贫致富的使命。像上礤村的邱光福的森林人家，带动起一方的山林旅游。像林下种植的红菇、灵芝，还有石斛、竹荪、金线莲，以及林间的鸡、林间的鸭。带着山野的洁净，带着原生态的品质，成为市场抢手的宠儿。也像改革开放初期的土地承包责任制一样，集体林改的活力将农民的积极性和创造力激发出璀璨的光芒，照亮了祖国的大好山川。

转瞬间，在时光流逝里，武平集体林改的初衷得到印证。青山绿水真正变成了金山银山。新造林 71.5 万亩，超过林改前 25 年的总和；森林覆盖率跃升为 79.7%。武平，不仅戴上全国集体林权制度改革先进典型县桂冠，也把自身打造成名副其实的国家全域旅游示范区、全国绿化模范县。昔日贫困县的帽子已被武平人扔进了东海，武平一跃成为全省县域经济十佳县、全国文明县城。

新时代，林业改革没有止步。武平和福建的林权改革，始终在习近平总书记心中挂怀。2017 年 5 月，总书记再次指出："不断开拓创新，继续深化集体林权制度改革，更好实现生态美、百姓富的有机统一。"7 月，在武平人最为荣耀的日子里，迎来了来自全国各省林业的客人，深化集体林权制度改革现场经验交流会召开，汪洋作为国务院副总理出席大会，全国林业的发展展示出更加美好的前景，从此走向一个新的里程碑。

习总书记始终牵挂着第一个林改的捷文村，2018年1月，总书记对捷文村群众来信作出殷切指示："希望大家继续埋头苦干，保护好绿水青山，发展好林下经济、乡村旅游，把村庄建设得更加美丽，让日子越过越红火。"

雨后的千鹭湖，春雨的洗涤，让宁静的湖水把山峦、云流和水边的翠草映照得更清晰。岸边的石块或长或短，边沿是无尖利棱角的浑圆。延伸进湖中的半岛上，松林的空隙透出湖水。白刺梅在众草中跃出，水上水下连成串串白花。水面的莲尚小，漂浮出稀疏的圆叶。亭榭静呈在水岸，水中小小沙洲，如一片片浮动的绿草坪。木船上草编的渔翁披戴斗笠蓑衣垂钓，专注得出奇，几只草编的白鹭或低首看水，或腾翅欲飞。高架步道上，环览群山，绿意盎然的山峦起伏成优雅的弧线。山间水塘，芦苇挺秀，树映美枝，美人蕉占满水边，正孕育着丽彩的花朵。能见白鹭悠悠群飞，黑水鸡缓缓独游。那一片桃金娘组合成美艳的十里桃红。

山青，水秀，武平已变得无处不风景，在最令人舒适的绿色里迎接阳光的恩赐。一面浮雕上，紫铜的色彩为村民会场、现场勘验、喜领新证、林茂民富定格，浓缩了捷文村林权改革的图景。

武平，集体林权制度改革策源之地。
武平，走出一条中国林业逐梦之路。

珠三角的塞罕坝

冯小军

按说正值春季，可我在广州的感觉已是夏天。人们穿戴单薄是因素之一，更多的来自我的感受——人们那种精神抖擞的状态和事争一流的劲头。现在我正行走在佛山市云勇林场的大山里，一个被人称赞为"珠三角的塞罕坝"的地方，透过莽莽苍苍的树林仰望高天之上的一抹浓云，我仿佛看到了地处燕赵大地北端的塞罕坝上那片无边的绿海。

云勇林场在职职工不足 40 人，一个非常年轻的团队，他们一大半是本科生，仅硕士研究生就有五六位，他们为什么要跑到这片大山里来？——千万不要以为佛山是重工业城市就认定它有污染，因为市区环境恶劣逼迫他们跑到山里来的。不是！其实佛山市如今环境状况非常好。他们这样做完全是怀着一颗热爱生态热爱林业的心，是一种自觉自愿的选择。我从他们那虎虎生威的脚步中，从一张张满面春风的笑脸上得到了答案。

我是一边在林地里行走一边思索这件事情的，没走多远我发现脚下的林道有些湿滑，再瞧三两米开外的树林，那里树根周围铺着由浓到淡的一片青绿色苔藓。我明白如果没有足够积温这个季节它们难以生长，可见珠三角地区，今天又被规划为粤港澳大湾区的地方现在名义上是春天，可各方面都已经加快了前行的步伐——岭南春来早，看来不仅仅是指季候，还有这里人们具有的敢为人先的一种精气神儿！

云勇林场养护股股长冼杆标多次带我进山，一身迷彩服，一顶遮阳帽，一双黄胶鞋，一米六出头儿的个子，年过半百的"准老头儿"却整天忙得团团转，如同旋转的陀螺一样停不下来。即使偶尔停下，一声呼唤又会转起来。我与他聊林场、带队伍，还有身体，说不了几句话他就干咳起来。我看出他有亚健康的状态，建议他休息几天，看看医生。你猜他怎么说？他在使劲地咽了两下口水后告诉我，养护股承担林场大部分业务工作，8名职工里有5名研究生，从事着繁重的生产任务，整天都是马不停蹄啊。还好他们都是年轻人，个顶个地思维超前，工作主动，我是被他们的工作热情催着往前跑啊。商品用材林的林分改造完成了，林场又开始租赁周边农村的林地纳入林场管理。多少事情需要提前谋划，多少事情必须限时处理，实在是停不下来！与他一样忙碌的还有叶小萍，这位招聘来的研究生毕业那会儿已经被深圳一家上市公司录用，当她得知云勇林场来选人时竟毅然辞掉了原来的工作。我问她这样选择的理由，她说只是为了做与自己所学专业贴近的事情。办公室琐碎的工作没有改变她追求上进的心思，无论什么工作只要她接手就一定做好。我请她为我收集资料，每一回她都提前完成并事先提醒我。那种兢兢业业的职业自觉令我非常感动。我还和副场长盘李军了解林场职工一个个朝气蓬勃的精神动力。他说，我感觉最大的成就就是林场的林子长得好，旁的同事大概也是这样想的吧。简单朴实的一句话让我明白，云勇林场职工之所以情绪那么饱满和奋发向上，与他们对林场的爱、对事业的执着密不可分。

来广东之前，北京公园里的白玉兰正在花期，来到这里发现同一品种的花卉早就凋谢了。在南粤地界儿我很在意木棉开花这件事，当地人告诉我，个别的木棉树还有花可看，大部分都已经凋零。时下，我被眼前林地上绿生生的苔藓和落叶吸引，每一枚叶片都呈现着不同的身姿，浅黄和微红的颜色居多，七零八落，随性自然。我在那浓荫里寻觅是哪一棵树落下了这么多树叶的时候，恰好发现有两片树叶正在降落，它们打着旋儿，在树冠与地面之间的空间里翻转了不止一个

"之"字形的线路，然后猛然扑向地面，加入到已经很漂亮的自然图画中去了。我想弄明白是哪株树在落叶，目光在几层树冠间逡巡，认定是从那株大叶紫荆的树冠间飘落下来的。

"场三"路就是林场场部通往第三工区的路段。我在路边的一片林子里站立，突然听到"噗、噗"的声响，声音持续不断。我一时来了兴致，想寻觅它的来源。仔细看一会儿发现它来自密林下蓬勃生长着的巨大海芋。那些比蒲扇扇面大得多的叶片抖动处正是水滴声响的来源。我开始循着树干仰望起来，巨大的树冠层正有阳光倾泻下来，开了天窗一样的地方射过来缕缕光芒。那里总体上是阴沉的，四外异常安静，几乎感觉不到山风吹拂，却不时地听见响动，嘎的一下或噗的一声。静静地站了一会儿后，我看清了那些滴水的来处，它们是从树冠间飘落下来再滴落到海芋宽厚的叶片上的。恰巧这一刻我捕捉到了水滴碧玉般碎裂飞溅的瞬间，还有水珠滚落的经过。自然有更多的水滴落到地面上去了，它们几乎没有声息，土地却更加湿润了。我能够想象到它们是先前降雨留存在树枝和树叶上的积水，或是云雾在树叶上凝结后飘落下来的。

林鸟的啾啾声不时从远处传来，那一刻我喜欢判断林鸟的名字，因为不时会有其他的鸟鸣穿插进来并打断我的思绪，于是我常常放弃。在没过脚踝的山草间走一程，眼前偶尔有昆虫和蚂蚱蹦跳的身影，招惹得我很想抓它们。结果连半分钟都没有我就抓了两只，一只绿色，一只褐色。它们没有一个甘心我手指对它的束缚，极力挣脱。这样闹腾一会儿，我实在不忍心它们受难，便轻轻地把它们放回草地上去。行不多远，我发现了一条一尺长短的蜥蜴趴在路旁的一株四五米高的乌榄树枝上，身子一动不动，眼珠儿却转了几下。我很喜欢这小动物，感觉这里物种还是蛮丰富的。我这样考虑问题是缘于云勇林场的创业历史，他们在灭荒造林的年代经常"炼山"，也就是刀耕火种。我担心他们那时的举动已经让动物断子绝孙，现在看来我的顾虑是多余了，大自然的修复能力极其顽强。

上世纪四五十年代，南粤大地也曾残破荒芜。人们形容那会儿广东大地是"晴天张牙舞爪""雨天头破血流"。什么意思呢？它告诉人们，那会儿的广东省到处荒山秃岭，满目疮痍。新中国成立初期，广东省的决策者们清醒地认识到消灭荒山、绿化广东的重要性和迫切性，在全省兴办大批林场，却因为受到财力限制大都定性为以造林为主的国营林场。那时有一个叫得响的说法是"先绿起来！"，其做法明显地打了伏笔——等财力好的时候再不断提高绿化美化水平。云勇林场就是1958年兴办起来的。那年，一百多名从不同单位抽调来的干部职工走进云勇这片山地。这批十七八岁的年轻人只知道进山造林，对林场什么样儿懵懵懂懂，造了一些林子后当年就返回原单位了。1962年，高鹤县继续为林场招工，这一次林场补充进来60多名中学生。谭仲驹和老伴儿谭秀虹记得很清楚，他们在寒风刺骨、阴雨连绵的早春里来到林场，磕磕绊绊走到后半夜，也不知道到了哪里，匆匆忙忙吃饭睡觉，第二天早晨在浓雾里怎么也找不见昨天的来路。最后在旁人的指点下才弄明白，原来这里就没有他们希望看到的公路。林场的第一代带头人叫杨万，最大的本事是会安慰人："响应党的号召最光荣""林场是国营企业哦""女同学不用上山""广阔天地、大有作为""我说你得、你就得"……他话音明亮，安慰人的话整天挂在嘴上。甭说！这种嘴巴对耳朵的当面宣传鼓动挺管用，立场坚定的更坚定，摇摆不定的留了下来，自然也有溜走的，毕竟是少数。林场没有自己的房子，起先租山下老百姓的老屋住，后来盖起了茅草棚。白天走十几里山路去栽树，带上干粮去一天，回到住处倒头就睡。老职工李辉告诉我，他亲身经历过发生台风吹去屋顶，在屋里睡觉的人竟没醒过来的事情，可见那会儿栽树的工作有多累。林场的老职工们表情严肃地告诉我，有人被毒蛇咬伤因为得不到及时救治死去，有人在台风肆虐中被倾倒的墙壁砸断了腰，有人在选择是去是留时想得太多患上抑郁症，更多的人认定造林是正经事才咬牙坚持下来。他们背负着繁重的造林任务，持续不断地打穴、植苗、抚育，按着一座山头"头戴帽、身穿衣、脚着鞋"的大致安排为荒山披绿，把林场里所有的宜林荒山都栽满了树。

总体讲云勇林场的山地里空气闷热，行走起来汗涔涔的。驱车穿行在这片集中连片的三万多亩林海里，呼吸着清新甘甜富含负氧离子的山间空气，我多少次为林场人用一个甲子的时间经历的创业、坚守和绿色发展历程感到钦佩。

说实在话，我开始听说1991年3月党中央、国务院授予广东省"全国荒山造林绿化第一省"的时候有所不解。因为在我的潜意识里广东地处亚热带地区，降雨量大，积温多，怎么会有荒山呢？过去我多次在不同季节来过广东，看到它到处绿树婆娑，四季有花，压根儿也没想过这样的地方会有荒山。要不说行万里路比读万卷书更有益处呢，直到这一次我来云勇林场才真正弄明白，南粤大地的荒山概念与北方的大有不同。北方人大多管那种不毛之地称为荒地、荒山，而在这里是把没有森林的山地叫荒山。

"缤纷林海"主题公园满眼苍翠，花树纷繁。除了樟树等乡土树种外，还种植了大腹木棉、红花玉蕊、红樱花等名贵树种。人们告诉我，没有兴办林场前这边全是荒山。第一代林场职工艰苦奋斗持续造林，所有荒山全都栽满了经济效益较高的树。只是后来才认识到，那些专为生产商品用材林栽植的杉木和松树生态功能比较低下。

沿着羊棚管护站白色平房旁边的羊肠小道上行，拨开密密麻麻的灌木丛，起先隐约听见的呼呼响动这一刻我明白了那是水声。眼前的一帘飞瀑不知道什么时候有了云龙的名头，可能与这片土地的地名儿多有"云"字有关。它的水流被山石分出两股，从五米高的山坡上倾泻而下，撞击岩石弥漫出一片雾气，向着不远处的灌草弥散开去。各种灌木花草湿漉漉的，有它们特有的亮色，却与阳光下那种油亮油亮的树冠迥然不同。

在瀑布前的山石上坐一会儿绝对是一种好的选择，是我同林场人轻松交流思想的绝好场地。经过20余年艰苦创业，云勇林场由一片荒山秃岭逐步变成了大树林立的用材林基地。改革开放后的20年间林木进入采伐期，一批批优质木材源源不断地运出大山，运到珠三角地区雨后春笋般建立的工厂里。之后林场进入到了经济快速发展阶段，与改革开放的宏观形势一致，这里开始了经济体制改革，实行起多种形式的承包和岗位责任制，造林营林与承包者的责权利挂钩，林场的经济效益芝麻开花节节高，一度成了所在地高明县域内两个纳税大户之一，靠砍树创收，一时让林场人喜上眉梢。

林场曾经因为基本建设打报告向上级要钱，主管领导只轻描淡写地说了一句话："要什么钱？砍树啊！"这句话一直记在老职工们的心坎上。资金充裕了，他们便谋划兴办了松香厂等企业，还在高明县城办起餐饮、饭店等二、三产业。此时的林场主业造林营林，边砍边造，砍造并举，日子过得蛮滋润。只是好景不长，主业因木材价格下降收入骤减，副业摊子经营不善，便搞起承包经营。林场一时陷入困境，危困最严重时候几个月发不出工资。当时林场有两个方案可以选择，一是成倍砍树，等日子过不下去时再找政府。二是把山分给每位职工。他们估算，走这一步每位职工可以分到300亩有林山，既符合大的形势，林场领导也可以享受清闲。行吗？时任场长的陈景是个公鸭嗓儿，他仰着红脸跟我说："加大采伐强度，竭泽而渔的法子与建设林场的初衷背道而驰，我们能干？分山倒是好，职工现得利。靠砍树每年每位职工少说也有30万元收入。年轻人特别赞成走这条道，砍光了顶不济出山打工。可老职工怎么办？林场怎么办？"陈景在我眼前手舞足蹈地讲起那些"断炊"的日子："简直要了我的小命儿啊！上头领导压我，下头职工拱我，中间我自己折磨我。"

佛山是一座陶瓷工业重镇，林场周边陶瓷企业遍布。一些开采和经营陶瓷矿砂的老板听说林场几个月没有发工资了，好似草原上的食肉动物闻到了血腥味儿，他们纷纷找到陈景要求买断林地采矿，也有人变着法儿地寻求合作。陈景说："我胆小，你们可别挤对我。"那些人见陈景支支吾吾不松口，最后只好摇着头怏怏离去。

"最终我们选择了借款度日，向上级请求支持，还分流人员到二、三产业就业，最后渡过了难关。"陈景告诉我，"哈！多亏没有走了那两条道儿，真是那样我就成了林场的罪人。"

认定广东乃至云勇林场现在已经进入夏季无疑是合适的。离开云龙瀑布那一刻天就下起暴雨，那种北方三伏天儿才有的暴雨，噼里啪啦，地面都冒泡了。大雨里汽车喘着粗气爬上林场最高峰鸡笼山的时候雨停了，可天儿依旧阴沉，四周云雾缥缈，树上积水滴落不停。我站在山顶向远处望去，云雾如墙。只有近处的红苞木和千年桐等站立在明暗的交接地带。

凭借现代便捷的汽车，云勇林场 6 个工区一天时间可以全部跑一遍。可我不能，我要同那些驻守在密林深处的林场职工座谈，了解他们的喜怒哀乐。我见了多少职工和护林员难以记住，不过我记住了他们共同的特点，一是都穿迷彩服，二是脸庞都黑黝黝的，三是口音浓重，一律都说佛山话。说身世，说护林，说自己最关心的事。我注意到几乎所有人都异口同声地赞许林场决策者对于林场发展的改制选择，说起这些他们都兴高采烈。从 2001 年开始，云勇人开始对林场进行了为期 10 年的林分改造。也就是间伐生态功能低下的杉木和松树，然后栽植木荷、樟树、鸭脚木、红锥等优质阔叶树种，进而打造多树种、多层次、多功能的生态公益林。

"春节以后到清明节这段日子是我们集中造林阶段。为了赶工期天蒙蒙亮我们就上山，中午饭在山上做。为难的是雨天柴火被淋湿，火头不旺米饭做得半生不熟，本来天就凉，再吃夹生饭，职工们时常拉肚子。"毕业于广州林业学校、现在已经是工程师的许雄坚告诉我，"林分改造用营养杯苗木，技术性更强，劳动强度更大。"

现任场长苏木荣动情地告诉我："云勇林场能够用 10 年时间顺利完成林分改造，全面提升森林生态功能，有我们自己的努力，更大的动力来自佛山市决策者面对工业城市转型升级，开创生态文明建设创新之路的制度安排。2001 年后的 10 年，佛山市财政累计投入 3000 万元支持我们做这件事情，在这之后还把我们林场转制为公益一类事业单位，体现了市领导对林场的关爱，极大地激发了广大干部职工的创业热情。"

苏木荣场长的话让我想到市委市政府去年提出"全面总结弘扬云勇精神，走好新时代一座工业城市生态文明创新之路"的方略，无疑与他们经过"烟囱林立、烟尘弥漫"时遭遇污染的痛苦经历有关，与他们考虑自身作为重工业城市如何转型升级有关。他们看重云勇林场难道仅仅是这里提供了一片绿色森林吗？我倒是觉得，更多的是他们从云勇林场一个甲子的变迁与发展中提炼出了一种思想——绿色发展的思想。比如同是一片土地和空间，在不同人手上完全可以打造出不同的物质和精神成果。一时为纳税大户支援国家建设，一时成为佛山这座重工业城市的"绿肺"；比如在林场"无米下锅"的危急关头他们冷静应对，战胜外部诱惑特别是战胜自己欲望的那种苦其心志的隐忍；还比如他们能够客观地看待发展中积累下来的历史问题，把商品用材林改造成生态公益林那种"腾笼换鸟"的智慧。所有这些都是云勇林场绿色发展理念实实在在的支撑点。其中隐含的是佛山市委市政府决策者们对过去工业化发展时过度掠夺资源带来环境破坏的痛定思痛，还有他们对努力坚守绿色资源才保留下来的佛山绿肺的珍爱，进而形成了他们对林场经济反哺并把它树立为一面旗帜的明智安排。

佛山市自然资源局黄健明副局长告诉我，2017年佛山市地区生产总值接近1万亿元，规模以上工业总产值2.24万亿元。支撑佛山在广东省乃至全国都是可圈可点成就的无疑是他们的陶瓷、有色金属、纺织等传统产业。它们赚钱，可它们又"高污染、高能耗、低效益"。一座工业城市如何告别粗放型发展路径，走生态文明创新之路无疑是新时代佛山市决策者们思考的首要问题。近年来他们极其艰难地关停、淘汰和限期整改了1200多家"两高一低"企业。精心培育高新技术企业，推进工业与信息化深度融合，大力发展智能制造等，产业升级带来转型升级，成功创建了国家森林城市。在这个过程里，云勇林场转型发展的经验恰恰给佛山工业文明升级换代提供了具体体现与生动见证，实为这座工业重镇选择突围发展的一个重要参照。

哦，这一刻我明白了佛山市委书记鲁毅为什么先后 6 次到云勇林场调查研究，为什么市委、市政府专门组织起一支队伍深入林场挖掘经验，为什么把一个面积仅仅 3 万多亩林地的林场发展经验上升为"云勇精神"的奥秘所在。云勇林场的生态建设成就和转型实践，既是佛山市推进生态文明建设的缩影，也为这座工业重镇羽化和蝶变提供了样本意义。绝不以牺牲国家利益为代价，绝不以破坏性方式搞发展，在云勇林场这面呼呼作响的旗帜感召下，绿色发展已经成为佛山决策者的共识。

群山怀抱的飞马山水库四周林木苍翠，水波潋滟。库区周边的水面满是树木倒影，蓝天白云下一派祥和气氛。我不清楚修建这座山间水库时高明县的人民付出了怎样的艰辛，可我现在了解到这一片水域对于下游百姓的好处。又从林场职工们口中得知，过去林场以砍树为营生时候遭遇雨水冲击泥沙俱下的恐惧，还有山中径流的浑浊程度。现在一切都有了改善，林场不再靠砍树生存，生态公益性林场的定位使林场有足够的投入保护树木，提升生态保护功能，让山里这样的水库和坑塘明显多了。夜间里我的住处不时有蛙声传来，那种在一片蛙声中酣然入睡的感觉真好。

位于珠三角腹地的云勇林场风雨兼程一甲子，三代人筚路蓝缕绿化荒山的奉献精神、谋求为社会提供更优质生态产品的转型实践，与地处祖国北疆塞罕坝人在一片荒原上打造出来一个生态文明建设典型范例一样，经历相仿、精神互通。牢记使命、艰苦创业、绿色发展是它们共同的精神渊薮。

如今云勇林场植物种类多达 520 种，森林蓄水量达 512 万立方米，年释放氧气 4158 吨，吸收二氧化硫 6236 吨。生态服务功能价值超过 26 亿元。被人赞誉为"佛山绿肺"和"生态脊梁"，他们的实践成就了珠三角一座制造业大市的绿色传奇。

山还是这片山，只是由于树木更多生态效益更好了。控制水土流失和涵养水源的能力大大提高，水库库区的水质得到了明显改善，浑浊变得清澈，来水量越来越多。林场职工们虽然有了从事社会公益事业的身份，但他们每一位职工都明白，身份随时都会改变，只有靠着自己的拼搏奉献保证大山的绿色更加浓郁，自身的价值才能永久得到保障，林场人的自信才会越来越足。

我站在高高的山顶上，听着周围的林涛倍感惬意。这一刻我想到了改革成果的共享，想到了一个甲子年这片山林的变迁和发展，想到一代一代林场人默默付出打造出珠三角地区与塞罕坝一般品质的绿色传奇，不仅在行业间可复制，也为生态文明融通工业文明的示范发展提供了借鉴意义。为此，我深情地为她点赞。

小　说

老人与洪湖

力　歌

　　老人举起望远镜努力搜寻。随着镜头的移动，蓝天白云映衬下的湖面，碧波荡漾，时而有鸟游弋，时而有鸟飞翔，水天一色的湖点缀出几番灵动。

　　老人的眉宇间不禁抖动了几下，放下望远镜，脸上不免流露出一种失望。

　　春天如同苏醒剂，催生了老人生活的屋船周边的莲叶冒出新芽，不停地向上蹿长，压得那些败落下来的梗叶一点点地沉降下去，空气里弥漫着清新甜润的气息，一改冬日寒冷带来的紧迫，使得天地之间更加宽阔辽远，可这些没有让老人愉快，反倒更加惆怅起来。

　　在这时节，那些在洪湖与他朝夕相处越冬的鸟儿即将踏上迁徙的征程，远离他几个月的时间，只有等到秋季时才能再次回归到这里。

　　这里是洪湖保护区设立在下面柴湖的一处监测站，监测站就设在一条屋船上。老人白天晚上都要守候在这条屋船上，在船舶的外舷边，杵着一块介绍洪湖湿地自然保护区的宣传板，背后还有几块金光闪闪的牌子，上面镌刻的不是科研基地就是示范点一类的东西，让人觉得不同寻常。

　　其实那些牌子都是别人挂上去的，偶尔有些人过来，来过了就走了，没看出有些什么特别的讲究，只是走马观花。领导倒也经常来，还总是跟来一些人，多是慰问的，当然还有记者作家一类的，讲些问些稀奇古怪的问题，相机、摄影机在自己身前晃动，不久便有领导再次过来，会拿些报纸杂志给他，他看到在那些报纸杂志里面有自己的形象和写自己的文章，他总会认为照片和文章里面的人，不太像自己，他不觉得自己有那么伟大光荣。

老人在狭小的空间无聊地踱步，不时焦灼地远眺，一连三天他都是在这种焦灼中度过，他盘算着那些精灵们也该出现了。

伴着他的心事起伏，似乎听到了风吹来的声音，一种心灵感应油然袭上心头，抬眼望去，天际之间隐约有一片浮云出现，旋风一般地向这边流动。

他兴奋得有些不知所措，忙将坠在胸前的望远镜拎起，横上眼眶，呈现在眼帘却是模糊一片，他慌忙地调整焦距，望远镜在他手指不断的摆弄下，焦点一点点地集中，画面逐渐清晰起来，那些鸟儿仿佛只在瞬间便近在眼前。

他看到一群棕褐色头颅橙黄色嘴角的豆雁，挺着骄傲的长颈，挥动灰色的翅膀，奋力向老人所在的方向飞翔而来。

老人兴奋异常，放下望远镜，向着豆雁飞来的方向招手，他的心如同一块石头终于落了地，随之悠扬，便用浓厚的洪湖地方乡音，哼唱着"洪湖水呀，浪呀嘛浪打浪啊，洪湖岸边是呀嘛是家乡啊"。

豆雁群说到就到了眼前，遮蔽了老人面对的天空，上百只豆雁形成的宏大阵势，铺天盖地，继而纷纷落下，有落在船屋顶的，有落在船舷栏杆上的，而多数的豆雁落在屋船前的水里面，刚才暗淡下来的天空明亮了起来，阳光重又回到这片水域。

浮在水面上的豆雁嬉戏打闹，发出的鸣叫有如它们的欢声笑语，它们用翅膀欢快扑打着水面，似乎用这样一种方式表达对老人的敬意。

一只体格魁梧、身形硕大的豆雁，从船屋顶上飞落在船舷的栏杆上，原本已经站在栏杆上的豆雁自觉地飞起，分别降落在水里或其他的地方。

老人认识它，它是这个群体的头雁，它不停地抖动黑褐色尾巴，覆羽白色端斑尾尖迎风招展，如同挥舞的旗帜，这是它作为一军统帅的特殊标志，显示出它在这个群体里不可一世的威严。

豆雁每个群体中都有这样一位头雁，也许是德高望重，也许年龄或是资格而获此重任，在它们之间长幼尊卑分得很清楚。

老人将自己早已经备好装满包谷的箩筐拉出来，用双手从箩筐里捧出包谷，向着湖面上这些豆雁的上空抛撒出去，招待这些尊贵的客人。

豆雁立时欢天喜地，飞起落下，在空中迎着包谷张大扁嘴，有的在水中追逐着漂浮在水面上的包谷，将鸭嘴放平在水面不断地吸食。头雁也不再矜持傲慢，扑棱着翅膀，直接扎在水里，疯狂地吞咽食物。

这些豆雁并不适合在老人这片水域生活，老人的屋船处在洪湖的中央地带，四周一片汪洋，而豆雁通常要在栖息地附近的农田、草地和沼泽地上觅食，只有休息时才会停留在湖中水面上。

它们迁徙去北方前两三天，总会飞来跟老人告别，每次来的时间上下不差两天，而飞走的日子却非常固定，今年它们来迟了，老人知道明天就是豆雁开拔的日子。

当箩筐的包谷见底，他拎起箩筐倒了过来，再在船帮子上磕了磕，再拍了拍筐底，将筐底的剩余或夹杂在编织条之间的包谷抖落下去。

老人把箩筐放到一边后，便在椅子上坐了下来，他用欣赏的目光，望着眼前欢快的场面，豆雁们把湖水搅得天翻地覆，庞大的阵势在湖上蔚为壮观。

老人掏出随身携带的日记本，用笔记录下数量变化，了解这些生灵在洪湖生长的情况，知道它们减员情况，通过这些情况大致分析出它们是生老病死，还是死于意外偷猎。

它们在这里并不产卵，洪湖是它们恋爱的地方，它们到北方5月末至6月中旬产卵，一年只繁殖一窝，一般情况下有四枚左右，孵化期将近一个月。

老人根据长相特征几乎能说出每个豆雁的自然状态，可以清楚地说明谁是谁的后代，甚至属几代血脉联系，说到这些便如数家珍。

其实这只是对豆雁的一种偏爱。

他来到保护站已经 16 个年头了。每天清晨，老人都会悄悄去清点水鸟的种类和数量，对水鸟生存状态进行仔细的观察，为各种鸟类建立档案做好记录，这样的观测日记他已经有厚厚十几本了，然后驾船在管辖的区域巡逻，搜索有无可疑的偷猎者。到了冬天，经常有鸟儿误入迷魂阵，被困在里面等死。有的地方水较浅，船艇进不去，老人顾不上天寒地冻，赶紧脱了衣服踩着淤泥蹚着水过去，解救出困在网里的鸟儿。没有受伤的鸟当时就放飞了，受伤的鸟，他就带回去喂养，有一次，老人为了救一只在湖里受伤的白鹳，还险些丢了性命。时间长了，鸟儿对他有感情了，老人走到哪里，鸟儿就跟到哪里。老人还有一个习惯，就是每次刮风下雨以后，他都会划着小船靠近芦苇丛中或水草叶上的鸟窝，看看它们是否完好，鸟蛋有没有滚落，幼鸟受伤没有。这个豆雁的大家族，就是专门寻他而来，与他结下了不解之缘。

望着欢聚一堂的豆雁，老人不禁想起了家人。

要知道一人远离自己的家人，守护一个湖，与鸟同伴，那要忍受常人难以想象的孤独。监测站出行不便，生活条件简陋，湖面上条件十分艰苦，夏天酷热，冬天寒冷，有年轻人揣着梦想来了，可坚持不了多久，只能满怀失望地离开。而老人始终坚守在这里，这些年来老人就连节假日和春节都是在监测站度过，而且又没有多少收入，老婆因为他坚守保护站岗位与他离了婚，儿女当年也对他的做法不理解，孩子们结婚的结婚、出嫁的出嫁，跟他少有了来往。近几年洪湖环境大治理，渔民上了岸，他的儿子住进了城里，还承包了几十亩鱼塘，一年收入十几万。他终于理解了父亲，看到日渐衰老的父亲，担心父亲一个人在监测站生活孤单无人照顾，动员父亲帮他照看鱼塘，这样不但清闲收入还高。可是老人就是舍不得这些在身边翻飞的水鸟以及和他朝夕相伴的小船。

老人站起身来，用食指清点着每一只豆雁，以往他会找到夹杂在豆雁之中的那只他最关注的一只，可查来查去，却唯独找不到那只雁，就连春季带回的四只小雁也不在其中，这让老人充满了怀疑和担心，他怀疑那几个小雁，应该说是雏雁，是不是体力不支而掉队，这种情况经常会发生，往往这种情况会让母雁留下来照顾雏雁，也有落单的可能性。更让他害怕的也是他担心的，就是遭遇不测，想到这里，他的眉宇突然抖动了几下，让他心烦气躁起来。

老人环顾无果后，他又在豆雁那里寻找答案，可它们不可能提供答案。随着漂在水面上的包谷渐渐地减少，刚才争抢激烈的场面也趋于平静，吃饱喝足的豆雁悠然自得地在水中游荡，无视老人的急切。

这时，老人仿佛听到了某种召唤，或是听到船屋内的某种声音，刺激了老人敏感的神经，他回转身去，大步流星撞进船屋的门，面前一切，让他豁然开朗。

不知什么时候，这里闯进一群豆雁。正在地上吃食的群雁被突然闯进的老人吓得扑棱着翅膀躲到一边，惊恐地望着他，只有一只豆雁毫不在意地站在被掀翻苇编盖的箩筐上，全然不在乎老人的存在，继续大口大口地咀嚼着里面的包谷。

老人看到被它扇下来一地的包谷，又好气又好笑，笑骂道："你这个家伙，真不拿自己当外人哪，一点也不客气啊，上我屋里来开小灶哈。"

豆雁这才将它长长的脖颈扭转过来，伸向他，现出一副调皮可爱的神情。

老人顺势用手点了点它棕色的头顶，教训说："你的这种行径可别带坏了孩子们。"

春天它们飞来时，老人就已经知道它有了四个子女了。子女们对老人还显得很陌生，躲在一边偷觑着老人与自己母亲的交流，意识到老人没有敌意，或许是母亲的召唤暗示了它们，它们又试探着回到原地吃了起来。

躲在一边的那只身形较大的公雁，仍竖起脖颈，警惕地注视着老人。这是豆雁的一家之主，它一直对老人存有戒备心。老人看不上它，故意朝它的方向一指，揶揄道："看你那副鬼鬼祟祟的德行，一点不像个大丈夫。"

　　公雁知道老人在说它，嘎嘎叫着，生气地溜出门外。

　　老人不想影响几只雁的食欲，在离豆雁们稍远一点的床边坐了下来，静静地观察着它们，脸上不知不觉地洋溢出幸福的微笑。

　　这是被老人救助的豆雁，当时是被偷猎者排铳打伤的。

　　两年前还没入秋的一天，一群豆雁向屋船飞了过来，这与它们的习性有所不同，一般这个时节，这些豆雁是不会来到洪湖的中央地带。

　　他忙用望远镜望过去，凭老人的经验，它们显然是受到某种惊吓，才会向这么纵深的水域飞来，可能是为了躲避危险过来的。

　　它们路经一个芦苇荡，纷纷落了下来，从芦苇的间隙处钻了进去，不见了踪影。

　　老人叹息一声，他不想过去探明究竟，这时的打搅肯定会吓跑它们，他还想到了"惊弓之鸟"的成语。

　　这时，他看到从芦苇荡方向有两个小黑点移动，他调整望远镜的方位，里面出现了两只豆雁，一只豆雁他认出是只头雁，以前豆雁迁徙经过监测站时，他在望远镜见过。头雁一般处在中心的位置，老人对它的长相特征有过记录，在脑子里有印象。另一只是一岁多的小母雁，这是他多年的经验，他从豆雁的体重形态就能判断出豆雁的性别和年龄。

　　两只豆雁径直向他游来，这让老人产生了疑惑，因为它们完全可以飞过来，怎么会放弃翅膀的作用，当时他看到那只小雁耷拉着翅膀，奋力地划动着脚蹼，跟上头雁，这时的老人已经猜测到这只豆雁一定是受伤了。他有些不敢相信，会有一种飞禽主动来寻求帮助，可这一幕确实发生了。

　　头雁先是飞上了船舷，然后嘎嘎地召唤，那只小雁扑棱着翅膀试图飞上来，可几次努力都失败了。老人连忙取下挂在栏杆上的长篙，伸向那只豆雁，它弄明白老人的用意后，便一点点地蹭了上来，用脚蹼抓牢。老人旋出一个角度，把豆雁撂在了船上。

在头雁的注视下，他走过去伸出手，小豆雁下意识地跳了一下，躲过了他的手。老人与之对视，观察到小豆雁翅膀下有血水流了出来，这次他再次慢慢把手伸了过去，它似乎明白了老人没有恶意，没有躲避，任由老人抻开翅膀，他看到翅膀里面已经血肉模糊。

老人还是头一次经历豆雁主动来求助这种事情，他不禁感慨，万物皆有灵啊。头雁肯定看到过他救助其他鸟类，才会把受伤的同类送到监测站。他从豆雁受伤情况，判断这只豆雁是飞起来后被人射中的，这让老人痛心疾首。开始头雁带着它还能飞，到了这附近已经飞不动了，头雁才与它一同游到了这里，这让老人十分感动。

看到老人收留了受伤的豆雁，并为伤雁敷药包扎，头雁才心满意足地飞走了。

豆雁虽然不是国家重点野生保护动物，但也在禁止猎杀之列。老人知道这一定是被偷猎者用排铳打伤的，要知道，他曾是这一带非常著名的捕鸟人。

他一连几天都出去寻找那些捕猎者，他知道这些家伙的手段和方式。终于在远离监测船的一处苇塘处，老人发现了捕猎点。这是在芦苇荡中割出的蒿草地，俗名叫枪塘子，是专为猎杀飞鸟准备的。他及时向保护区派出所报案，公安人员通过埋伏，将非法捕猎飞禽的嫌疑人一网打尽。

这只豆雁经过老人的精心照料，恢复了健康，但它无法迁徙去北方了，一个夏季就在老人这里屋上屋下或船附近试着飞翔。若是老人出去巡查，也会带上它，它一直陪伴在老人身旁。

春去秋来，当候鸟再次归来，头雁带着雁群来接应。头雁看到已经康复的豆雁，十分欢喜，亲自带着受伤的豆雁练习飞翔，三天后，它确定受伤的豆雁可以跟上大部队的飞翔速度，才带着这群豆雁离开。

那只伤雁在天空中足足地盘旋了三圈后，才恋恋不舍，一路悲歌地去追赶雁群。

豆雁非常通人性，到了春天时，头雁把雁群领了过来，那只伤雁已经有了自己心仪的男友，就是现在老人看不上的那个鬼鬼祟祟的公雁。豆雁一雄一雌即是一夫一妻制，一般情况下三年才能性成熟，亦有少数两年龄时即表现出性要求。

看到伤雁有了自己的伴侣，老人心里还有种吃醋的感觉。第二年入秋时，它们又随着雁群回到老人这里，还带来了自己的子女——四只可爱的小豆雁。

如今，这只饱餐后的豆雁，当着子女的面，故意炫耀自己在这里的地位，它挨着老人，用羽毛蹭老人的腿，撒着娇以获取老人的欢心。老人也用粗糙的手抚摸着它丰满的羽翼，它乖巧地俯卧下来，似追忆与老人共处的时光。

老人原来是洪湖远近闻名的捕鸟大王，他出生在洪湖岸边的渔村，世代以捕鱼为生，他从小就跟着大人们捕鱼长大。那时的洪湖特别美，到处是荷花，大大小小的鱼在荷丛游动，各种各样的水鸟飞起来密密麻麻。跟着大人驾船在湖里捕鱼，乘船穿行在荷丛中，顺手采几枝荷花，渴了喝湖水，饿了尝几口莲蓬，开心地唱着"四处野鸭和菱藕啊，秋收满畈稻谷香，人人都说天堂美，怎比我洪湖鱼米乡"。

丰美富裕的洪湖让老人记忆犹新，可这样的美景却被经济搞活所破坏。随着大量渔民拥入，到处都插上了密密麻麻的网，洪湖被围栏分割成一块块的小鱼池，变成鱼类养殖的迷魂阵，投放了大量化肥和饲料，又养鱼又养蟹，破坏了生态平衡，洪湖的水臭不可闻，能捕捞的鱼也就越来越少，收入直线下降，到了入不敷出的状态。

水中逐渐无鱼可捕，渔民就开始捕鸟，猎枪、网套、钩子、投毒等方法无所不用。为了经济利益，那时还算年轻的他也加入了捕鸟队伍，他熟悉水鸟习性，下卡子、打铳等捕鸟方法样样精通，因为每次捕获鸟类数量最多，当地人称他为"捕鸟大王"。

他最擅长用的是排铳打鸟，这是古老的打猎人土制的猎枪。排铳制作很简单，把一根2米来长10毫米粗的钢管架上枪托，枪托设有点火的小孔，将它安装在狭长划桨的小船上，潜伏在船上，瞄准目标点火即可射杀在湖面上游走觅食的飞鸟。

在洪湖最多的飞鸟就是鸭科类野生水禽，豆雁与野鸭野雁混群，民间素有"九雁十八鸭，最佳不过青头与八塔"之谚。青头和八塔是洪湖野鸭的一种，全身是宝可卖高价，虽然保护区一直禁止，可在利益驱使下，他还是铤而走险。他有自己独特的办法，捕捉的野鸭也最多。他圈养训练几只野鸭，俗称鸭媒子，就是用来引诱其他鸭伙伴进入圈套的鸭子。他把这种鸭子叫鸭奸，说是跟汉奸差不多，尽是坑害自己的同类。

深秋时节，野鸭又肥又嫩，是餐桌上的美味佳肴。

强劲的北风吹进芦苇荡，成片成片白絮絮的芦花随风飞舞，洪湖已进入枯水期，滩涂裸露了出来，这地方有大量的飞鸟食物，招来一批批的野鸭等飞鸟前来，也就进入到了猎鸟人布下的天罗地网。

他先是在蒿草地中割出一块十亩左右的水塘，就是枪塘子，一般要在黄昏时分，将小船划进枪塘子周围的芦苇茭草丛中隐蔽起来，再放出鸭奸、鸭媒子。训练有素的鸭媒子如泣如诉的呼唤，婉约之声在芦苇荡里回荡，那些不安分的野鸭便心驰神往，一群群一批批地飞来，先是在空中盘旋，互相交流，不知它们之间有多少浓情蜜意，引得野鸭竞折腰，如飞蛾扑火般地纷纷扎进水中，与鸭媒子一起畅游嬉戏，亲昵恩爱，正当野鸭兴奋之时，这时的他早已将小船划入射程之内，突然对鸭媒子发出一声急促的命令，机灵的鸭媒子迅速地朝水下扎去，在水里潜伏起来，不知所措的野鸭伸长了脖子四处寻找着充满爱意的情侣，一声声沉闷的枪响，打破了野鸭的美梦，迎接它们的是密集的铁砂珠，当鸭媒子浮出水面时，刚才那些活蹦乱跳的追求者们多已经命丧黄泉了，为风流多情付出了代价。

那时的他每次猎捕野鸭收获颇丰，一次可以猎取上百只，偶尔有过上千只的经历，当然，收入也不在话下，捕获到与野鸭野雁混群的豆雁也是经常有的事。

　　他最后一次捕鸟是在16年前的开春，他刚在船上架设起23座排铳，还没来得及射击猎物，就被保护区的巡查人员逮了个正着。保护区对他进行了严厉的处罚，还把他们这些违法人员集中起来参加生态普法教育，让他懂得了生态平衡关乎洪湖的每一个人。当他得知要建洪湖湿地保护区，尝试着报名当巡护员。可因为曾经有过偷猎的污点，遭到保护区领导的拒绝。为了打消领导的疑虑，他提出愿意以志愿者的身份先干一段时间，保护区人员见他熟悉洪湖情况，家庭也确实有困难，便吸收他当巡护员。

　　他摇身一变，从打鸟人变成了护鸟卫士，开始他思想没有什么改变，只是作为一种巡查的工作而已，可有一天，他看到三只被围网困住的野鸟，他跳进冰冷的湖里将它们救出并放生时，三只鸟儿围着船盘旋了好几圈，鸣叫不止，久久才离去。那一刻，他才意识到这些生物都有灵性，也是懂感情的，从那时开始他才真正热爱与他相生相伴的鸟儿。从那以后，救助落难水鸟几百只，成功孵化、哺养野鸭一千多只，他对水雉、须浮鸥、牛背鹭、灰雁、绿头鸭等鸟儿的生活习性，已烂熟于心、如数家珍。

　　如今的洪湖收购了渔船，拆除所有的围网，种植水草，恢复了原来的生态地貌，野莲、野菱、黄丝草等水生植物生长茂盛，濒危野生植物野大豆和粗梗水蕨消失近20年后又回到了洪湖。湖里的鱼虾多了起来，多年不见的黑脸琵鹭和小天鹅也重新回到洪湖来安家。以前洪湖鸟儿最少时候只有几千只，现在仅冬候鸟就超过十万只。洪湖又成为了水长天阔、鸥鸟翔集、鱼虾嬉戏的人间天堂。老人现在又把自己喜爱的那首歌挂在他的嘴上，"人人都说天堂美，怎比我洪湖鱼米乡"。

　　清晨，头雁飞上了屋顶，眺望着北方。

老人知道雁群即将踏上迁徙的征程，他从船屋中吃力地拖出两筐包谷，这些都是为豆雁长途跋涉准备的口粮，豆雁在迁徙途中停留觅食，最多只能糊弄个半饱，他今天要让它们饱餐一顿垫底。豆雁们迅速地从各个方向聚集过来，它们在老人抛撒包谷中欢呼雀跃，老人兴奋地高喊着："吃饱了，好好上路。"

　　豆雁饱餐后，复归平静，头雁再次飞到栏杆上，头雁发出一阵啼鸣，豆雁迅速集结在一起，排成几排，这是它们特有的告别仪式。

　　头雁率先从栏杆上腾空而起，扇起一股旋风，直上碧空蓝天，随即豆雁们抖动翅膀，一只只一串串地踏水击波，形成一溜溜的水浪，随即直冲蓝天，展现出一幅蔚为壮观的风景。

　　夹杂在群雁当中的老人曾经疗伤的豆雁，带着它的子女与它的夫君同时起飞，小雁们的羽翼还不够丰满，在父母带领下，渐渐地脱离水面。

　　头雁待所有的豆雁全部起飞后，带着群雁调转方向，重又回到屋船的上空，不断地变换着队形，或一字排开，或组成人字形，依依不舍地盘旋，久久不愿离去。

　　老人仰望天空，鼻子酸酸的，一股难以抑制的泪水夺眶而出。

图书在版编目（CIP）数据

绿水青山看中国：作家笔下的 70 载林草故事 / 国家林草局著 .—北京：作家出版社，2020.6

ISBN 978-7-5212-0977-8

Ⅰ.①绿… Ⅱ.①国… Ⅲ.①中国文学－当代文学－作品综合集 Ⅳ.① I217.1

中国版本图书馆 CIP 数据核字（2020）第 083696 号

绿水青山看中国：作家笔下的 70 载林草故事

编　　者：国家林业和草原局宣传中心
责任编辑：史佳丽
装帧设计：崔　凯
责任印制：李卫东
出版发行：作家出版社有限公司
社　　址：北京农展馆南里 10 号　　　邮　　编：100125
电话传真：86-10-65067186（发行中心及邮购部）
　　　　　86-10-65004079（总编室）
E-mail:zuojia @ zuojia.net.cn
http://www.zuojiachubanshe.com
印　　刷：北京玺诚印务有限公司
成品尺寸：152×230
字　　数：220 千
印　　张：17.5
版　　次：2020 年 8 月第 1 版
印　　次：2020 年 8 月第 1 次印刷
ISBN 978-7-5212-0977-8
定　　价：38.00 元